Maxime Blanchard

Meurtres aux Jacobins

Éditions ouest france

Avertissement

Si les événements et les personnages historiques évoqués dans ce roman ont bien existé, certains protagonistes directement rattachés à ces derniers sont de pures créations de l'auteur. Concernant les découvertes archéologiques, présentées dans *Meurtres aux Jacobins*, elles sont véridiques. Seules quelques données chiffrées peuvent faire l'objet de débats entre historiens. Les généalogies montrées dans l'ouvrage sont quant à elles, dans leur grande majorité, fictives et issues de l'imagination de l'auteur.

S'il est question de faits historiques dans le livre, ce polar n'en reste pas moins une fiction.

Samedi 12 décembre 2015

Centre-ville du Mans

Les LED vert pâle du réveil du commissaire indiquaient 05:32 quand son portable sonna. Les notes du refrain d'*A Sky Full Of Stars* avaient rompu le silence qui emplissait jusqu'alors la chambre du commissaire Fabien Delbarre.

« Voilà ce qui arrive quand vous confiez votre téléphone à votre fille de 18 ans » songea-t-il. Pour autant, il n'avait pas changé la sonnerie. Chaque appel lui permettait d'avoir une nouvelle pensée pour celle qui vivait aujourd'hui à presque mille kilomètres de lui.

Sa main tâtonna sur sa droite et finit par trouver le concentré de technologie qui avait osé troubler un sommeil si profond et qui éclairait dorénavant un quart de la pièce. Un rapide mouvement du regard lui permit de savoir qui l'appelait : Vannier, son adjoint. Un autre mouvement rapide, du pouce celui-là, lui permit d'accepter l'appel. Au XXIe siècle, cela faisait ringard de « décrocher ». D'une voix qui semblait sortir d'une longue hibernation, le policier demanda :

— Oui Éric, qu'est-ce qui se passe ?

— Désolé de te réveiller Fab', mais il faut que tu rappliques d'urgence place des Jacobins !

Une entrée en matière aussi directe et le ton de son adjoint, sans appel, montraient que quelque chose ne tournait pas rond.

— Pourquoi ? Le cinéma et le théâtre ont été démontés et volés durant la nuit ? Une soucoupe volante vient de se poser au milieu de la place ?

— C'est pas le moment de déconner Fabien, c'est sérieux. Dépêche-toi, on t'attend !

— O.K., j'arr…

Éric Vannier, son adjoint depuis cinq ans, avait déjà raccroché. Pas trop dans ses habitudes. Delbarre sentait déjà qu'une longue et délicate journée s'annonçait alors que le soleil ne s'était même pas encore levé sur la préfecture sarthoise.

Le commissaire avait enfilé à la va-vite un jean, son pull de la veille et ses Nike qui traînaient au pied de la porte de son appartement.

Une fois descendu au pied de la place de la République, sur laquelle donnait son T3, le commissaire calcula qu'il lui faudrait sept ou huit minutes pour rejoindre à pas rapides la place voisine des Jacobins. Il irait plus vite à pied plutôt qu'en voiture.

La ville semblait plongée dans une veille prolongée que seuls quelques travailleurs matinaux, ou fêtards tardifs, osaient troubler. Sa montre affichait 5 h 45 et les tout premiers tramways commençaient à rouler. Une ligne coupait la place de la République, face à lui, une autre la place des Jacobins, sa destination fort matinale.

Fabien Delbarre se dirigea vers la rue de Bolton qui bordait la place de la République au nord. La rue commerçante, si fréquentée en journée, était déserte. Le commissaire approcha de la place Saint-Nicolas, où les curieux pouvaient d'ordinaire admirer, au sol ou au centre de la place, les empreintes de mains des grands vainqueurs des 24 Heures du Mans moulées dans du bronze. Permettre au conducteur lambda de contempler le profil des doigts qui, tous les ans, s'accrochaient aux volants de bolides lancés à plus de 300 km/h dans la célèbre ligne droite des Hunaudières au sud de la ville. Vendre du frisson en somme. De l'adrénaline sur commande. Le commissaire obliqua vers sa gauche, longea à peine la place et s'engagea dans la rue de la Juiverie. « Une communauté juive importante avait dû y vivre au Moyen Âge » se dit Delbarre, que l'origine des noms de rue avait toujours intéressé. La rue était aujourd'hui étroite et assez sombre. Il tourna ensuite sur la droite et remonta la rue de la Barillerie. Des barils avaient dû y être autrefois fabriqués, bien que la Sarthe ne soit pas vraiment une terre viticole. Le rythme des pas du commissaire était rapide et régulier et il dépassa la place de la Sirène qui, soit dit en passant, devait certainement se les geler par ces cinq petits degrés matinaux. Il approchait des Jacobins, par le sud, et son attention fut attirée par les reflets bleutés qui apparaissaient de manière saccadée dans la rue Claude-Blondeau qui elle-même menait à la rue des Jacobins. Des bruits de moteurs et des éclats de voix lui parvenaient déjà, signe d'une activité humaine inhabituelle à cette heure sur la vaste place. Encore trente mètres et le commissaire arriverait là où allait débuter une des affaires les plus marquantes de sa carrière. Mais ça, il ne le savait pas encore…

Éric Vannier l'attendait et certains des membres de son équipe semblaient déjà s'activer loin derrière lui.

Créée en 1791, la place s'étendait face à eux. Tout était en place, aucun bâtiment n'avait disparu pendant la nuit... À gauche, la cathédrale Saint-Julien imposait ses formes gothiques, définitives depuis le XVe siècle. Au nord de la place, l'immense espace culturel, composé d'un cinéma Pathé et d'un théâtre tout neufs, semblait endormi au sein de son écrin de verre. À droite, la Cité judicaire, immense bloc composé de rectangles de pierre et de verre qui semblaient s'imbriquer les uns dans les autres, n'était guère réveillée non plus.

Les reflets bleus qui s'étendaient au-delà de la place provenaient des bagnoles de police garées derrière la ligne de tram qui traversait la place. Autour d'elles, un périmètre d'investigation avait été délimité par un ruban jaune.

— Putain Éric, qu'est-ce qu'on a là ?

Le nombre important de voitures de flics et le nombre d'agents présents ne laissaient aucun doute quant à la gravité de ce qu'on avait trouvé sur le dallage récent de la place.

— Viens, vaut mieux que tu voies ça par toi-même, lui répondit son adjoint.

Le commissaire marcha quelques mètres encore, franchit le cordon jaune, salua brièvement d'un hochement de tête les membres de son équipe déjà présents sur place et fit enfin face à une jeune femme, étendue au sol, qui, il y a quelques heures, à n'en pas douter, était certainement encore en vie.

Le corps gisait sur le dos, les yeux semblant fixer un ciel où le soleil commençait à se lever.

Il s'agissait d'une jeune femme, élégamment vêtue, bien que ses vêtements aient alors été fortement salis. Gilet blanc, longue jupe d'un bleu sombre, bas tirant sur le noir et petites chaussures vernies grises.

« 25-30 ans, se dit le commissaire, autour d'1 mètre 70, peut-être 60-65 kilos. » Elle semblait plutôt jolie avec ses longs cheveux bruns, aujourd'hui tristement éparpillés sur le sol, ses yeux marron clair, dorénavant figés dans une expression de peur intense, ses pommettes hautes et ses lèvres fines qui, elles, n'embrasseraient plus personne. Et que dire du trou sanguinolent au milieu de son front et dont le projectile qui l'avait traversé lui avait explosé la boîte crânienne ?

C'est dingue… Qui avait bien pu abattre de sang-froid et d'une balle dans la tête une jeune femme qui semblait n'avoir rien demandé à personne ? Un règlement de comptes ? Difficile à croire dans l'immédiat. Un crime passionnel ? Elle était jolie, certes, mais de là à la tuer avec une telle rigueur morbide, difficile à imaginer. L'œuvre d'un malade qui aurait frappé au hasard ? D'un fanatique ? Un acte terroriste ? Au Mans ? Et pourquoi la laisser là, gisant au milieu de la place en pleine nuit ? Dans un endroit où vous étiez clairement visible et où n'importe qui pouvait passer à n'importe quel moment ? Tellement risqué. Dans ce cas, celui ou celle qui avait fait ça voulait que son acte soit accessible à la vue de tous, comme un symbole, un acte revendiqué dont il était fier… Une tonne de questions et d'hypothèses se bousculaient déjà dans la tête de Delbarre, sans qu'aucune ne puisse, pour l'instant, trouver un semblant de réponse.

Son regard fut soudain attiré par une sorte de grande tache sombre qui commençait à être davantage visible à environ deux mètres du cadavre de la jeune femme. Il s'en approcha.

— C'est quoi ce délire… chuchota-t-il pour lui-même.

Un cœur avait été tracé à côté du corps. Tracé avec du sang. Sans doute celui de la victime.

Le commissaire retourna voir son adjoint qui était en pleine discussion avec Mathilde Lecomte, une des membres de l'équipe.

— Éric, t'as vu ce truc ? demanda Delbarre en indiquant le cœur tracé.

— Ouais, cette histoire ne sent pas bon commissaire…

— Un crime passionnel tu crois ? Et on sait qui c'est cette pauvre gamine ?

Pour le commissaire, toute personne n'ayant pas encore atteint l'âge de 30 ans était un gamin ou une gamine. Son équipe en était notamment composée.

— Oui patron, elle s'appelait Ophélie Marceau, elle avait 27 ans. On a retrouvé son portefeuille dans sa poche. Pas de sac à main par contre.

— Rien d'autre sur elle ?

— Non, seulement ce portefeuille.

— Et qu'est-ce qu'il nous apprend d'autre, le contenu de ce portefeuille ?

— Il semble qu'elle vivait à Chartres, commissaire.

— À Chartres ? s'étonna Delbarre. Qu'est-ce qu'elle fichait au Mans en plein milieu de la nuit ? Une soirée entre amis ? Une visite à de la famille ? Un petit ami peut-être ?

— On n'en sait rien patron.

C'était étrange comme Éric Vannier avait la capacité d'appeler Delbarre « commissaire » ou « patron » quand ils étaient entourés et seulement Fabien, ou Fab', quand ils étaient seuls. Delbarre préférait nettement, surtout quand cela faisait déjà cinq ans que vous bossiez ensemble. La rigueur hiérarchique n'était pas ce qu'il appréciait le plus dans son métier.

— On a des indications sur autre chose ? Profession ? Situation perso ? Cercle familial ? Un ou des enfants ?

— On a trouvé un badge de pointage du centre hospitalier du Coudray. J'ai vérifié sur mon portable, c'est bien dans la banlieue sud de Chartres.

— O.K., elle peut être aide-soignante, infirmière, médecin, chirurgien, que sais-je… Quoiqu'un peu jeune peut-être… Il faudra vérifier très vite Éric.

— Sinon, on n'a pas d'autres indications pertinentes sur sa situation perso. Est-ce qu'elle est mariée, pacsée, en couple ou célibataire, impossible à dire pour l'instant. Rien qui indique qu'elle ait un enfant non plus. On n'a trouvé que des éléments très classiques, carte d'identité, permis de conduire, carte bancaire, carte vitale, cartes de fidélité en tous genres, un peu de liquide, 22 euros et quelques je crois…

— On ne l'a donc pas tuée pour de l'argent. En même temps, si les pickpockets ou petits délinquants se mettent à abattre les gens en les exécutant froidement et à tracer des petits dessins au sol…

Est-ce qu'on a d'éventuels témoins, est-ce qu'on a retrouvé des traces du passage de l'enfoiré qui a fait ça? Je sais pas, empreintes de pas, de pneus, objet oublié, tombé d'une poche… ? Un début de quelque chose quoi ?

— Non patron, toute l'équipe est sur le pont et pour l'instant, on n'a rien trouvé de probant… Quant aux possibles traces ADN ou biologiques, il va falloir attendre l'autopsie et que le légiste entre en piste.

— T'as raison, on est face à un sacré cirque là… Bon, écoute, avec les gars, je vous laisse tout ratisser, chercher d'éventuels témoins. On s'occupera de la vidéosurveillance plus tard. Moi je m'occupe déjà de faire prévenir la famille. Je veux toute l'équipe réunie au commissariat pour 15 heures.

Samedi 12 décembre

Début d'après-midi

Commissariat central du Mans

Le coup avait été dur à encaisser pour Delbarre. Une jeune femme, assassinée froidement d'une balle dans la tête et laissée morte en plein milieu du centre-ville, dans sa ville à lui, d'ordinaire petite préfecture de province sans histoire dont il était chargé de la sécurité.

Déjà huit ans qu'il officiait en tant que commissaire principal au sein du commissariat central du Mans. Déjà vingt qu'il était flic, ça ne le rajeunissait pas... Il avait connu tous les méandres de la petite délinquance locale, trafic de stups, vols en tous genres, un peu de recel, les dégradations et coups et blessures, et toute la misère sociale dont ils étaient souvent le triste reflet, quelques meurtres aussi, mais souvent liés à des règlements de comptes relatifs à la drogue ou entre bandes rivales… Notamment le meurtre d'un trentenaire d'origine polynésienne, tabassé à mort par quatre mecs rue du Docteur-Leroy autour du Premier de l'an. C'était il y a deux ans. L'affaire avait fait du bruit car elle était intervenue dans un contexte très insécuritaire dans ce secteur de la ville. Les commerçants se plaignaient déjà des bandes qui y traînaient toute la nuit, des vitrines taguées ou brisées. « Mais que faisait la police ?! » s'insurgeait-on alors. Même le maire y avait été de son petit commentaire, assurant quand même que la police était présente dans le quartier. « Ça c'est sûr », pensa Delbarre. Il habitait à deux pas… L'affaire avait été rondement menée avec l'appui du SRPJ d'Angers et les gens pouvaient dorénavant arpenter avec davantage de sérénité la zone de la rue du Port. Bref, du presque « banal » pour une agglomération qui regroupait aujourd'hui environ 200 000 âmes.

Mais ce matin, Delbarre avait tout de suite compris que cette affaire était différente. Qu'ils allaient devoir pêcher un gros poisson. Un très gros poisson. Dont on pouvait déjà sérieusement douter de l'équilibre psychique…

Un assassinat aussi peu commun avait déjà alerté tous les autres poissons au sein du vivier. Ceux du côté de la loi et de la sécurité publique cette fois. Une heure après qu'il ait découvert le corps de cette fille, le procureur l'avait déjà attrapé au bout de son hameçon.

— Commissaire Delbarre, le lieutenant Vannier m'a fait un premier compte rendu tôt ce matin. La situation est déjà tendue. Les journalistes sont déjà sur le pont et nous harcèlent de questions. Avec ce qu'il s'est passé il y a un mois à Paris, la psychose peut vite gagner la population, les fausses rumeurs être lancées et enfler à vitesse grand V.

— Je m'en doute bien monsieur le procureur. Pour l'instant, rien n'indique qu'il puisse s'agir d'un acte terroriste, surtout avec ce cœur tracé, ça ne colle pas vraiment avec ce qui a pu se passer au Bataclan ou aux terrasses des cafés parisiens. On cherchait alors à tuer massivement à l'arme de guerre, pas à assassiner une pauvre jeune fille et à faire des graffitis à l'hémoglobine derrière.

— Je sais Delbarre. Vous êtes un bon flic et j'ai toute confiance en vous pour coincer le tordu qui a fait ça au plus vite. Mais d'abord, on réunit la presse dans la journée, on distille quelques infos pour satisfaire leur curiosité et, surtout, on calme le jeu pour ne pas paniquer la population. Entendu ?

— Entendu.

Trente minutes plus tard, c'était le préfet de la Sarthe qui faisait s'agiter l'iPhone du commissaire. Même discours, même trouille au fond du cerveau. Trouver le taré qui avait fait ça, mais avant, écarter au plus vite les folles rumeurs et rassurer tout le monde avant que l'assassinat ne fasse les titres des chaînes d'info en continu.

Aux alentours de 9 heures, le commissaire avait pris contact avec ses collègues de Chartres pour leur expliquer la situation. Le commissaire Watier, à la voix étonnamment douce et apaisante, allait lancer les recherches de son côté. Il avait envoyé deux de ses hommes au centre hospitalier du Coudray pour annoncer la triste nouvelle aux collègues d'Ophélie Marceau et contacté la police municipale de Nogent-le-Rotrou pour que d'autres collègues aillent prévenir les pauvres parents de la victime. Delbarre avait déjà été maintes fois confronté à cette situation terrible... Sonner chez des inconnus au petit matin, apercevoir derrière eux les tasses de café encore fumantes, les croissants encore au fond du sachet, saisir au fond de leur regard qu'ils venaient de comprendre que quelque chose de grave venait d'arriver, que leur destin était lié à ce qu'ils allaient dire, que tout allait sans doute basculer dans quelques secondes… Puis les cris, les pleurs, la consternation, les regards suppliants, les condoléances qui n'y changeaient rien, le sentiment d'impuissance, l'envie de partir, vite, de laisser les gens à leur chagrin…

Delbarre savait qu'il devrait rendre visite à ces parents effondrés dans peu de temps. Les investigations se terminaient alors place des Jacobins, la vie y reprenait un cours un tant soit peu normal. Le corps avait été retiré et transporté au département médico-légal du centre hospitalier du Mans.

En fin de matinée, Delbarre était rapidement repassé par son appartement. Il n'avait rien mangé depuis son réveil prématuré. Un sandwich et une canette de Coca Zéro avaient suffi avant que le commissaire ne file rapidement au commissariat central, rue Coëffort.

Dix minutes plus tard, Delbarre garait sa Toyota Auris devant l'imposant bâtiment. Le commissaire détestait l'aspect morne et triste de sa façade. Le bloc de béton, qui datait certainement des années 1970, alignait les fenêtres décrépites sans aucune imagination. Le blanc et le gris vieillis des murs ne détonaient pas les jours de mauvais temps. Les mots « Hôtel de Police », suspendus au-dessus de l'entrée principale, un drapeau tricolore et les véhicules de police garés devant ne laissaient aucun doute sur la fonction du lieu.

Le commissaire entra d'un pas pressé dans le bâtiment. L'horloge dans le hall d'entrée indiquait tout juste midi. Nadine, l'officier qui s'occupait de l'accueil au sein du commissariat salua Delbarre qui lui rendit son sourire.

— Bonjour Nadine. On a une sale affaire sur le dos. Je veux tout le monde dans la salle de réunion du premier en milieu d'après-midi.

Nadine ne répondit pas. Elle savait que dans ces moments délicats, le commissaire n'était guère bavard.

Delbarre passa devant la machine à café qui intoxiquait tous les Manceaux qui venaient déposer plainte depuis des années, et que les policiers n'utilisaient jamais, puis grimpa au premier étage. Un long couloir vitré y desservait les nombreux bureaux qu'occupaient les officiers de police qui composaient « son équipe ». Pour apporter un peu de soleil et de jeunesse au vieux bâtiment de béton fatigué, les membres du commissariat avaient donné un nom d'île paradisiaque ou d'archipel à chacune de ces pièces de travail. Au bout du couloir, une vaste salle de réunion, baptisée Tahiti, aux murs blancs décrépis mais sans sable fin, occupait un tiers de l'étage. Le commissaire observa à la hâte « ses gars », les yeux fixés sur des écrans d'ordi et cernés par des piles de dossiers qui s'accumulaient. Les portes défilaient sous ses yeux. Martinique, Bahamas, Seychelles, Hawaï. Arrivé en bordure du Pacifique, le commissaire fit demi-tour et monta au second où l'attendaient son bureau, celui de Vannier et la salle d'archivage du commissariat central.

Lorsqu'il foula le sol d'Ouessant, Delbarre vit Vannier lever les yeux vers lui. Ils avaient bénéficié du droit de baptiser leurs bureaux et avaient choisi des noms d'îles où les cocotiers n'étaient pas bien nombreux. Le commissaire occupait l'île d'Yeu.

— Ça va Fab'?

Vannier voyait bien que son patron avait une petite mine.

— Depuis ce matin, j'ai cherché à en apprendre le plus possible sur cette Ophélie. J'ai contacté l'hôpital où elle travaille comme infirmière, j'ai pu joindre son père et sa meilleure amie, effondrés tous les deux, au téléphone. Je fais un premier bilan tout à l'heure mais pour l'instant, une fille en apparence sans histoire…

À 15 heures, toute l'équipe était réunie dans la salle de réunion. Rien à voir avec Papeete. On y trouvait une vaste table face à plusieurs rangées de chaises soigneusement alignées. Un vidéoprojecteur irradiait de sa lumière blanche et puissante une grande partie du mur qui était derrière la table. Ambiance salle de classe sans les bureaux et les ados.

Delbarre et Vannier prirent place derrière la table et les membres de leur équipe s'installèrent face à eux.

Tout à gauche patientait Mathilde Lecomte, la plus jeune de l'équipe. À seulement 27 ans, elle dégageait une sérénité assez désarmante. Les bras croisés et le regard déterminé, elle ressemblait à une collégienne qui attendait que l'interro qu'elle avait révisée à fond n'arrive. Style bonne élève et chouchoute du prof.

À ses côtés se trouvait Karim Saïdi, 29 ans, dans la police depuis deux ans. Né au Maroc et vite orphelin, il avait grandi à Bordeaux au sein de la famille qui l'avait adopté alors qu'il n'avait que 3 ans. Delbarre avait une réelle affection pour ce grand gamin, pas très sûr de lui, mais d'une loyauté et d'une efficacité à toute épreuve. Son regard pas très rassuré naviguait entre Mathilde et le commissaire, entre la jolie collégienne pour qui il avait le béguin et le professeur aimé et respecté.

Assis derrière eux, Jonathan Pasquet, 31 ans, mâchait son chewing-gum en attendant. Cette manie agaçait le commissaire qui préférait pourtant fermer les yeux. Cela collait trop au personnage. Le « petit génie » comme le surnommait Delbarre était un élément rare et précieux tant ses compétences en informatique étaient importantes. Tendance geek aux relations sociales limitées, ado rêveur et souffre-douleur de la classe. Exhumer un fichier effacé au fond d'un disque dur ou traquer une adresse IP indocile lui semblait aussi simple que ne l'était le fait de courir après un dealer en bas d'une tour pour Delbarre. Chacun son truc…

Le dernier membre de l'équipe de Delbarre était Marc Belfond, 38 ans et déjà treize années passées dans la police. Assis un peu à l'écart des « jeunes », il scrutait ses chefs en attendant qu'un des deux ne commence. Avec Belfond, les choses étaient simples : excellent flic mais être humain qui savait parfois se montrer assez détestable. Genre élève rebelle et bourreau du souffre-douleur. Le ton était déjà monté de nombreuses fois entre Delbarre et lui. Belfond était un adepte des propos *borderline* et aimait jouer la provoc' quand il se sentait menacé. Les deux hommes se respectaient, se toléraient, avaient appris à bosser ensemble mais ne s'appréciaient guère.

Une fois les élèves bien installés et la classe prête, le professeur Delbarre put enfin prendre la parole :

— Merci à tous d'être là et ponctuels. Vous étiez tous présents ce matin aux Jacobins donc vous avez tous vu le corps de cette pauvre fille. Éric, tu nous redonnes les circonstances de la découverte s'il te plaît ?

— À 4h42, Stéphane, qui était de garde au standard cette nuit, reçoit un appel d'un type qui se rendait au boulot tôt ce matin et qui a l'habitude de traverser la place à cette heure. Le type s'appelle Romain Melvin et bosse au Monoprix de la place de la République. Il fait l'ouverture et la mise en rayon. Il raconte avoir aperçu, de loin, ce qui ressemblait à une forme sombre, sur la place, près des voies de tram. Après s'être approché, il a compris qu'il s'agissait d'une femme allongée sur le dos. Il raconte avoir d'abord cru qu'elle était ivre et dormait. C'est quand il a vu le sang et l'orifice d'entrée de la balle qu'il a paniqué et nous a appelés. J'ai été prévenu de suite, le temps de m'habiller, de sauter dans ma voiture et je suis arrivé sur place un peu après 5 heures. J'ai sécurisé le périmètre, réalisé les premières constatations, vous ai tous demandé de rappliquer et j'ai appelé le commissaire vers la demie.

Delbarre acquiesça en hochant la tête et prit la parole :

— On sait que la victime s'appelle Ophélie Marceau, 27 ans, qu'elle vit à Chartres et y travaille, elle était infirmière. Pas mariée, pas pacsée, pas d'enfant. Pas de casier. Sa carte d'identité indique qu'elle est née au Mans, ce qui pourrait expliquer qu'elle se soit trouvée ici. Elle y a sans doute de la famille ou des amis. Avec Éric, on va fouiller de ce côté-là et interroger les proches. Elle a été tuée par balle, en pleine tête et de face, donc de sang-froid. On peut donc certainement déjà écarter la piste de la balle perdue ou du « au mauvais endroit, au mauvais moment ». Le symbole dessiné à ses côtés, certainement un message qui nous est adressé, l'atteste également. Il s'agit d'un cœur, sans doute tracé avec le sang de la victime, même s'il nous faut attendre les résultats des analyses pour le confirmer… Certainement tracé avec un gros pinceau ou quelque chose de ce genre.

Le commissaire marqua une pause et observa son équipe. Les visages étaient concentrés, les esprits sans doute conscients qu'ils allaient avoir affaire à une enquête comme ils n'en avaient peut-être encore jamais connue. Une photo du cœur tracé apparaissait derrière les deux policiers, projetée par la machine qui ronronnait près d'eux.

Delbarre reprit alors :

— La jeune femme n'a pas été tuée sur place, cela aurait été bien trop voyant et le coup de feu aurait alerté la population alentour. De plus, il n'y a aucune trace de projection de sang ou d'élément organique sur la scène. Aucun épanchement important de sang non plus. Elle a été assassinée ailleurs et amenée ici, ce qui hélas semble logique. Pour qu'on la trouve, pour qu'on la voie, comme des spectateurs observent un décor de théâtre.

Le silence se fit dans la pièce. L'ambiance n'était pas celle des plages de Tahiti, loin de là. Le commissaire répartit alors les premières tâches de l'enquête entre les membres de son équipe.

— Mathilde et Karim, vous réinterrogez le dénommé Romain Melvin qui a trouvé le corps et interrogez le voisinage de la place. Quelqu'un qui aurait vu ou entendu quelque chose de particulier dans la nuit. Et renseignez-vous sur la vidéo-surveillance au niveau de la place, je suppose que la Cité judiciaire ou même le cinéma et le théâtre sont équipés de caméras. Marc, tu te rends à Chartres pour interroger les collègues de la victime au centre hospitalier où elle bossait et perquisitionner son domicile. Sur sa carte d'identité, il est inscrit qu'elle vivait au 61 rue du Grand-Faubourg. Je vais en informer nos collègues sur place avec qui j'ai déjà été en contact. Et Jonathan, tu vois tout ce que tu peux trouver sur cette Ophélie Marceau sur internet. Profils sur les réseaux sociaux, sur d'éventuels sites de rencontre... Vois également avec les services administratifs pour étoffer nos connaissances. Sécu, impôts, abonnements téléphone et internet... Marc, si tu trouves un ordi, une tablette, un téléphone portable ou que sais-je d'approchant chez elle, tu rapportes tout ça ici et Jonathan en fouillera les entrailles. Avec Éric on part pour Nogent-le-Rotrou demain matin. C'est là que vivent les parents de la victime. On y sera en milieu de matinée. Il faut qu'on en apprenne plus sur elle, que l'on comprenne pourquoi cette pauvre jeune femme, en apparence sans histoire, s'est retrouvée avec un projectile en travers du crâne. Il nous faut du neuf et vite.

Sur cette dernière parole du commissaire, qui n'appelait aucun commentaire, tous les membres de l'équipe se levèrent et se dispersèrent.

Mathilde Lecomte rejoignit Karim, avec qui elle allait faire équipe, alors que ce dernier regagnait déjà son bureau situé au bout du couloir et dont le nom, « Bahamas », était inscrit sur la porte. Karim avait seulement deux ans de plus que Mathilde et les deux collègues, bossant ensemble depuis deux ans, avaient toujours été très complices.

Cela n'était pas pour déplaire à Saïdi, dont les sentiments pour Mathilde n'étaient un secret pour personne, sauf pour la principale concernée. Il se souvenait comme si c'était hier du moment où il l'avait rencontrée dans le hall de l'hôtel de police alors qu'il venait tout juste d'apprendre sa nomination au sein de l'équipe du commissaire.

— Bon Ka', on traîne pas et on file place des Jacobins, on a du taf là.

— Ouais Mathilde, je récupère ma veste et j'arrive.

Tandis que les deux jeunes flics descendaient les escaliers du commissariat, Belfond, quant à lui, démarrait déjà un des véhicules du commissariat et s'apprêtait à filer vers la préfecture de l'Eure-et-Loir. Le policier avait toujours aimé bosser en solitaire, et cette virée, seul vers l'est, n'était pas pour lui déplaire. Il avait toujours respecté le bon flic qu'était Delbarre mais ses relations avec l'homme, qu'il jugeait trop bienveillant et trop paternel avec sa jeune équipe, avaient toujours été difficiles.

Delbarre avait passé le reste de l'après-midi à essayer d'en apprendre plus sur la victime, sans grand succès. Le légiste lui avait affirmé pouvoir lui rendre son rapport dès lundi. Des journalistes locaux, d'*Ouest-France*, du *Maine Libre*, de *France 3 Pays de la Loire* et de *France-Bleu Maine*, avaient déjà essayé de le contacter pour en savoir plus sur le corps retrouvé à l'aube sur la place. Le commissaire s'était refusé à tout commentaire pour l'instant, ils en savaient trop peu pour le moment.

Il rentra chez lui en début de soirée. Le commissaire habitait un appartement au cinquième étage d'une résidence moderne donnant sur la vaste place de la République. L'imposant bâtiment trônait à l'angle avec l'avenue du Général-de-Gaulle. Au-dessus d'une agence bancaire s'empilaient les étages aux balcons vitrés.

Après avoir dîné, Delbarre reçut un premier appel d'un des membres de son équipe. Lorsqu'il entendit la voix enjouée de Mathilde, il sut qu'elle avait du nouveau à lui apprendre.

— Commissaire, on a quelque chose. Bon, l'enquête de voisinage n'a rien donné. Les riverains sont peu nombreux autour de la place, surtout entourée de commerces, et ceux que nous avons pu interroger n'ont rien vu, rien entendu, tous dormaient.

— Tu m'étonnes...

— Oui. Par chance, une des quatorze caméras de vidéosurveillance installées par la ville en 2013 se trouve place des

Jacobins. Et le cinéma et le théâtre en possèdent aussi chacun une à l'entrée mais qui ne fonctionne pas quand ils sont fermés. Par contre, la Cité judiciaire en possède logiquement plusieurs qui tournent H24. Avec l'équipe du PC sécurité du tribunal, on a visionné les images de ces caméras tournées entre 3 heures et le moment où le corps a été découvert. Et bingo, l'endroit où a été déposé le corps entre dans le champ de l'une d'elles.

— Et alors Mathilde ? Qu'est-ce qu'on voit ?

L'impatience du commissaire perçait dans sa voix.

— À 4 h 26 précises, on voit un véhicule utilitaire blanc se garer, phares éteints, le long de la voie de tram'. Modèle Renault Kangoo, semble-t-il plutôt des années 2000, pas un modèle ultra récent à première vue. Heureusement, la place est en partie éclairée toute la nuit, ce qui nous permet de distinguer quelque chose. On en voit sortir ce qui semble être, compte tenu de la taille et de la silhouette, un homme, même s'il est cagoulé et porte un bonnet noir. Tenue et chaussures noires également, il a tout fait pour être le moins visible possible. Avec Karim, on pense qu'il mesure aux alentours d'1 mètre 80-85. Silhouette assez musclée semble-t-il. Il sort le corps de l'arrière de la camionnette, le pose au sol, sort un seau et un gros pinceau et, à l'aide du liquide contenu dans le seau, trace le cœur au sol, avant de repartir à 4 h 31. Pas de passage aux alentours avant l'arrivée de l'homme qui a découvert le corps.

— Et la plaque de la camionnette Mathilde ?

— Vous pensez bien qu'on y a jeté un œil commissaire ! Elle est difficilement lisible, l'image commençant sérieusement à pixéliser sur le zoom, mais il nous semble qu'elle commence par les lettres BA et comporte peut-être un 4 et un 5 ensuite. La fin de la plaque est indéchiffrable. On a rentré ces lettres et numéros de plaque dans nos fichiers et, sans grande surprise, nous avons découvert que le véhicule a été volé il y a un mois et demi à Laval. On a appelé les collègues mayennais. Vol par effraction en brisant la vitre côté passager. Le véhicule a été filmé par plusieurs caméras de vidéosurveillance après le vol, sans que l'on puisse distinguer le visage du conducteur. Les collègues perdent sa trace en banlieue lavalloise.

— Et cette camionnette est également visible sur la caméra de vidéosurveillance urbaine ?

— Oui, on voit la camionnette arriver du tunnel, passer le rond-point, monter sur le trottoir, passer les voies de tram et sortir ensuite du champ de la caméra. Heureusement que celle de la Cité judiciaire a pris le relais.

— Donc le type arrivait de l'ouest, depuis la rivière, s'il a pris le tunnel.

— Oui, et il emprunte le même trajet au retour.

— Tu as vérifié si la ville possède d'autres caméras dans ce secteur ?

Delbarre savait que la majorité des caméras occupaient le secteur de la gare Nord et de l'avenue du Général-Leclerc, lieux centraux du trafic de drogue.

— Oui commissaire, j'ai regardé et il n'y en a aucune. J'ai jeté un œil aux images des caméras qui surveillent la place de la République et l'espace des Halles, pas si éloignés des Jacobins, sur la plage qui s'étend de 4 à 5 heures, mais à aucun moment la camionnette n'y passe.

— On perd sa trace donc ?

— Oui, malheureusement.

— O.K. Mathilde...

Le commissaire ne put cacher sa déception dans le ton de sa voix.

— Merci, vous avez bien bossé. On se retrouve demain à 18 heures au commissariat pour faire un premier bilan.

Transmets à Karim. Repose-toi et tu profites de ton samedi soir hein ?

— Merci commissaire, oui ne vous inquiétez pas. À demain.

Delbarre raccrocha et garda le silence un moment. Le commissaire avait toujours eu une affection toute particulière pour Mathilde. Sans doute parce qu'elle avait perdu son père quand elle avait 6 ans. Peut-être aussi parce que le commissaire voyait peu souvent sa propre fille. Toujours est-il que Delbarre l'avait rapidement prise sous son aile quand elle avait intégré l'équipe il y a quatre ans, alors qu'elle débutait dans la police. Cela avait parfois alimenté une forme de jalousie chez certains. Cela avait également creusé le fossé qui séparait Delbarre de Belfond. Mais le commissaire s'en fichait.

Il fit le point sur ce qu'il venait d'apprendre. On avait affaire à un homme qui ne souhaitait pas montrer son visage, peut-être était-il connu des services de police, mais qui, malgré tout, souhaitait que ses actes soient visibles, que sa mise en scène soit étudiée et que son message soit certainement compris. Sinon, il n'aurait certainement pas pris le risque d'entrer dans le champ des caméras du tribunal. Il aurait tout aussi bien pu déposer le corps bien plus au centre de la place, là où les caméras ne portaient pas. Cela pouvait difficilement être une coïncidence.

Ils en sauraient bien plus dès demain.

Levé depuis 5 h 30, le commissaire tombait de fatigue. Il vérifia une dernière fois son téléphone – pas de SMS de sa fille Aurore ce soir – et alla se coucher.

Dimanche 13 décembre

Début de matinée

Autoroute A11, sens Le Mans-Paris

Les bandes blanches qui séparaient leur voie de la bande d'arrêt d'urgence défilaient à vitesse grand V.

— Fabien... t'es avec moi ?

— Hein ? Excuse-moi, je réfléchissais.

Le regard du commissaire s'était en effet perdu par la vitre côté passager de la Peugeot 308 conduite par Vannier. Le véhicule filait à plus de 140 km/h sur l'autoroute et pour encore deux kilomètres, car le panneau indiquant la sortie imminente vers La Ferté-Bernard était visible.

Les deux hommes avaient quitté Le Mans une demi-heure plus tôt. Vannier était passé chercher Delbarre en bas de chez lui à 9 heures. Ce dernier avait résumé à son adjoint ce que Mathilde lui avait appris la veille au soir.

— Tu penses à un assassinat isolé ou tu crois que ce type peut recommencer ? Un tueur en série chez nous ? Comme dans les séries à la télé ou sur *Netflix* ?

— Honnêtement, je n'en sais rien Éric. Rien n'indique qu'il ne recommencera pas. Pour l'instant, on n'a aucun message de sa part, aucune revendication. Juste ce cœur... On ne tue pas de sang-froid pour des raisons sentimentales... Si ? Tuer une ex ? Une rivale amoureuse ? Et on ne dépose pas le corps comme ça, en plein centre-ville de nuit... Qu'est-ce que ça peut vouloir dire ce cœur franchement ?

— Aucune idée Fab'... Vraiment aucune...

Les deux hommes arrivèrent à Nogent-le-Rotrou un peu après 10 heures. La ville d'à peine 10 000 habitants était la plus importante de la région naturelle du Perche, elle-même à cheval sur l'Orne, l'Eure-et-Loir et la Sarthe. Les parents d'Ophélie Marceau habitaient en haut de la rue du Château, en plein cœur de la vieille ville médiévale.

Lorsque Vannier manœuvra pour garer la berline dans la ruelle étroite, Delbarre en profita pour admirer le donjon du château Saint-Jean qui était en partie visible au bout de la rue, caché derrière quelques arbres.

La tour de pierre blanche, massive et rectangulaire, dont les hauteurs étaient crénelées, dominait la colline depuis le XIe siècle. Deux autres tours circulaires, plus récentes, y étaient accolées et encadraient l'entrée de l'édifice, toujours entouré de fossés.

Le commissaire sortit de sa contemplation et observa la petite maison à laquelle Vannier et lui faisaient face. Il ne pouvait s'empêcher de penser au fait que les deux personnes qui y vivaient avaient vu leur vie basculer hier. Passer de la lumière aux ténèbres. D'une vie des plus banales et sans doute paisible à un flot de douleur intarissable et incompréhensible. Leur fille, assassinée.

Le visage fermé, Delbarre frappa à la porte qui bordait une véranda. Vannier à ses côtés.

D'après les informations que Delbarre avait pu avoir, l'homme qui leur ouvrit devait avoir 52 ans. Il en paraissait dix de plus. Il n'avait pas dormi de la nuit et ses yeux étaient rougis. L'homme tentait de faire bonne figure face aux policiers. Le cœur de Delbarre se serra.

— Bonjour M. Marceau. Je suis le commissaire Fabien Delbarre. Et voici le lieutenant Éric Vannier. De la police judiciaire du Mans.

— Nous vous attendions commissaire... Entrez.

Les trois hommes pénétrèrent dans une petite entrée au papier peint vert pâle. Une photo de famille y était encadrée. Une famille souriante, heureuse. M. et Mme Marceau et leurs trois enfants.

— Mon épouse Sylvie et nos enfants, Julien, Agathe et...

L'homme ne put réprimer un sanglot.

— Nous vous adressons nos plus sincères condoléances. Nous sommes désolés de vous infliger cela mais il est nécessaire que nous vous posions quelques questions. Pour essayer de comprendre...

— Je sais... l'interrompit-il. Venez, installons-nous dans le salon. Est-il forcément nécessaire que ma femme soit présente ? Elle est couchée et sous tranquillisants, et je ne suis pas sûr qu'elle soit capable de vous répondre...

— Non, ne vous inquiétez pas, les informations que vous pourrez nous donner nous suffiront pour l'instant.

— Que s'est-il passé commissaire ? On m'a expliqué qu'Ophélie avait été retrouvée en pleine ville...

— Oui monsieur, le corps de votre fille a été retrouvé hier matin, très tôt, sur une des places principales du Mans. Je suis désolé de devoir vous le préciser de nouveau mais votre fille a été tuée par une arme à feu.

Le commissaire ne jugea pas utile de lui rappeler que sa fille avait été exécutée d'une balle en plein front.

Vannier prit alors le relais et posa la première question, celle qui brûlait leurs lèvres depuis hier.

— Savez-vous ce que votre fille faisait ce week-end au Mans monsieur ? Elle vivait et travaillait à Chartres d'après nos informations.

— Elle était avec Marion. Elles devaient passer le week-end ensemble. Ophélie nous avait appelés en début de semaine et nous l'avait dit.

— Marion comment ? Une amie de votre fille, je suppose ?

— Marion Jégou. Non commissaire, elle était sa petite amie. Ophélie était homosexuelle.

Les deux policiers échangèrent un regard. Ils avaient pensé à la même chose tout de suite. Le cœur... L'homosexualité de la victime pouvait-elle y être liée ?

Delbarre continua :

— Très bien. Elle est arrivée au Mans quand ? Vendredi soir ? Samedi matin ?

— Vendredi soir, si je ne dis pas de bêtise.

— Elles logeaient donc ensemble chez Marion ce week-end ? Connaissez-vous son adresse ?

— Pas par cœur mais nous l'avions écrite quelque part. Ma femme et moi étions déjà allés déjeuner chez elle avec notre fille. Elles n'étaient pas ensemble depuis si longtemps. Six mois peut-être... Attendez, je crois que c'est dans un tiroir.

L'homme sortit du salon et y revint quelques minutes plus tard, un papier à la main.

— Voilà, nous l'avions notée pour la rentrer dans le GPS : 142 rue Prémartine.

Vannier nota l'adresse. La rue était connue de tous au Mans. Cette très longue artère reliait la place des Jacobins, dans le centre, à la rocade nord.

— Pensez-vous que quelqu'un aurait pu en vouloir à votre fille au point de vouloir... attenter à ses jours ?

Delbarre tentait de manier les mots avec prudence et douceur, autant que possible compte tenu du contexte.

— Mais non commissaire, c'est incompréhensible ! Ophélie était une personne gentille, douce, dévouée aux autres, elle en avait fait son métier. Ça n'a pas de sens... Ma petite Ophé'...

L'homme craqua et se mit à pleurer. Les deux policiers restèrent quelques secondes immobiles et muets. Secondes qui leur parurent une éternité.

Puis Vannier se permit un geste de compassion qu'on ne leur apprenait pas à l'école de police. Il se leva, s'assit à côté du père en larmes et posa sa main sur son épaule.

— Nous sommes sincèrement désolés monsieur. Avez-vous de la famille pour vous entourer ?

— Nos deux autres enfants arrivent dans la journée.

— Très bien.

— Ça va aller ?

— Oui, oui, c'est bon... Pardon.

— Ne vous en faites pas. Donc personne n'aurait pu en vouloir à votre fille ? Pas de rivalité professionnelle importante ? Pas d'ex-petit ami ou petite amie qui aurait pu se montrer violent ? Une rancœur ancienne pour une raison ou une autre ? Des menaces homophobes peut-être ?

— Pas que je sache. Elle nous avait déjà raconté avoir été victime de remarques déplaisantes dans la rue quand elle tenait la main d'une petite amie, ou ne pas avoir été acceptée dans un bar une fois, mais rien de plus, je ne crois pas.

— Pourriez-vous, quand vous le pourrez, nous dresser une liste des anciennes compagnes, ou éventuels compagnons, de votre fille ? Je sais que c'est un exercice difficile mais cela pourrait s'avérer important.

— Je comprends, avec mon épouse nous essaierons. Laissez-nous juste quelques jours.

— Bien sûr.

Vannier enchaîna et posa une question à laquelle Delbarre n'avait pas pensé sur le moment.

— Votre fille vous a-t-elle déjà parlé d'un symbole en forme de cœur ?

— Un cœur ? Pourquoi cette question ? Non ça ne me dit rien de précis.

— Nous sommes dans l'obligation de vous communiquer cette information mais un cœur a été tracé à côté du corps de votre fille.

— Pardon ? Non mais c'est quoi ces conneries ?!

La peine immense que ressentait ce père était terriblement palpable. Cette réponse, empreinte d'incompréhension et de colère, en était le symbole.

— Nous aimerions également le savoir monsieur. Et, croyez-nous, nous ferons le maximum pour attraper celui qui a fait ça.

Les deux hommes se levèrent et quittèrent les parents endeuillés, en leur adressant à nouveau quelques paroles, sans doute vaines, de réconfort.

Une heure et soixante-quinze kilomètres plus tard, les deux hommes étaient de retour au Mans.

Dimanche 13 décembre

Fin d'après-midi

Commissariat central du Mans

Mathilde Lecomte fut de retour au commissariat peu après 17 heures. La réunion de toute l'équipe n'était prévue que dans une heure. Elle traversa le vieux hall, à la moquette défraîchie, salua Nadine, quelques officiers qu'elle croisa et monta au premier.

Son bureau était le deuxième à droite du couloir. Coincé entre celui de Karim et la salle dédiée aux interrogatoires. Une photo sous cadre y montrait une plage d'Hawaï, entourée de palmiers, au soleil couchant. Lecomte avait toujours trouvé cette image d'une laideur absolue. Et tellement clichée... Sable fin, cocotiers, vagues pour les surfeurs... Mais son bureau avait été nommé du nom de l'île états-unienne perdue en plein Pacifique, il lui était alors difficile de l'enlever sans soulever une vague de protestations.

Une fois installée derrière son écran, elle repensa à la conversation qu'elle avait eue dans la journée avec le commissaire, alors qu'ils rentraient de Chartres avec Vannier. Il lui avait raconté la détresse absolue des parents de la jeune femme et lui avait expliqué qu'elle était au Mans avec sa petite amie ce week-end.

L'évocation de la vie amoureuse de la victime ne put l'empêcher de penser à Arnaud... Il l'avait quittée il y a un mois. Trois ans qu'ils étaient ensemble, deux qu'ils étaient pacsés. Et Mathilde était sincèrement amoureuse de cet homme qu'elle avait rencontré sur un site de rencontre en ligne.

Lorsqu'ils s'étaient rencontrés pour la première fois, son air gauche, intimidé l'avait tout de suite touchée. Sa gentillesse naturelle et ses yeux pleins de douceur l'avaient séduite.

Mathilde avait bien senti qu'une distance s'était installée entre eux depuis quelque temps, qu'un fil s'était distendu, au bord de la rupture, depuis que Arnaud lui avait dit qu'il voulait un enfant, qu'elle n'avait su quoi répondre sur le moment, qu'elle avait fini par lui dire qu'elle ne savait pas, qu'elle n'était sans doute pas prête, que son boulot lui prenait trop de temps pour pouvoir s'occuper d'un bébé. La déception s'était imprimée sur le visage d'Arnaud et, depuis, une forme de tristesse semblait ne pas l'avoir quitté.

Un mois plus tôt, le couperet était tombé. « Mathilde, il faut qu'on parle. » La formule classique. Elle avait tout de suite compris. Les mots maladroits d'Arnaud, au bord des larmes, lui revenaient en mémoire. Il lui disait qu'il ne se voyait pas continuer sa vie avec une femme qui ne voulait pas devenir la mère de ses enfants.

Mathilde était restée abasourdie. Arnaud était venu récupérer ses affaires quelques jours plus tard et tout s'était ainsi terminé. L'évidence qui les avait saisis trois ans auparavant, dans ce bar de la place de la République, semblait maintenant s'être évaporée. Baisser de rideau. Terminus, tout le monde descend.

Depuis, la peine était toujours aussi forte, la réveillait toujours la nuit. Mais Mathilde ne devait rien montrer à ses collègues car personne ne savait, même pas le commissaire, dont elle était pourtant si proche.

Ainsi, ses pensées passèrent de son ex au commissaire. Elle l'avait rencontré il y a quatre ans, alors qu'elle débutait dans la police. Elle qui était originaire de Nantes avait eu la chance d'être tout de suite nommée dans l'équipe de Delbarre. Ses très bons résultats aux concours n'y étaient sans doute pas pour rien.

Delbarre l'avait reçue dans son bureau et ils avaient parlé pendant près d'une heure. Le sourire chaleureux du commissaire et sa bienveillance naturelle l'avaient tout de suite mise en confiance.

Et quand le commissaire lui avait demandé de lui raconter qui elle était, d'où elle venait et ce qui lui avait donné envie de devenir flic, elle avait tout sorti. Comme une séance de psychothérapie. Auprès d'un inconnu qui était son supérieur. Mais une séance gratuite, et qui lui avait fait tellement de bien.

Son père, flic lui aussi. Lieutenant de police à Nantes. Marié à sa mère depuis plus de vingt ans. Et puis un matin, alors que son père n'était pas rentré la veille, ses collègues à la porte, le visage décomposé, sa mère qui crie, qui s'écroule, qui éclate en sanglots.

Des mots que Mathilde avait alors eu du mal à comprendre.

Son père parti pour une intervention suite au braquage d'une bijouterie... Des échanges de coups de feu... Son père touché à la poitrine... Avaient appelé les secours... Tout ce qu'ils pouvaient... Désolés... Toutes leurs cond...

Les mots s'étaient brouillés, Mathilde avait couru jusqu'à sa chambre, avait pleuré toutes les larmes de son corps et n'en était pas sortie avant deux jours.

Sa vie à elle aussi avait basculé. Elle avait alors 6 ans.

Le commissaire l'avait écoutée jusqu'au bout sans l'interrompre, lui avait dit qu'il était sincèrement désolé, qu'il comprenait sa vocation pour ce métier. Suivre les traces de son père. Il serait fier d'elle. Faire tout ce qu'elle pouvait pour empêcher que d'autres petites filles et petits garçons, soient obligés de voir des policiers débarquer chez eux pour annoncer que leur papa ou maman était parti, pour toujours.

C'est pourquoi, alors qu'elle réalisait des études de lettres et d'histoire, plutôt avec réussite, elle avait tout lâché pour répondre à une évidence qui s'était imposée à elle : elle serait flic, comme papa. Et elle avait réussi son pari.

Depuis ce jour, où Mathilde s'était livrée comme jamais, Delbarre avait toujours été comme un deuxième père dans son esprit. Elle avait besoin de lui. Et leur relation privilégiée semblait parfois compenser l'absence d'Aurore, la fille, la vraie, du commissaire.

— Ça va Mathilde ?

Karim et Jonathan venaient de rentrer dans son bureau, elle ne les avait pas entendus.

— Ouais.

— Marc vient d'appeler, il arrive. Il ramène l'ordinateur portable de la victime. Notre petit « pirate » à nous va pouvoir s'amuser un peu.

Karim regarda Jonathan, amusé.

— C'est vrai que fouiller la vie privée d'une jeune femme qui m'est inconnue et dont le corps repose dans un frigo à l'unité médico-légale, j'ai toujours adoré, lui répliqua Pasquet, un sourire désabusé au coin des lèvres.

— Bon les gars on file en salle de réunion, je viens d'entendre la voix des chefs en bas et il est moins cinq.

Dix minutes plus tard, tout le monde était là. Tous réunis comme la veille, après que le cadavre avait été retrouvé.

Le commissaire leur avait fait un premier bilan sur ce qu'on savait de l'assassin : il était grand, avec une silhouette sportive, complètement dissimulé sur les images, il avait volé un utilitaire un mois plus tôt...

Les images issues de la vidéosurveillance défilaient derrière eux, Pasquet aux manettes. Vannier avait enchaîné et fait le compte rendu de leur rencontre avec les parents. Ce fut ensuite au tour de Belfond de faire le bilan de ses recherches à Chartres :

— J'ai interrogé ses supérieurs et tous ses collègues au centre hospitalier Pasteur du Coudray. Ils sont tous profondément attristés. Collègue modèle, décrite comme adorable, elle travaille à l'hôpital depuis quatre ans, dans le service d'urologie depuis deux ans. Personne ne comprend. Je me suis ensuite rendu chez elle, rue du Grand-Faubourg, avec la collaboration du commissaire Watier. Elle habitait un petit appartement de quarante mètres carrés au-dessus d'un bar, le *Jeanne-d'Arc* je crois. Rien de bien particulier, l'appart' d'une femme sans enfant qui vit seule. On sent qu'elle s'était absentée pour le week-end, affaires rangées, vaisselle faite, quelques cintres sans vêtement, je n'ai pas trouvé de valise... Par contre j'ai trouvé son PC portable. Un HP, tout ce qu'il y a de classique. L'accès est verrouillé par un mot de passe. Pasquet-Jobs, ça va être à toi de jouer.

Le petit sourire moqueur de Belfond n'échappa à personne. Marc avait toujours considéré que fouiller des machines, ce n'était pas être un « vrai flic ». Pour lui, un flic c'était une arme de service au flanc, des interrogatoires musclés et la confrontation physique et verbale avec toutes sortes de délinquants et criminels. Vivre pénétré de sueur, de testostérone et d'adrénaline plutôt que de circuits électroniques, de micro-processeurs et de données en tous genres stockées sur des serveurs. Opposition totale de style.

Les chefs ne prirent pas la peine de relever le sarcasme et questionnèrent :

— Pas trouvé de téléphone portable ?

— Non.

— Curieux... Son assassin le lui aurait volé ? Pour quoi faire ? Il connaissait sa victime et le portable de cette dernière nous aurait permis de remonter jusqu'à lui ? Pasquet, tu peux nous trouver le numéro de la victime et voir si on peut géolocaliser son téléphone ?

— Si le téléphone est allumé et avec sa carte SIM, ça peut sans doute se faire commissaire.

— O.K., et tu as fouillé ses éventuels profils sur internet ?

— Oui, j'allais y venir. J'ai galéré mais j'ai réussi à la trouver sur *Facebook* grâce à la localisation de son domicile et de son lieu de travail et en tentant quelques combinaisons de pseudos. Mais son profil est en partie protégé donc nous n'avons pas accès à grand-chose, juste quelques photos qu'elle a publiées de manière publique. Je vous ai tout imprimé. Son pseudo est « OrphéeM », sans doute un jeu de mots avec le diminutif « Ophé' ». Quelques photos de vacances, à Cuba il y a deux ans, en Ardèche l'été dernier. Des photos avec ses parents, avec son frère et sa sœur, et avec sa petite amie dont le pseudo est « Marion Jg », plus classique. Rien de bien particulier de ce côté-là non plus.

— Bon boulot, merci Jonathan, conclut Vannier.

— Commissaire, lieutenant, intervint Karim en levant la main.

La situation fit sourire l'assistance, Karim se croyait en cours de maths.

— Oui Karim ? répondit Delbarre.

— J'observe l'image capturée sur la caméra de surveillance derrière vous depuis tout à l'heure et quelque chose m'intrigue. Bon, je vais peut-être dire une connerie mais regardez.

Karim se leva et alla se planter au pied de l'écran. Il indiqua alors le bas de la manche de l'assassin.

— C'est peut-être mon imagination mais au niveau de son poignet droit, juste sous la manche de son blouson, on dirait une petite tache noire non ?

Tous se levèrent et s'approchèrent, scrutant l'endroit montré par Saïdi.

— Tu as raison Karim, intervint Mathilde, on dirait qu'il y a quelque chose...

Tous opinèrent.

— Vous pensez à quoi intervint Delbarre ? Un tatouage ? Une tache naturelle, genre tache de naissance ?

— Possible, approuva Vannier. Jonathan, tu peux pas zoomer sur la zone ?

Quelques secondes plus tard, le bas de la manche, le poignet et la main apparurent en gros plan. La qualité était mauvaise mais la forme était un peu plus précise.

— On dirait une sorte de pointe proposa Mathilde.

En effet, tous furent d'accord sur le fait que le morceau visible représentait un bout de tatouage et avait une forme assez longiligne, sans pour autant réussir à distinguer un dessin plus précis.

Tous reprirent place et le duo Delbarre-Vannier mit fin à la réunion en leur donnant le programme des jours à venir. Tous deux allaient rencontrer la petite amie de la victime le lendemain après-midi, le commissaire avait rendez-vous avec le légiste le matin.

Ils demandèrent à Pasquet de fouiller le disque dur de la victime et de se renseigner sur la possibilité de géolocaliser son téléphone, s'il y en avait un. Belfond se vit confier la mission de récupérer, à l'IML, la balle retrouvée dans la tête de la victime et de voir avec le service balistique ce qu'il pouvait en tirer. Type d'arme utilisée, type de munition, fouiller au niveau des armes volées et celles déclarées. Lecomte se vit remettre la liste des ex d'Ophélie Marceau. Elle devait essayer de les trouver, les contacter, établir la situation perso de chacun et chacune et leur demander ce qu'ils faisaient ce week-end. Enfin, Saïdi comprit qu'il allait passer une partie de son lundi à visiter tous les tatoueurs de l'agglo pour voir s'ils n'avaient pas tatoué un homme au niveau du poignet droit ces dernières années, tatouage qui aurait pu ressembler à l'infime « pointe » visible sur le poignet droit du meurtrier. « Autant chercher une aiguille représentée sur un corps entièrement tatoué » pensa Karim.

Il était 21 heures passées quand Delbarre, rentré chez lui une heure auparavant, décida d'appeler Aurore. Il détestait les dimanches soirs, enfermé seul chez lui. La nostalgie des week-ends passés en famille ou avec sa fille l'assaillait à chaque fois. Il n'avait pas le courage de poursuivre *Temps glaciaires*, le dernier polar de Fred Vargas qui venait de sortir et qu'il avait commencé la semaine passée. Pourtant, le commissaire Adamsberg était un de ses héros-collègues favoris. Delbarre s'était toujours dit qu'il aurait adoré bosser avec un flic de son style et de son talent. Il se dit parfois que l'action du commissaire l'inspirait forcément, notamment dans sa manière de gérer son équipe. Vannier était son Danglard à lui. Sauf que son lieutenant consommait moins de vin blanc. Cette pensée le sortit de sa morosité et le fit sourire. Il appuya alors sur la touche verte pour lancer l'appel.

Aurore avait 19 ans et avait pris la décision, après son bac, d'aller étudier les langues étrangères appliquées à l'université de Barcelone, spécialité espagnol forcément. Sa fille, grande amatrice de poésie, lui avait expliqué que « le célèbre poète, philologue, critique littéraire et ancien directeur de l'Académie royale espagnole, Dámaso Alonso, aujourd'hui disparu, y avait notamment enseigné ». Delbarre n'avait jamais entendu parler de cet artiste mais avait retenu la tirade d'Aurore. Il ne savait pas non plus ce qu'était un philologue... Il faudrait qu'il se renseigne un jour...

Depuis le départ de sa fille, la solitude pesait sur ses épaules. Au bout de trois sonneries, sa fille décrocha.

— Salut ma puce.

— Salut Papa, comment ça va ?

— Ça va, une grosse affaire sur les bras depuis hier. Et toi alors ?

— Ah oui ? Quel genre d'affaire ? Bah écoute, je vais bien, les cours sont toujours intéressants et tu sais que je me plais bien dans mon petit studio. Tu te souviens que je suis pas loin de la place des Gloires-Catalanes ? Ils sont en train de la transformer en parc urbain, c'est top. De chez moi, je vois la tour Glòries, tu sais cette tour célèbre en forme de cornichon ? Ou de suppositoire, tu choisis !

Entendre Aurore rire de bon cœur de sa propre plaisanterie fit un bien fou au commissaire. Lui avait la plus petite place de la République face à lui. Et pas de verdure à l'horizon.

— Tant mieux ma puce. On a retrouvé une jeune femme assassinée hier, alors on est tous sur le pont là.

— Oohh, souffla Aurore.

— Tu me manques tu sais ?

— Je sais. Toi aussi tu me manques Papa. Mais ne t'inquiète pas, je suis une grande fille maintenant.

— Tu restes mon petit bébé, seule dans une ville de cinq millions d'habitants...

— Papa... J'ai des amis tu sais, je ne suis pas seule.

— Pas de petit ami ?

— Papa !

— O.K., je me tais. On se voit bientôt hein ? Tu rentres toujours pour Noël ?

— Oui Papa, j'ai pris mon billet de train. J'arrive au Mans le 18 au matin. Je passe le réveillon du 24 avec toi et le repas de Noël le 25 avec maman.

— Je vais donc passer une semaine avec ma petite puce.

De la joie semblait avoir de nouveau colonisé l'esprit de Delbarre.

— Oui, j'ai hâte de te retrouver Papa. Fais attention à toi en pourchassant les criminels. Je dois te laisser, je t'embrasse et à dans une semaine alors ?

— Je t'embrasse ma chérie, fais attention à toi aussi dans ta métropole catalane. Je viendrai te chercher à la gare le 18, tu m'enverras un SMS avec ton heure d'arrivée un peu avant, d'accord ?

— D'accord Papa, bisous !

Puis elle raccrocha.

Delbarre observa la pendule du salon et décida qu'il était temps de se diriger vers sa chambre. Demain serait de nouveau une journée rude, il serait de nouveau confronté à la tristesse d'un proche qui avait perdu une personne qu'il aime.

Lundi 14 décembre

7h30

Appartement du commissaire

Comme tous les lundis, Mireille était passée prendre le petit déjeuner avec le commissaire. Il s'agissait d'une habitude qu'ils avaient instaurée quand Aurore était partie pour Barcelone. L'union momentanée de deux solitudes autour d'un café, de croissants et de confitures faites maison par l'adorable voisine du commissaire.

Mireille Bourdin, 68 ans, était la voisine de palier de Fabien Delbarre depuis que ce dernier avait emménagé dans l'immeuble. À l'époque, Delbarre, tout juste divorcé, vivait avec sa fille un week-end sur deux, tandis que Mireille vivait avec François, son mari.

Un an plus tard, le cœur de François décidait, sans prévenir, de s'arrêter. Delbarre et Aurore étaient très vite devenus la deuxième famille de la jeune veuve. Son deuxième fils et sa petite-fille.

Ancienne prof de français au lycée Bellevue, Mireille était à la retraite depuis six ans. Avec François, ils n'avaient eu qu'un fils, Olivier, qui vivait dorénavant à Besançon. Ce dernier rendait peu visite à sa mère qui ne voyait donc que très rarement Lola, sa petite-fille, qui lui manquait tant.

Elle ne cessait de couvrir le commissaire de ses attentions et Delbarre appréciait la présence chaleureuse et quasi-maternelle de celle qu'il appelait son « ange gardien de palier ».

— Il serait quand même temps de penser à vous trouver une nouvelle compagne Fabien. C'est pas bon de vivre seul à votre âge.

Les deux voisins, pourtant proches, avaient continué de se vouvoyer. Comme une marque de respect mutuel.

— Mireille, vous n'allez pas remettre ça... Ma compagne, c'est mon boulot, vous le savez bien. J'ai trop peu de temps à offrir à une femme, elle serait malheureuse avec moi. Regardez quel a été le résultat avec Anna...

Anna était l'ex-femme de Delbarre et la mère d'Aurore. Ils avaient été mariés pendant seize ans. Ils s'étaient rencontrés alors que Delbarre n'avait que 20 ans et n'était pas encore officiellement entré dans la police.

À l'époque, il terminait une licence de biologie à Angers et préparait le concours d'entrée comme officier de police. Delbarre avait longtemps hésité à tenter d'intégrer la police technique et scientifique mais avait fait le choix de l'action directe, et donc du danger, sur le terrain.

Lors d'un entraînement de course fractionnée, l'étudiant qu'il était encore s'était sévèrement tordu la cheville et retrouvé aux Urgences. Bilan : entorse sévère et un mois de convalescence. Mais le plus important était que durant ce court moment à l'hôpital, il avait rencontré sa future femme.

Anna était apparue dans la salle de consultation pour lui poser son atèle. Elle avait alors 22 ans et était toute jeune diplômée. Vêtue d'une blouse blanche qui la rendait terriblement sexy, arborant de longs cheveux roux éclatants et un sourire timide à faire fondre la banquise. Ses yeux d'un bleu clair hypnotique l'avaient littéralement envoûté. Il lui avait demandé à quelle heure elle terminait son service.

À 15 heures, il l'attendait devant la sortie des Urgences. Ils avaient passé le reste de l'après-midi à se balader sur les bords de la Maine, refaisant le monde qui leur semblait alors si insouciant. Et ils ne s'étaient plus quittés.

L'année d'après, il épousait Anna et ils emménageaient dans un petit appartement manceau dans le quartier de

Chasse-Royale. Et deux ans plus tard naissait Aurore, fruit d'un amour passionné.

Ils avaient été heureux, sans l'ombre d'un doute.

Mais le temps qui passe, et le peu de celui-ci qu'ils avaient eu à se consacrer l'un à l'autre, avait eu raison de leur bonheur familial. Delbarre s'engageait de manière totale dans son boulot, espérant gravir les échelons le plus rapidement possible et devenir commissaire. Anna enchaînait les heures de garde aux Urgences et y bossait un week-end sur deux. Autant dire que les deux entités du couple avaient fini par uniquement se croiser, comme deux colocataires, délaissant leur amour et, parfois, leur fille unique.

En 2010, leur couple, ou ce qu'il en restait, avait fini par imploser. Les disputes de plus en plus fréquentes, et la distance, irrémédiable, qui s'était installée entre eux les avaient amenés à prendre la seule décision qui s'imposait : ils avaient divorcé. Et Aurore, alors ado, s'était retrouvée en ballotage permanent entre sa mère et son père qui se partageaient la garde. Jusqu'à l'année dernière, où Aurore était devenue majeure et avait commencé à déployer ses ailes, au grand dam de Delbarre qui s'était retrouvé définitivement seul. Enfin presque, puisque Mireille n'était jamais loin.

Sa voix le ramena à la réalité présente.

— Ce n'est pas parce qu'on a divorcé une fois qu'on est condamné au célibat à perpétuité Fabien. Et puis avec Anna, vous vous êtes aimés, n'est-ce pas le plus important ? Regardez Aurore, elle en est le plus beau des résultats, non ? Elle me manque la petite. Elle revient à Noël c'est ça ?

— Oui, vendredi matin. Elle sera contente de vous revoir Mireille.

— Oh moi aussi ! Je vais pouvoir lui préparer des lasagnes, son plat préféré !

— Elle en sera ravie. Vous êtes notre ange gardien Mireille, vous le savez.

— Oh arrêtez avec ce surnom Fabien, j'ai l'impression d'être Mimie Mathy ! Je prends soin de vous, c'est tout.

— Bon allez, il faut que je file, j'ai rendez-vous avec Baron-Mercier, le légiste, un sacré personnage.

— Vous ne goûtez pas ma confiture de prunes ?

— Une autre fois Mireille, promis. Je n'ai plus le temps. Ah, j'y pense ! Vous savez vous, ce qu'est un philologue ?

— Bien sûr Fabien, j'étais prof de français, je vous le rappelle ! Mais pourq...

— Il faudra que vous m'expliquiez un de ces jours, l'interrompit Delbarre. Bon allez je file ! Je vous laisse fermer, vous avez les clés. Bonne journée Mimie !

Delbarre descendit dans le parking souterrain, démarra son Auris Hybride et prit la direction du centre hospitalier où se situait le service médico-légal. Le trajet prenait dix minutes en temps normal mais la circulation en ce début de semaine était dense.

Delbarre longea la place des Jacobins, et ne put s'empêcher de repenser au corps qu'on y avait retrouvé deux jours plus tôt. Il traversa la Sarthe en passant le pont Yssoir et remonta la rue Voltaire puis l'avenue Rubillard, longeant les voies où circulaient des tramways oranges, jusqu'à l'hôpital.

Arrivé à l'institut médico-légal qui occupait une partie du bâtiment Monet, Delbarre annonça qu'il avait rendez-vous avec Jean Baron-Mercier. On informa le légiste que le commissaire était arrivé et le médecin déboula, comme toujours, en fanfare à l'accueil de l'institut.

Qui ne connaissait pas Jean Baron-Mercier se demandait ce que cet original, vêtu comme un ado de 15 ans en pleine crise identitaire, et à la voix puissante et musicale, faisait là.

Delbarre, pourtant habitué à côtoyer le drôle de spécimen, ne put s'empêcher de détailler l'accoutrement du légiste sous sa blouse ouverte. *Air-Max* usées aux pieds, jean troué, t-shirt rose avec une tête de mort noire, lunettes vert pâle qui agrémentaient un visage jovial. Baron-Mercier avait encore fait fort.

La voix de stentor dut raisonner dans tout l'institut quand ce dernier l'accueillit en ouvrant les bras.

— Mon commissaire préféré ! Ça faisait un moment ! Tu devrais m'amener des refroidis un peu plus souvent !

Le langage fleuri et pas toujours fidèle aux convenances était une des caractéristiques majeures du légiste de 58 ans. Marié, il était le chef d'une tribu de quatre enfants et deux petits-enfants. Sa qualité et sa rigueur professionnelles étaient inversement proportionnelles à son bon goût vestimentaire et stylistique. Mais, malgré son originalité parfois déstabilisante, Delbarre appréciait, en plus de la qualité professionnelle du légiste, l'humour décalé et la profonde gentillesse de l'homme.

— Il faudrait que tu en parles aux criminels qui ne font pas assez de zèle.

— Ah ! Ah ! Tu m'as toujours fait marrer Fabien. Allez viens, que je te dise tout sur cette pauvre petite.

Les deux hommes entrèrent dans la salle d'autopsie où reposait, sur une table métallique et sous un drap, le corps d'Ophélie Marceau.

— Bon je vais te la faire courte car il n'y a pas de grosse surprise à attendre. La demoiselle a été tuée sur le coup d'une balle en plein front qui lui a explosé la boîte crânienne. À bout portant mais pas touchant, les résidus de poudre auraient été plus nombreux et la balle serait à coup sûr ressortie du crâne. Étonnamment, là elle est restée fichée à l'arrière de la boîte crânienne.

— Marc va venir la chercher dans la matinée pour analyse balistique.

— Belfond ? Pas un rigolo celui-là...

— C'est pas sa caractéristique principale non. Mais c'est un très bon flic.

— Si tu le dis mon commissaire préféré !

— T'en connais d'autres ?

— Euh... Maintenant que tu le dis, pas aussi bien que toi non...

Puis il reprit :

— Pas de trace de sévices sexuels ni de coups violents. Les seules marques sont des ecchymoses et des plaies superficielles aux poignets et aux chevilles, et une trace de piqûre dans le cou. Elle a été ligotée et, une fois réveillée, a sans doute bougé pour tenter de se détacher.

Pendant qu'il parlait, le légiste soulevait le drap pour lui montrer ce dont il parlait. En effet, la marque discrète d'un fin trou perdurait à la base du cou.

— Et elle a été droguée alors ?

— J'aime ta perspicacité Fabien ! Ouais, l'empreinte est celle de l'aiguille d'une seringue et j'ai les résultats de l'analyse toxicologique. On lui a administré une dose importante de Thiopental, un anesthésiant utilisé de manière courante en chirurgie. Mais qu'on ne trouve pas en libre-service en pharmacie, tu t'en doutes. Pour le reste, rien d'anormal et la jeune dame ne semblait pas prendre de traitement médicamenteux régulier, on en aurait trouvé des résidus sinon.

— J'imagine... Comment ce type a-t-il pu se procurer un tel produit ?

— Ça c'est ton job commissaire de répondre à cette question, pas le mien.

— Et tu estimes qu'elle était décédée depuis combien de temps quand on l'a trouvée ?

— C'est difficile à dire de manière ultra précise mais compte tenu de la rigidité cadavérique, je dirais qu'elle a été tuée entre minuit et une heure du mat', quelques heures seulement avant qu'on ne la trouve. Mais attends j'y pense, j'allais oublier de te donner une info cruciale ! Des agents ont réalisé des prélèvements de substance sur le cœur tracé au sol.

— Et ? Ce n'est pas du sang comme on l'avait pensé ?

— Si ! Mais pas que ! C'est un mélange de sang, en relative petite quantité d'ailleurs, et de peinture rouge carmin, comme on peut en trouver dans n'importe quel magasin de bricolage. Et au passage, tu t'en doutes, il s'agit bien du sang de la victime.

— Tu crois qu'il n'y avait pas assez de sang « disponible » pour tracer son cœur et qu'il a donc dû réaliser ce mélange ?

— C'est possible.

— O.K., je te remercie Jean.

— Pas de problème Fab', et si jamais t'as affaire à un *serial killer*, pense à moi pour tes futures trouvailles ! Je t'envoie mon rapport par mail. Et passe dîner un de ces jours à la maison, Laëtitia serait ravie de te revoir.

— Tu m'étonneras toujours Jean... Et pour l'invitation, promis j'essaierai d'y penser.

Il était presque 11 h 30 quand Delbarre quitta l'hôpital. Il avait un appel en absence de la part de Karim qui, dans un message vocal, lui demandait de le rappeler.

— Oui Karim, c'est le commissaire. Alors cette tournée des tatoueurs, c'était sympa ?

— Vous moquez pas commissaire, j'ai l'impression que je vais rencontrer tous les barbus tatoués et percés de l'agglo, ainsi que tous leurs acolytes et leurs instruments de torture.

Pour l'instant, j'en ai visité dix et il m'en reste huit, mais il me disent à peu près la même chose.

— Qui est ? Le possible tatouage que l'on aperçoit, ça leur parle ?

— Ils sont tous d'accord sur le fait que ça semble bien être un tatouage. Quant à la forme, c'est plus complexe. Certains pensent que cette forme de « pointe » peut désigner une épée, un poignard ou quelque chose du genre. Bref, une lame quoi. Surtout que d'après eux, c'est un thème assez classique et ils en tatouent assez souvent. Symbole de virilité, d'esprit combattant, tout ça...

— Ça ne nous avance pas des masses quoi, et je suppose que, comme on ne connaît pas le dessin précis ni une quelconque datation de ce tatouage, il est vain de chercher de ce côté-là ?

— Malheureusement commissaire. En plus, on ne sait pas si ce tatouage a été fait au Mans.

— En effet. Merci malgré tout Karim. Laisse tomber les huit tatoueurs restants, je crois que c'est suffisant. Vois avec Mathilde pour l'aider à se renseigner sur les ex d'Ophélie Marceau.

— Ça marche patron. Merci.

Delbarre raccrocha et rejoignit le flot de la circulation qui s'était apaisé depuis ce matin. Il devait rejoindre Vannier au *Bistrot de la Vieille Porte*, un de leurs restos préférés, pour déjeuner. Un petit moment de répit avant d'aller voir et poser des questions à la petite amie de leur victime.

Lundi 14 décembre

14h10

Rue Prémartine

Ils arrivèrent devant la petite maison située au numéro 142. Marion Jégou avait été prévenue de leur visite. Elle leur ouvrit avant qu'ils n'aient eu à prendre la peine de sonner.

Elle aussi était submergée par la tristesse. Ils se présentèrent et elle les invita à entrer et s'asseoir autour de la table d'une salle à manger meublée de manière sobre et moderne. Elle leur proposa un café, qu'ils déclinèrent poliment.

— Mme Jégou, nous sommes infiniment désolés de ce qui est arrivé à Ophélie Marceau, votre compagne, mais nous devons vous poser quelques questions.

— Je sais, allez-y. Plus vite on en aura terminé, mieux ce sera.

— Je comprends. Peut-être pourriez-vous d'abord nous donner quelques informations vous concernant ? Loin de nous l'idée de vous suspecter de quoi que ce soit, c'est une simple procédure pour que nous sachions un peu plus qui vous êtes.

— Que voulez-vous savoir précisément ?

— Oh les banalités d'usage... Âge, profession, situation personnelle...

— J'ai 24 ans et je suis conseillère dans une agence bancaire. La Caisse d'Épargne près de la préfecture. Agence Aristide-Briand. Et j'étais en couple avec Ophélie, mais ça vous le savez.

— Depuis combien de temps ?

— Ça aurait fait sept mois le 27 décembre.

Une larme commença à couler sur sa joue. Elle faisait tout son possible pour maîtriser ses émotions et contenir sa peine immense.

— Nous sommes désolés, intervint Vannier. Merci pour toutes ces informations. Nous avons parlé avec le père de votre compagne hier. Il nous a indiqué que si Ophélie... Vous nous permettez que nous l'appelions ainsi ?

— Oui allez-y, ce sera plus simple de toute façon.

— Merci. Donc, il nous disait que si Ophélie était au Mans en ce début de week-end, c'est parce que vous comptiez le passer ensemble, c'est bien cela ?

— Oui, Ophélie devait me rejoindre vendredi soir, après son boulot. Sauf qu'elle m'a écrit pour me dire qu'elle ne pourrait finalement pas le faire avant samedi matin. Une urgence à l'hôpital apparemment. Mais depuis que son corps a été retrouvé samedi très tôt, je ne sais plus quoi penser...

— Elle vous a écrit pour décaler son arrivée dites-vous ? demanda Delbarre.

— Oui, vous voulez voir le texto ?

— S'il vous plaît.

La jeune femme sortit son téléphone de sa poche, y pianota quelques secondes et le posa devant eux.

Sur l'écran s'affichait le message suivant :

> 11/12/2015 17:43
> Coucou mon cœur, je suis désolée mais on a une urgence à l'hosto qui devrait nous tenir jusque dans la soirée. Je t'expliquerai. J'arrive demain matin promis ! Je t'aime et t'embrasse tendrement.

— C'est curieux, nous n'avons pas retrouvé de téléphone sur Ophélie. Ni à son domicile.

— Pourtant, elle ne s'en séparait jamais. Elle venait d'acheter le nouvel iPhone 6. C'était son nouveau petit bijou...

— Je suis désolé de vous poser une telle question mademoiselle, mais ce SMS que vous avez reçu vous semble-t-il « crédible » ?

— C'est-à-dire ? Vous me demandez si Ophélie m'a dit la vérité ou si elle m'a menti ? Vous sous-entendez qu'elle aurait pu me cacher des choses et ne pas être au travail ce soir-là ?

— Pas nécessairement. Mais est-ce que ce SMS ressemble au genre de message qu'elle pouvait vous envoyer habituellement ?

— Plutôt oui. Il est vrai qu'il y a une chose qui m'a un peu surprise mais en même temps, elle me faisait tellement plaisir que je ne l'ai pas relancée là-dessus. En général, Ophélie ne me dit pas « Je t'aime » par texto, elle considère que ce sont des mots qui n'ont de sens que si on les dit de vive voix à la personne aimée.

— Pensez-vous que ce message aurait pu être envoyé par quelqu'un d'autre qu'Ophélie ?

— Par son assassin vous voulez dire ?

— Oui, cela me paraît de plus en plus crédible. Je pense qu'il aura voulu que vous ne vous inquiétiez pas de l'absence d'Ophélie vendredi soir, que vous ne donniez pas l'alerte. Et c'est sans doute pour ça qu'il aura gardé son téléphone. Sachez que nous sommes en train d'essayer de le géolocaliser.

— Avez-vous une idée, même infime, de la raison pour laquelle on aurait pu vouloir assassiner votre compagne ? demanda Vannier.

— Non aucune, c'est juste un cauchemar...

— Avez-vous déjà reçu des menaces homophobes ? Le cœur tracé au sol nous invite forcément à creuser cette piste.

— Vous savez, quand on est homosexuelle et qu'on ne le cache pas, on s'expose forcément aux remarques débiles du premier imbécile venu. Avec Ophélie, il nous est même arrivé d'être victimes d'actes discriminatoires réels. Mais de là à en arriver à des menaces, non, jamais. Je pense vraiment que vous devriez laisser tomber cette idée, ça ne vous mènera à rien, je le crains.

— Nous verrons mademoiselle. Merci d'avoir répondu à nos questions, nous vous tiendrons au courant des avancées de l'enquête.

Ils laissèrent la jeune femme se reposer et rejoignirent leur véhicule.

Delbarre prit le volant et la direction de la rue Coëffort. Alors qu'ils roulaient, Vannier rompit le silence qui régnait dans l'habitacle.

— On sait qu'il l'a enlevée à Chartres, l'heure du SMS le prouve. Il a dû la kidnapper à sa sortie du boulot, sur le trajet ou chez elle.

— C'est certain. Mais à part ça, on n'avance pas Éric. On n'a rien. Cette piste homophobe, ni toi ni moi n'y croyons au fond. Elle a raison, ça ne va rien donner. Ce type est prudent et agit de manière réfléchie et planifiée, rien à voir avec un acte impulsif. Il n'a laissé aucune trace, pas d'empreinte, pas d'ADN, rien qui ne nous permette pour l'instant de remonter une quelconque piste...

— C'est terrible à dire mais s'il ne recommence pas, j'ai peur qu'on soit coincés. Il faut qu'il commette une erreur, qu'il nous laisse quelque chose pour qu'on avance... Ou qu'il se sente suffisamment en confiance, trop en confiance même, pour se manifester, revendiquer son acte, sortir du bois et s'exposer...

Delbarre ne répondit rien, preuve, pensa Vannier, que son supérieur pensait qu'il avait raison et qu'ils avançaient certainement vers le fond de ce qui ressemblait à une impasse.

Les deux hommes arrivèrent au commissariat alors que la nuit tombait déjà sur la métropole mancelle.

Delbarre monta tout de suite à l'étage et entra dans le bureau de Karim Saïdi et demanda à Mathilde de les rejoindre. Il apportait avec lui deux cafés sucrés.

— Tenez, c'est pour vous.

Le commissaire leur résuma rapidement leur entretien avec la compagne de la victime et leur fit part de leur découverte.

— Dites-moi tout sur ces visites aux ex.

Mathilde se lança :

— Le père a indiqué trois noms sur sa liste. Un premier amoureux, Guillaume Murier, avec qui elle est sortie quand elle avait 16 ans. Et deux petites amies plus récentes. Une quand elle avait 21-22 ans, a-t-il indiqué. Leïla. Et une autre il y a deux ans, mais leur relation n'aurait duré que sept mois. Ambre. Le premier amoureux n'a pas été très difficile à retrouver. Il vit aujourd'hui à Rennes avec sa femme. Ingénieur automobile. A forcément été très surpris qu'on vienne l'interroger sur un amour d'ado. N'avait aucune nouvelle d'Ophélie et a eu l'air sincèrement peiné de son décès. A un alibi puisque vendredi soir, il était au cinéma avec son épouse. Ils ont été voir la suite de *Belle et Sébastien* qui vient de sortir.

— O.K., donc on oublie. Et les deux autres ex ?

Karim enchaîna :

— Il nous a fallu fouiller avec Jo' sur son profil *Facebook* pour les retrouver car on n'avait pas de nom de famille, le père ne les avait pas indiqués. Une chance qu'elle soit restée amie avec ses ex sur le réseau social. Mais je vous l'annonce tout de suite commissaire, là aussi on fait chou blanc. Leïla vit à Sablé-sur-Sarthe et bossait de nuit vendredi soir. Elle est aide-soignante en EHPAD et s'occupait de ses pensionnaires de 21 heures à 6 heures. Quant à Ambre, elle vit toujours au Mans, célibataire, coiffeuse dans un salon du centre-ville. On est passés la voir directement là-bas. Elle nous a accordé un peu de temps. Et vendredi soir, elle a passé la soirée seule devant un film. *Gladiator*, qui passait sur TF1. Aucun moyen de vérifier commissaire mais elle ne nous a vraiment pas semblé du genre à assassiner qui que ce soit et elle était suffisamment abasourdie par la nouvelle du décès.

— Ces pistes ne nous mèneront à rien. De toute façon, la vidéo nous laisse largement penser qu'il s'agit d'un homme. On n'a pas affaire à un crime passionnel, on le sait tous depuis le début, consciemment ou pas. On doit trouver autre chose, coûte que coûte...

De son côté, Vannier avait rejoint Belfond qui fumait une cigarette à la fenêtre de son bureau. Ce dernier donnait sur la façade de l'hôtel de police et avait été affublé du nom d'un minuscule archipel perdu en plein océan Indien : Seychelles. Belfond avait d'ailleurs toujours trouvé ridicule cette idée. De part et d'autre de la petite pièce s'étendaient l'antre 2.0 de Pasquet et la salle de repos de l'équipe.

— Je croyais qu'il était interdit de fumer dans le commissariat Marc ?

— Oh fais pas chier Éric... Je te rappelle que je viens de me taper un aller-retour à Chartres juste pour taper la causette avec un groupe d'infirmières, certes super sympas, et récupérer un ordi. Sans compter mon après-midi avec les gars de la balistique. Alors lâche moi deux secondes s'te plaît...

— C'est bon Marc, je te chambre. Justement, la balistique ça donne quoi ?

— La balle est du 9 millimètres. Munition classique donc. Comme on en a nous. L'arme peut être n'importe quel semi-automatique. Un Beretta, un SIG-Sauer Pro... J'ai fouillé dans nos fichiers pour voir si une arme de ce type n'avait pas été déclarée volée ces dernières années dans la région mais rien de concluant. Sans compter que le type peut détenir son arme de manière légale, comme nous. Ça pourrait être un flic, un militaire, un garde du corps, un agent de sécu habilité... Si tu cherches rien qu'en Sarthe la liste va être...

La voix de Pasquet, provenant du bureau voisin, interrompit Belfond.

— ... longue. Qu'est-ce qu'il a Jo' Zuckerberg ?

— Commissaire, lieutenant, vous pourriez venir voir s'il vous plaît ?

Vannier passa d'un compartiment à l'autre, où Delbarre s'était déjà appuyé au dossier du siège qu'occupait Pasquet.

— Bon, j'ai réussi à craquer le mot de passe de son ordi. Combinaison de la date de naissance et des premières lettres du nom de famille. Du classique et d'une vulnérabilité absolue pour n'importe qui sait s'y prendre. Un sourire plein de malice s'étendait sur le visage du jeune policier.

— Tu nous as pas appelés juste pour qu'on te complimente Jonathan, rassure-moi ? lui demanda Delbarre.

— Non commissaire. J'ai fouillé son disque dur. Et honnêtement, rien de bien original. Documents administratifs, photos de vacances, de famille, de soirées entre amis... Mademoiselle tout le monde quoi. Quant à l'historique internet, rien de bien croustillant non plus. *Gmail*, *Amazon*, *Facebook*, des sites de recettes de cuisine... pour la routine. Des visites régulières sur un site de rencontre pendant quelques mois en début d'année puis plus rien. Quelques visites sur des sites porno lesbiens mais rien qui ne sorte de la normale.

— Donc on n'a rien en gros ?

— Si ! J'ai contacté l'opérateur mobile de la victime. Carte SIM *Orange*. Ils m'ont refilé le numéro de la victime sans faire d'histoire quand j'ai prononcé les mots « enquête criminelle ». J'ai réussi à borner son smartphone. Aucune activité depuis vendredi soir. Si c'est l'assassin qui l'a, il l'a très certainement éteint ou a retiré la carte SIM. Le dernier relais d'envoi utilisé est une antenne 4G en centre-ville de Chartres.

Pasquet leur montrait un point rouge représenté sur un plan urbain qui était affiché sur l'écran de sa « bécane », comme il appelait son outil de travail principal.

— Ouais, le type a envoyé un SMS à la compagne de la victime juste après l'avoir enlevée. Et après on perd sa trace, jusqu'à le retrouver sur les images de la vidéosurveillance aux Jacobins.

Le commissaire et son lieutenant échangèrent un regard de dépit. Ils avaient atteint le fond de l'impasse.

Dimanche 13 décembre

23h30

Quelque part en Sarthe

Ils avaient retrouvé le corps comme prévu, tous les journaux en parlaient.

Les titres des articles le faisaient jubiler : « Une jeune femme assassinée retrouvée en plein centre-ville » ; « Un assassin signe son crime d'un cœur de sang » ; « Un déséquilibré en liberté dans la ville ? »...

Le ton était alarmiste et la psychose n'allait pas tarder à s'emparer d'eux... Comme il l'avait espéré...

Pour l'instant, tout s'était déroulé comme il l'avait prévu. Depuis le temps qu'il planifiait sa mission... L'œuvre d'une vie.

Quand il pense aux efforts que cela lui avait demandé. Mais bientôt tout serait de nouveau en place, l'ordre logique serait rétabli. Il pourrait être fier de lui. Ils auraient été si fiers de lui...

Il repensa à la journée de vendredi.

Il avait attendu, garé juste devant chez elle, qu'elle ne rentre de son travail. Puis il avait pénétré dans les parties communes, la porte n'était jamais verrouillée la journée, il le savait.

Puis il était monté à l'étage et avait frappé à sa porte. Elle n'avait pas mis de temps à ouvrir. Il lui avait fallu une seconde pour lui planter l'aiguille dans la carotide et lui injecter le produit. Juste le temps de lire l'incompréhension dans son regard, et même d'y déceler une lueur de peur.

Quelques secondes plus tard, elle s'effondrait et il la retenait avant qu'elle ne tombe. Puis il avait entouré son corps d'un grand drap blanc et l'avait descendue derrière la porte donnant sur la rue. L'instant était critique car n'importe qui aurait pu entrer à ce moment-là.

Il avait scruté la rue, attendu le bon moment, et placé le corps dans le coffre de son véhicule garé à deux mètres de là.

Avant de démarrer, il l'avait fouillée et avait trouvé son téléphone dans la poche de son jean. Il avait alors trouvé la personne à qui il devait écrire. Elle l'avait appelée « Mon cœur ». Tellement prévisible et d'une naïveté qui confinait à la niaiserie, avait-il pensé.

Une fois le SMS envoyé, il avait repris la route.

Il était rentré chez lui en tout début de soirée. Elle avait commencé à se réveiller aux alentours de 21 heures.

Quand elle avait ouvert les yeux, elle n'avait pas compris pourquoi elle était ligotée à une chaise. Il l'avait lu dans ses yeux. Elle avait tenté de parler, de crier derrière son bâillon. Mais personne ne pouvait l'entendre. Elle s'était agitée sur sa chaise, qu'il avait fixée au sol, mais elle s'était vite fatiguée. Et puis elle avait compris. Compris que quoi qu'elle fasse, elle ne s'en sortirait pas.

Des flots de larmes avaient coulé sur ses joues. Il les lui avait essuyées, presque épongées, avec douceur.

Puis il lui avait tout expliqué... Elle faisait semblant de ne pas comprendre... Elle se forçait à le regarder avec des yeux éberlués, il en était certain.

Comment ne pouvait-elle pas savoir ? Comment ne pouvait-elle pas comprendre le mal qu'elle lui avait fait ? Le mal qu'ILS lui avaient fait ?

Ils allaient maintenant comprendre à quel point il avait souffert.

Et ils allaient le regretter.

Mardi 15 décembre

3h10

Cité judiciaire du Mans

Ce boulot payait bien mais l'ennuyait terriblement. Mais sa femme ne cessait de lui répéter : « Mais Hakim, il n'y a pas de sots métiers, et puis pense à tous ces gens qui n'ont pas de travail. », « Chéri, au moins on peut ramener deux salaires à la maison »...

N'empêche, si on lui avait dit, quand il avait 15 ans, qu'il deviendrait agent de sécurité et qu'il patrouillerait de nuit au sein d'un tribunal désert, il aurait bien ri.

Lui qui à l'époque enchaînait les conneries, les collèges dont il était viré, fréquentait les dealers de son bâtiment aux Sablons... Comme quoi, l'adolescent que l'on est ne préfigure pas forcément l'adulte que l'on sera. Et puis l'arrivée de sa petite Nala, il y a deux mois, avait contribué à faire de lui un autre homme, plus responsable.

Sa mission nocturne était toujours la même, d'une simplicité et d'un ennui mortels. Sillonner le tribunal dans tous ses moindres recoins ou presque, armé de sa lampe torche, et vérifier que tout était normal. Qui serait assez crétin pour cambrioler un tribunal ? Et pour y voler quoi ? Des ordis ? Des dossiers peut-être, des documents importants, des preuves qui sait... ?

Les pensées du jeune vigile lui permettaient de faire passer le temps un peu plus vite. Les salles d'audience se succédaient, toutes semblables, sous le faisceau de lumière qu'il y projetait. Des bancs parallèles qui faisaient face à une longue table où les micros, au garde-à-vous, s'alignaient. Un box vitré était présent sur le côté droit de certaines salles. Combien de ses potes du quartier étaient passés par là ? Menottes aux poignets et mains dans le dos. Dealers et petits trafiquants que la justice effrayait peu et que le monde carcéral fascinait presque.

Hakim sortit de la salle dédiée aux affaires correctionnelles et revint dans le hall d'entrée où la lumière d'une lune à demi-pleine tentait de se faufiler entre les colonnes imposantes qui sillonnaient la vaste pièce.

Il fit encore quelques pas et c'est alors qu'il la sentit. La présence derrière lui.

La douleur fut immédiate et terrible. Elle lui parcourut tout le corps, de la pointe des cheveux à celle des orteils. Il avait l'impression d'avoir posé la main sur une ligne à haute tension.

Ses muscles se contractèrent de manière violente, son corps se raidit.

Une seconde plus tard, tout devint noir, et son corps s'affala au pied de la colonne.

Mardi 15 décembre

12 h 15

Cimetière Saint-Pavin, ouest du Mans

La neige était tombée durant la nuit. Lorsqu'il s'était levé, tôt ce matin, Delbarre avait bu son café, appuyé contre la vitre de la fenêtre de son salon qui donnait sur la place encore peu fréquentée. Il avait passé de longues minutes à observer les premiers flocons de l'hiver déferler en rangs serrés dans le halo des lampadaires allumés.

Mais c'était il y a déjà cinq heures de cela. Le commissaire observa sa montre – il était un peu plus de midi – et la neige avait tenu au sol. Le thermomètre n'avait que difficilement dépassé le degré au-dessus de zéro.

Toutes les tombes du cimetière étaient recouvertes d'un épais linceul blanc qui rendait la lecture des noms, années de naissance et de décès impossible sur de nombreuses stèles. Les pas du commissaire crissaient alors qu'ils transformaient l'amas neigeux en boue marron et collante.

L'inhumation d'Ophélie Marceau avait pris fin dix minutes plus tôt. Seule la famille proche et quelques amis avaient assisté à la cérémonie. La tristesse et les larmes y déformaient les traits de visages qui étaient inconnus au commissaire. Sauf celui du père de famille qui était venu serrer la main de Delbarre quelques minutes auparavant, pour le remercier de sa présence et des efforts que son équipe déployait pour coincer l'assassin de sa fille. Le commissaire l'avait rassuré et n'avait pu se résoudre à lui annoncer que pour l'instant, ils n'avaient aucune piste solide.

Tandis que Delbarre franchissait le petit portail en fer forgé du cimetière, il sentit les vibrations dans sa poche qui lui indiquaient qu'on cherchait à le joindre. L'écran affichait un appel entrant de son adjoint.

— Tu as le sens du timing Éric, je viens juste de sort...

Il n'eut pas le temps de terminer sa phrase, la voix du lieutenant hurlait dans son conduit auditif.

— Il a recommencé Fabien ! Il a remis ça putain !

Le commissaire marqua une pause, qui ne dura que deux secondes mais parut durer une éternité pour son adjoint. Comme s'ils l'attendaient, qu'ils savaient pertinemment qu'il allait remettre ça. Puis, d'une voix maîtrisée et placide, il demanda :

— Où ça ?

— Presque au même endroit, c'est dingue ! Dans la Cité judiciaire Fabien !

— Devant la Cité judiciaire ? Tu peux enlever le « presque » alors.

— Non Fab', DANS la cité judiciaire. On a retrouvé le corps à l'intérieur du tribunal !

Delbarre resta de nouveau interdit. Des membres de la famille, qui sortaient à leur tour du cimetière, l'observaient d'un air intrigué.

— J'arrive, conclut Delbarre.

Le commissaire ne mit que cinq minutes, gyrophare tournoyant et sirène hurlante sur le toit de son Auris, pour rejoindre la place des Jacobins.

Quand il bondit hors de son véhicule, il eut l'impression de revivre une scène déjà vécue. C'était il y a seulement trois jours. La seule différence était qu'il faisait jour cette fois. Un vaste périmètre avait été bouclé alentour, de nombreux véhicules de police stationnaient devant l'entrée du bâtiment massif où des lettres indiquaient « CITÉ JUDICIAIRE ». L'ensemble, imposant, semblait composé de cubes et de pavés droits, de pierres blanches et de verre, qui auraient été empilés de manière aléatoire. Quelques colonnes de pierre soutenaient l'ensemble sur son côté droit et apportaient un semblant de légèreté au bâtiment, construit vers la fin des années 1980.

Le commissaire franchit le cordon de sécurité, dépassa la voie qui venait d'être fermée à la circulation, et s'approcha de l'entrée où Vannier et Belfond l'attendaient déjà.

— Venez patron, on va vous montrer.

Les trois hommes traversèrent un vaste hall, dont la hauteur sous plafond semblait infinie et où une intense lumière se reflétait sur le sol et les murs d'un blanc éclatant. Cet espace devait correspondre à ce qu'on appelait la « salle des pas perdus ». Des magistrats et des avocats, arborant la robe noire des gens de justice, patientaient dans un coin. L'incrédulité se lisait sur certains de leurs visages. D'habitude, les criminels étaient ici jugés, ils n'y déposaient pas les cadavres de leurs victimes.

Ils arrivèrent devant une porte anonyme, ouverte, qui faisait face à celle, plus imposante, menant à la salle d'audience du tribunal de grande instance. Au-delà de cette porte qui ne semblait mener nulle part, Delbarre semblait distinguer un espace réduit où s'activaient déjà quelques policiers en combinaison blanche.

— Il a été trouvé là-dedans Fabien. C'est le local qui sert à entreposer le matériel des agents d'entretien. Une femme qui prenait son service à 11 h 30 l'a découvert en venant y chercher son chariot de ménage.

— Et elle a découvert qui précisément ?

— Un homme. Stéphane Bourdeau. 45 ans. Là aussi on a retrouvé ses papiers sur lui.

— Mais tu devrais aller jeter un œil je crois, que tu comprennes à quoi on a affaire. Je te préviens, c'est pas agréable à regarder, encore moins que la première fois...

La pièce, de petite taille, était faiblement éclairée et l'odeur y était nauséabonde. Comme si un air nouveau n'y était pas entré depuis des semaines et que des déchets étaient en train d'y pourrir. Des étagères, remplies de produits ménagers, de chiffons, de serviettes propres et de rouleaux divers, faisaient le tour du réduit. À gauche, trônait un chariot où balais et serpillières tenaient fébrilement en équilibre. Delbarre tourna alors son regard vers la gauche et le vit.

Le commissaire ne put s'empêcher de porter sa main à sa bouche et de réprimer un sentiment de malaise.

Le corps gisait assis, le dos appuyé contre les étagères qui formaient un angle droit. Il le détailla de bas en haut. L'homme portait des chaussures de ville noires, cirées. Le pantalon de costume était de couleur bleu marine, tout comme la veste. Le cadran d'une montre de prix à son poignet droit reflétait la faible lumière orangée qui éclairait péniblement le local. Chemise blanche, cravate noire arborant un fin quadrillage blanc. L'homme avait les moyens de s'habiller avec un costume de qualité et avec style. Il remonta encore un peu, et c'est alors qu'il comprit la remarque précautionneuse de Vannier avant d'entrer.

L'homme avait été décapité. Le cou avait été tranché d'une manière abominable. La chair encore sanguinolente entourait des artères sectionnées et une vertèbre cervicale littéralement broyée.

Et c'est alors que Delbarre la vit juste au-dessus. La tête de l'homme avait été posée sur une des étagères. Le visage était livide, les yeux mi-clos, et figé dans une expression de souffrance intense.

Delbarre en vint à espérer que l'homme était déjà mort quand on lui avait coupé la tête.

Vannier l'avait rejoint et attendait en silence à ses côtés.

— Et t'as pas tout vu Fab'... Regarde...

Son adjoint ferma la porte du local et braqua sa lampe torche sur la zone qui était auparavant dissimulée derrière. Sur la peinture beige vieillie s'étalait un symbole rouge vif.

Le commissaire resta quelques secondes interdit, observant ce qu'il avait sous les yeux.

L'assassin jouait avec eux. Il leur proposait un jeu de piste macabre, un rébus infernal, il leur lançait un message par petites touches peintes, message qu'ils étaient, pour l'instant, incapables de comprendre.

— Une jeune femme et maintenant un homme qui a la quarantaine. Un cœur et maintenant une croix... Qu'est-ce qu'il veut ce dingue ? Et comment il a pu amener un corps ici putain ! C'est pas comme si on était dans un lieu protégé en permanence, merde !

La colère liée à l'échec de n'avoir pu empêcher ce second crime explosait dans la bouche du commissaire.

— Il se sent puissant, sans doute invulnérable, précisa Vannier. Et il nous nargue... Le symbole, le lieu qu'il a choisi...

— Où est la femme qui l'a trouvé ?

— Avec un médecin dans une pièce attenante, elle est profondément secouée.

— Je vais lui parler. Éric, tu recueilles un max d'infos auprès du service de sécurité. Il faut que l'on comprenne comment ce gars a pu rentrer ici et y apporter un corps sans se faire remarquer. Et tu réunis tout le monde pour 18 heures.

Delbarre sortit. On lui indiqua la salle d'audience où la femme était soignée. Lorsqu'il entra, le médecin terminait de lui prendre sa tension. Le commissaire patienta et le médecin vint vers lui.

— Bonjour, je suis le commissaire en charge de l'enquête. Elle est en état de me parler ?

— Je le pense. Mais ménagez-la. Elle va avoir besoin d'un soutien psychologique.

— Merci.

Le policier s'installa à côté d'elle. Elle semblait avoir la cinquantaine, toujours en tenue de travail, ses cheveux bruns ramenés en une longue tresse. Il s'adressa à elle en essayant d'utiliser la voix la plus douce dont il était capable.

— Je m'appelle Fabien Delbarre. Je suis le policier qui dirige l'enquête. J'imagine que ça a dû être un sacré choc... Même pour moi qui fais ce boulot depuis vingt ans, ça a été un spectacle... pénible.

Il avait cherché un mot adéquat qui n'aurait pas semblé trop morbide.

— Il... il... n'avait plus sa... sa tête...

— Comment vous appelez-vous ?

— Ma... Madeleine Tual.

— Vous travaillez ici depuis longtemps ?

— Quatre ans, j'ai enchaîné pas mal de petits boulots avant.

— D'accord. Vous pourriez essayer de me raconter ce qui s'est passé ce matin ? Vous vous en sentez capable ? Prenez tout le temps dont vous avez besoin.

— Il le faut bien co... commissaire. Je commence à 11 h 30. En général, nous profitons de la pause du midi pour faire un premier ménage dans les salles d'audience ou les autres pièces. Le gros ménage on le fait le soir, quand tout le monde est parti.

Le commissaire hocha la tête, pour l'encourager à poursuivre.

— Je suis arrivée comme d'habitude vers 11 h 15, je suis passée au vestiaire me changer et je me suis ensuite rendue au local chercher mon chariot. J'ai ouvert et là j'ai...

— Pardon de vous interrompre Madeleine. Quand vous dites avoir ouvert, la porte du local était bien verrouillée à clé ?

— Oui, oui, commissaire, j'ai ouvert avec ma clé, comme d'habitude.

— Très bien. Continuez, je vous prie.

— Et quand j'ai ouvert la porte, j'ai senti qu'elle tapait contre quelque chose, ce qui était bizarre. Et c'est là que j'ai vu que c'était un pied qui...

Elle s'arrêta quelques secondes et prit une profonde inspiration. L'effort que lui demandait le commissaire, de revivre la scène traumatisante en pensées, lui était douloureux.

—... qui freinait la porte. Et quand j'ai regardé à l'intérieur, j'ai vu la... Oh mon Dieu... la... la tête... J'ai crié et me suis mise à courir dans le hall, je ne savais plus quoi faire, j'étais paniquée ! Des avocats qui discutaient entre eux m'ont rejointe et c'est l'un d'entre eux qui a appelé la police. Voilà monsieur comment ça s'est passé.

— Vous êtes courageuse Madeleine. Et votre aide nous est précieuse. Merci. Prenez soin de vous et faites-vous aider si besoin, c'est important.

Après avoir discuté avec quelques-uns des membres présents au sein du tribunal au moment de la macabre découverte, Delbarre se rendit au sein du PC sécurité où Vannier avait commencé à interroger les vigiles présents en journée. Des hommes aux airs de paramilitaires, entièrement vêtus de noir et arborant un brassard orange, où était inscrit le mot « Sécurité » étaient déjà interrogés par son adjoint, devant une myriade d'écrans qui semblaient filmer les moindres recoins des couloirs et espaces ouverts de la Cité judiciaire.

— Ah, commissaire, je vous présente Didier Laborde, qui dirige l'équipe de sécurité.

Les deux hommes se serrèrent la main avec méfiance.

— On a un gros problème patron, le vigile qui assurait la ronde de surveillance cette nuit a été agressé et a disparu.

— Comment ça ?

Le chef de la sécurité prit la parole. Delbarre comprit au ton de sa voix qu'il était inquiet. Pour le membre de son personnel disparu ou pour sa réputation ? Delbarre penchait déjà pour la seconde option.

— Nous venons de visionner les images avec le lieutenant, commissaire. Voyez par vous-même.

L'homme s'approcha d'un clavier et appuya sur la touche « Entrée ». Des images du hall d'entrée, de nuit et sous caméra infra-rouge, apparurent.

— Trois agents de sécurité et moi-même assurons la sécurité du tribunal en journée. Passage du portique de détection métallique à l'entrée, fouilles éventuelles, sécurité en cas d'incident majeur... Mais la nuit, un seul vigile assure la ronde, le tribunal étant vide. Nous n'avons jamais eu de problème.

— Jusqu'à cette nuit, précisa Delbarre.

Didier Laborde ne put empêcher un sourire nerveux, sans doute dû à de la gêne, de poindre sur ses lèvres.

Delbarre ramena son regard à l'écran qui affichait l'horaire de 3 h 18. Il vit alors la haute silhouette d'un homme aux traits maghrébins, tout de noir vêtu, comme ses collègues qui patientaient sans rien dire dans le dos du commissaire, et braquant devant lui une lampe torche.

Puis, sans prévenir, une silhouette, tout aussi peu visible et cagoulée, surgit de manière furtive de derrière une colonne où elle semblait s'être dissimulée. La silhouette tenait dans sa main un objet qu'elle porta vers le cou du vigile. L'homme eut à peine le temps de se retourner que deux grosses étincelles luisirent dans la pénombre. Delbarre comprit. Un pistolet à impulsion électrique, ou « taser » pour les intimes. Le vigile se raidit, comme saisi par une force invisible, et s'effondra, inconscient. Deux dards projetés dans son cou venaient de délivrer dans son corps, pourtant massif, plusieurs dizaines de milliers de volts qui l'avaient temporairement paralysé.

— On voit notre homme arriver dans le hall d'entrée dix minutes auparavant. Il a attendu caché derrière la colonne que le vigile n'arrive. Mais ce n'est pas ça le plus dingue patron.

— Vas-y Éric, je suis prêt là, je crois.

— Le plus dingue c'est comment il est entré commissaire. Aucune effraction, il aurait déclenché l'alarme et alerté le vigile.

— Comment il a fait alors ? Il s'est caché en journée et s'est laissé enfermer ? Non, il n'aurait pas pu apporter avec lui le corps... Je donne ma langue au chat lieutenant...

— Avec les clés.

— Pardon ??

— Il possédait les clés commissaire. Et pas seulement. On le voit déverrouiller la porte et entrer tranquillement, puis aller vers le boîtier de l'alarme et entrer le code pour la désactiver. Ayant passé les détecteurs à l'entrée alors qu'elle était enclenchée, elle aurait rugi dix secondes plus tard s'il n'avait rien fait. Il connaît le fonctionnement de la sécu au sein du tribunal commissaire. Et pas qu'un peu.

— Je suis désolé M. Laborde mais nous allons certainement devoir interroger les employés de votre société, et en priorité ceux qui assurent la sécurité du tribunal.

— Qu'insinuez-vous commissaire ? demanda-t-il d'un ton faussement outragé.

— Rien. Je ne suis pas en train d'affirmer que l'homme qui a « tasé » votre employé est un autre membre de votre société.

Qui s'appelait « SécuritaireMans » lut Delbarre sur la tenue des hommes face à lui, on n'était plus à un jeu de mots naze près pour un nom de société se dit-il... Puis il reprit :

— Mais peut-être qu'un de vos hommes a perdu ses clés, se les ai fait voler, a été menacé et contraint de les donner, avec le code de l'alarme. Toutes les pistes doivent être envisagées. Qui d'autre possède les clés de l'entrée principale et le code ?

— Le directeur des services de greffe judiciaires.

« Qui c'est ça, pensa Delbarre ? Jamais entendu un nom de fonction aussi complexe et incompréhensible. »

— Qui est ?

— M. Virgile Monnier-Dufranc. C'est un peu le directeur des locaux si vous voulez. Et notre supérieur direct au sein du tribunal. Il gère l'affectation du personnel, le budget, les moyens matériels, l'entretien et l'équipement des bâtiments...

— Je vois.

— Un homme au-dessus de tout soupçon. Il occupe cette fonction depuis longtemps je crois.

— Je n'en doute pas. J'irai lui parler. J'en reviens au plus urgent pour le moment. Que voit-on sur la suite des images ? Et qu'arrive-t-il à votre vigile qui a disparu ?

— Nous préférerions que vous utilisiez le terme « agent de sécurité » plutôt que « vigile » si vous n'y voyez pas d'inconvénient commissaire.

— Comme vous voudrez.

Le ton hypocritement poli du chef de la sécurité irritait prodigieusement le commissaire qui fit un effort pour ne pas le montrer. Vannier et Laborde lui racontèrent tout de manière précise.

L'homme cagoulé emportait le vigile en le tirant par les pieds jusqu'à la sortie. Puis on le voyait réapparaître, à peine quelques minutes plus tard, portant un gros sac de toile sur l'épaule, semblant contenir un corps inanimé, et ayant un sac à dos pendu derrière lui. Il traversait le hall, ouvrait le réduit servant au stockage des produits ménagers avec la clé, y entrait, y restait sept minutes d'après les chiffres en haut de l'écran, ressortait, refermait à clé le local, retraversait le hall, réenclenchait l'alarme et ressortait de la Cité judiciaire, verrouillant là aussi. Le tout avec un sang-froid incroyable, se disait-il. Aucune précipitation, aucun oubli, aucune erreur, un sans-faute manifeste.

L'homme voulait à nouveau qu'on le voie faire, qu'on admire son « œuvre ». Il n'avait pas cherché à supprimer les images ou à brouiller d'une quelconque manière les caméras. En aurait-il été capable ? Peut-être, ou pas, on n'en savait rien.

— Quel est le nom de l'agent de sécurité agressé ?

— Hakim Idrissi. Il travaille chez nous depuis un peu moins d'un an. Un bon élément. Sérieux et qui n'a jamais posé le moindre problème. Père de famille depuis peu. J'espère qu'il ne lui arrivera rien. Sa femme m'a appelé en toute fin de matinée quand elle a vu qu'il ne rentrait pas et ne répondait pas au téléphone. Je lui ai expliqué que son mari avait eu un petit souci de santé cette nuit mais que ce n'était rien de trop sérieux et que nous lui donnerions des nouvelles rapidement. Il faut qu'on le retrouve, et vite, commissaire.

— Vous n'auriez pas dû lui mentir. Atténuer la vérité pour ne pas trop l'inquiéter, pourquoi pas. Si nous retrouvons son mari mort, que pensera-t-elle ? Ce n'est pas vous qui devrez lui annoncer la nouvelle.

L'homme ne sut quoi répondre. Il manquait d'expérience face à la mort d'un collègue pensa Delbarre qui avait déjà dû traverser une telle épreuve.

— Bon. M. Laborde, j'aimerais que vous me transmettiez la liste de tout le personnel qui travaille ou a travaillé au sein de votre agence sur disons... les six derniers mois. Et pas qu'au tribunal. Dans des supermarchés, sur des événement culturels, la protection de personnalités, que sais-je... O.K. ?

— Très bien, commissaire.

Avant de quitter la Cité judiciaire, Vannier et Delbarre passèrent se présenter auprès du directeur du tribunal. Delbarre avait déjà oublié le nom de sa fonction à rallonge. Il les invita à entrer dans son bureau situé à l'étage du vaste ensemble. L'homme, ayant à peine atteint la fin de la quarantaine et déjà complètement chauve, arborait un costume gris clair et une cravate dans des tons plus foncés, ainsi que de petites lunettes aux tiges très fines. Il se dégageait de l'homme une prestance et un charisme tout naturels. Et une vraie distinction dans sa manière de s'exprimer qui était calme, maîtrisée, et qui invitait au respect mutuel. Ils discutèrent pendant dix minutes, au bout desquelles ils n'apprirent rien de nouveau, puis redescendirent et abandonnèrent les lieux.

Mardi 15 décembre

16 h 30

Arrêt de tramway Lafayette, centre-ville

Le prochain tram' devait arriver d'ici deux minutes, tout du moins c'est ce qu'annonçait le panneau lumineux suspendu en haut de l'arrêt vitré où Karim Saïdi patientait.

Éric Vannier l'avait appelé en début d'après-midi pour lui annoncer la découverte d'un second cadavre. Il ne lui en avait pas dit plus et avait appris la tenue d'une réunion de toute l'équipe pour 17 heures. Il pouvait faire une croix sur la fin de sa journée de repos.

Le tramway fit son apparition devant lui, ses freins émettant un léger son strident le long des rails de la ligne 1. Cette dernière reliait l'université du Maine à la salle Antarès et au stade MMArena. Elle permettait surtout d'être, pour Karim, un citoyen urbain écoresponsable qui ne se déplaçait qu'en tramway, à vélo ou à pied.

Le jeune homme monta dans la rame et se laissa bercer par le doux cahotement du tramway qui redémarrait. Accroché à la barre de maintien, il ne put s'empêcher de repenser à tout le chemin qu'il avait parcouru depuis sa venue au monde vingt-ans plus tôt.

Karim était né à Casablanca, au Maroc. Et il avait poussé son premier cri alors que son père n'était déjà plus de ce monde depuis deux mois. Sa famille avait toujours été évasive quant aux circonstances de la mort de son père. Une histoire de stupide accident de moto. Son père qui aurait roulé trop vite, mal négocié un virage et percuté de plein fouet un muret en contrebas de la voie. Devenu adulte, Karim avait découvert la vérité.

« *Arrêt Éperon-Cité Plantagenêt* » annonça la voix dans les haut-parleurs.

Son père avait toujours fait partie du milieu du crime organisé marocain, plus précisément de la branche basée à Casa et Settat. Cette dernière était à la tête de nombreuses activités illégales... et dangereuses : trafic de drogue, immigration illégale, prostitution, corruption, contrefaçon... Son père contrôlait un réseau de passeurs qui dépouillaient de pauvres âmes avides d'espoir. Un espoir qui portait un nom de l'autre côté de la Méditerranée et du détroit de Gibraltar : l'Europe.

« *Arrêt République* », là où vivait le commissaire, pensa Karim.

De nombreuses populations d'Afrique subsahariennes, fuyant la pauvreté, la dictature ou la guerre, s'amassaient alors sur les côtes marocaines. Ces pauvres gens espéraient qu'en échange d'une grande partie de leurs économies, des mafieux sans scrupule puissent les faire entrer clandestinement au sein des enclaves espagnoles de Melilla ou Ceuta, ou les entasser sur des embarcations de fortune pour traverser les eaux du détroit.

« *Arrêt Préfecture* ».

Aujourd'hui, c'était la Libye, et sa proximité avec les côtes italiennes, qui était devenue la principale porte maritime clandestine donnant sur l'Europe.

Karim n'avait jamais su qui avait assassiné son père. Mais il savait pertinemment que ce n'était pas un accident de moto qui avait abrégé son existence. Et l'avait privé d'un père.

Le cancer, lui, l'avait privé de sa mère lorsqu'il avait 4 ans. La maladie, logée au creux de son utérus, l'avait emportée en moins de huit mois. Karim était alors devenu orphelin.

« *Arrêt Leclerc-Fleurus* ».

Il avait été élevé par son oncle Abdelatif et sa tante Anissa.

Il avait vécu à Casa jusqu'à ses 8 ans, âge auquel il avait découvert la France. Son oncle et sa tante, qui n'avaient jamais eu d'enfant, avaient tout laissé derrière eux et s'étaient installés dans la banlieue populaire de Bordeaux où ils avaient enchaîné les petits boulots précaires et mal payés pour essayer d'offrir à Karim le meilleur avenir possible.

Le jeune policier éprouvait une gratitude infinie envers ce couple qui l'avait aimé et élevé comme un fils.

« *Arrêt Gares* ».

Devenu majeur, il avait enchaîné les emplois sans grand intérêt mais il fallait bien vivre. Serveur chez *McDo*, magasinier dans une entreprise d'usinage industriel, vendeur chez *Cash Converters*... Et à 25 ans, le déclic.

Il allait devenir policier. Il allait traquer les ordures, et notamment les mafieux, comme ceux qui avaient bien trop tôt provoqué la disparition de ce père qu'il n'avait jamais vu, si ce n'est sur de vieilles photos jaunies.

Et il avait réussi. Admis à l'École nationale de police de Périgueux, il y avait appris le métier et était devenu brigadier il y a deux ans. Il avait alors ressenti le besoin de s'éloigner de son passé, de s'en libérer, de commencer à voler de ses propres ailes. L'envie de ne plus seulement être le petit orphelin élevé par son oncle et sa tante. De devenir quelqu'un d'autre.

Il avait alors obtenu sa nomination au sein du commissariat principal du Mans et y avait fait la rencontre de ceux qui formaient dorénavant « son » équipe, et presque sa deuxième famille.

« *Arrêt Zola* ».

Karim sursauta et revint à la réalité. Il était arrivé à destination. Il se fraya un chemin parmi les passagers et sortit sur le quai, avant de poursuivre vers l'hôtel de police, tout proche, à pied. Il remonta la rue Coëffort et entra dans ce qui était logiquement devenu sa « deuxième maison ».

La réunion d'équipe fut vite expédiée. La tension était palpable au sein de l'équipe. La nouvelle de la découverte d'une deuxième victime ne laisserait plus place au doute et se répandrait dans la presse, telle une traînée de poudre, dès le lendemain. On avait dorénavant affaire à un « tueur en série » comme on les appelait traditionnellement, si tant est que deux personnes assassinées constituent l'échelon premier d'une série. Karim, assis au deuxième rang dans la salle, ne pouvait s'empêcher d'imaginer les titres de presse qui allaient pousser comme des boutons d'acné sur le visage d'un adolescent : « Le tueur aux symboles a encore frappé », « Le tueur des Jacobins fait une deuxième victime », « Cadavre au tribunal »... Karim se dit que cette dernière suggestion aurait fait un bon titre pour un polar moyen.

Le jeune policier observa du coin de l'œil la jolie Mathilde. Son esprit se liquéfiait dès qu'il l'admirait. Si seulement elle était libre... Si seulement il osait lui avouer ce qu'il avait toujours ressenti au fond de lui... Non trancha-t-il, il ne fallait pas mélanger vie professionnelle et vie personnelle, tout le monde le disait.

Karim revint sur le rapide résumé de la situation que leur avait fait leurs chefs. Un assassin qui semblait entamer une série, qui devait avoir une logique, peut-être liée au secteur commun où on avait retrouvé les deux corps. Il allait falloir fouiller de ce côté-là et essayer de trouver s'il existait un lien entre les deux victimes et essayer de comprendre ce que signifiaient les symboles trouvés. Voir également si les deux victimes n'avaient pas un lien avec un juge ou un avocat, avec une ancienne condamnation quelconque, on ne déposait pas un corps dans un tribunal, en prenant de gros risques, par hasard. Ils n'allaient pas chômer.

L'homme dont le corps avait été retrouvé au sein du tribunal leur fut présenté à l'aide des infos dont on disposait déjà : l'homme s'appelait Stéphane Bourdeau, il avait 45 ans, vivait à Saumur et y travaillait comme architecte, il était marié et avait deux enfants de 17 et 13 ans. On l'avait retrouvé, dans une tenue qui devait être celle qu'il portait lorsqu'il travaillait, dans un petit local de la Cité judiciaire. Le corps était décapité. On ne savait pas encore s'il s'agissait de la cause du décès ou si l'homme était décédé avant.

Delbarre mit fin à la réunion en répartissant les rôles pour la journée qui allait suivre, leur donna à tous leur soirée mais leur précisa qu'il attendait du nouveau en fin de journée le lendemain.

Delbarre sentait la pression monter en lui, ce qui lui donnait l'impression d'avoir la tête dans un étau. Le procureur l'avait appelé en milieu d'après-midi et avait conclu leur conversation de phrases qui n'appelaient aucun commentaire : « On ne peut se permettre de laisser la psychose gagner les habitants de la ville Delbarre, on ne peut pas le laisser agir en toute liberté, sans posséder le début d'une piste sérieuse. Je vais essayer de contenir la presse commissaire mais il va nous falloir du nouveau et vite. Il en va de la réputation de la Police nationale, et de la sécurité collective. Vous êtes un bon flic et votre jeune équipe a déjà prouvé sa qualité. Je me vois mal devoir être dans l'obligation de devoir nommer quelqu'un d'autre à la tête de cette enquête. Bonne soirée Delbarre. »

Le commissaire rentra chez lui à pied. Marcher lui permettrait de faire un peu le vide et de réfléchir.

La ville s'apprêtait à fêter Noël alors qu'un tueur dangereux errait en liberté. Il croisait des parents chargés de sacs remplis de paquets déjà prêts à être déposés dans quelques jours au pied d'un sapin.

Delbarre marchait au hasard des rues, bonnet vissé sur ses cheveux bruns broussailleux qui commençaient à grisonner dangereusement. Ses yeux bleus semblaient en permanence fixés sur la pointe de ses chaussures. Deux fois, le commissaire avait failli percuter des passants arrivant en sens inverse. Il s'excusait et replongeait dans les réflexions qui l'obsédaient, toutes liées à l'affaire qui lui pesait sur les épaules et commençait à l'épuiser mentalement.

Après vingt minutes de marche, le commissaire leva enfin les yeux. Il était arrivé sur la place de la République qui grouillait de monde. Le marché de Noël et une patinoire temporaire y avaient été installés quelques semaines auparavant.

Les petits chalets provisoires qui vendaient aujourd'hui des confiseries ou des objets artisanaux permirent au commissaire de se souvenir d'avoir un jour entendu qu'au XVIIIe siècle, la place était celle des Halles marchandes.

À peine trois siècles plus tard, quelques bâtiments remarquables entouraient encore la vaste esplanade.

Au sud, la Bourse de commerce, construite au XIXe siècle. À l'opposé, le bâtiment du Crédit lyonnais bâti en 1900. Et surtout, à l'est, la chapelle de la Visitation, construite entre 1723 et 1737, et qui dépendait de l'ancien couvent des Visitandines. Delbarre savait qu'il s'agissait de l'un des rares bâtiments de style Régence de tout l'ouest du pays.

Il s'en approcha. Il aimait admirer l'édifice religieux mis en valeur par les éclairages nocturnes. Son campanile, ou tour-lanterne, qui abritait de nombreuses petites cloches, étirait sa pointe aiguë vers le ciel. Sur la façade, un fronton triangulaire surmontait de hautes colonnes, rappelant le style antique des temples gréco-romains. Le commissaire avait toujours été fasciné par le fait que ce bâtiment avait occupé de nombreuses fonctions au fil des siècles, un peu à l'image d'une vie humaine. Tout un chacun devait être capable de s'adapter, voire de se réinventer, pour continuer à avancer, toujours.

Ainsi, l'église était ensuite devenue un tribunal et même une prison ! Avant de redevenir un simple bâtiment religieux il y a peu.

Delbarre tourna son regard vers la gauche. Une grande roue, bardée de néons blancs, jaunes et rouges, tournait lentement sur la place et permettait aux Manceaux et Mancelles qui le souhaitaient d'admirer leur ville en prenant un peu de hauteur.

Le commissaire traversa la place et rentra chez lui. Demain, il prendrait la direction du Maine-et-Loire.

Au moment où Delbarre montait les marches de sa résidence, Karim, lui, se demandait encore comment il avait pu arriver *là*, il espérait un tel moment depuis si longtemps. Mathilde était dans sa cuisine et lui demandait :

— Un *Cuba Libre*, ça te tente Ka'?

— Oui, c'est parfait, répondit-il assez timidement, trop se dit-il. « Aie l'air plus sûr de toi ! » ragea-t-il intérieurement.

Alors qu'il quittait le commissariat après la réunion, Mathilde était arrivée à sa hauteur.

— Ça va Karim ? Ça chauffe là... On a la pression...

— Carrément. On n'a rien Mathilde. Demain je bosse avec le lieutenant. Et toi ?

— Moi avec Marc, la plaie... Il est aussi ouvert et agréable qu'une tombe. Le commissaire nous a demandé de nous intéresser à des profils connus de nos services qui pourraient avoir un lien avec des mouvances radicales d'extrême droite, des milieux ultra-conservateurs... Tu vois le genre ? Des fachos d'un côté, la mouvance islamiste de l'autre, tout un programme réjouissant !

— Pourquoi il veut fouiller par-là ?

— Une idée qu'il a eue. Le cœur pourrait évoquer une idéologie homophobe et la croix une forme de radicalité religieuse, voire de fanatisme. La croix peut évoquer ce que l'on défend mais aussi ce que l'on combat, enfin c'est ce que pense le commissaire.

— Je saisis, et puis avec les attentats au Bataclan et aux terrasses des cafés il y a un mois, je comprends qu'on soit obligés de suivre cette piste. Même si *Daech* revendique ses actes sur internet, pas en traçant des symboles. Et puis leur mode d'action sur le territoire français c'est plutôt l'attentat direct, pas trop l'enlèvement et la séquestration, je me trompe ?

— Je crois pas, en effet.

Ils avaient marché encore quelques secondes et, soudain, Mathilde lui avait posé la question qui l'avait tant dérouté, et tant ravi au fond de lui.

— On a notre soirée alors ? Tu fais quelque chose Karim ? Tu veux passer boire quelque chose à mon appart ? C'est pas très loin et...

— Oui ! avait-il répondu, sans lui laisser le temps de finir.

« Ne pas lui montrer à ce point que tu en as envie », se dit-il. « Fais-lui croire que tu réfléchis, que tu as une vie quoi ! »

— Enfin... oui, pourquoi pas ! J'ai un peu de temps ce soir.

— Super !

— Mais... Euh... Tu ne préfères pas passer la soirée avec ton petit ami, tu es sûre ? Je ne voudrais pas déranger.

— Oh... Eh bien... En fait, avec Arnaud, nous nous sommes séparés il y a un mois. J'ai préféré ne pas en parler au boulot. Tu le gardes pour toi Karim, on est d'accord ?

Deuxième révélation de la soirée. Karim n'en croyait pas ses oreilles. Celle dont il était secrètement amoureux depuis tout ce temps était libre... Et il n'en savait rien.

— Je suis désolé.

Il n'en croyait pas un mot, cela s'était-il entendu ?

— T'inquiète, c'est gentil. Mais, je suis désolée de préciser ça Ka', tu sais que je t'adore, mais si je t'invite à passer prendre un verre, c'est parce qu'en plus d'être un collègue, t'es mon pote hein ?

— Bien sûr, on est potes... s'était-il senti obligé de préciser, alors que son cœur s'était serré dans sa poitrine.

Mercredi 16 décembre

11h02

RD347, entrée de Saumur

Delbarre venait de s'engager sur la sortie et de passer le panneau d'entrée d'agglomération où était inscrit « Ville de Saumur ». Le commissaire avait prévu de passer la journée sur ces terres, bordées de vignobles au sud de la Loire, pour y recueillir des informations auprès des proches de Stéphane Bourdeau.

Il avait prévenu l'épouse de ce dernier de son arrivée en fin de matinée et contacté son associé et meilleur ami, avec qui il avait cofondé le cabinet d'architecture *Cadre Loire*, pour lui annoncer qu'il souhaitait le rencontrer dans l'après-midi. Ils avaient convenu de se retrouver dans un café du centre-ville à 14 heures. Tous semblaient effondrés et, là aussi, personne ne semblait comprendre.

Le commissaire engagea son Auris dans une rue qui longeait l'imposant château et se gara dans une ruelle qui lui était perpendiculaire. Décidément, se dit-il, il était abonné aux rencontres avec des familles endeuillées à proximité d'enceintes fortifiées médiévales.

Du haut de son promontoire qui dominait la vallée fluviale, le monument était impressionnant. D'épais murs fortifiés encadraient une masse de pierre dont les angles étaient flanqués de tours, circulaires à leur base, et composées de nombreux côtés plus en hauteur. Peut-être hexagonales, se dit le commissaire.

Ce dernier descendit la rue Raspail et sonna au numéro 2. La femme qui lui ouvrit semblait terrifiée, plus que peinée. Delbarre se dit que la venue d'un commissaire de police qui venait vous interroger sur l'assassinat de votre mari pouvait peut-être provoquer ce genre de sentiment. Ou craignait-elle autre chose ?

Elle portait un long pantalon ample de couleur bleue et un chemisier gris clair à liseré blanc. Delbarre, qui ne mesurait pas moins d'1 mètre 85 la dépassait aisément d'au moins deux têtes.

Ils échangèrent des paroles habituelles et convenues et Delbarre s'assit sur un haut tabouret donnant sur un bar séparant la cuisine de la salle à manger. Il accepta le café qu'elle lui proposa.

Tandis que la machine à expresso commençait à cracher bruyamment le liquide noir dans la tasse, elle expliqua au commissaire que ses parents étaient venus chercher les enfants. Elle ne souhaitait pas qu'ils soient présents lors de sa venue.

Le commissaire lui posa quelques questions pour essayer d'en savoir plus sur son mari et leur famille, et essayer de la mettre un peu plus en confiance.

Depuis combien étaient-ils mariés ? 22 ans. Quels étaient les prénoms de leurs enfants ? Louise, 17 ans, et Augustin, 13 ans. Que faisait-elle dans la vie ? Elle élevait leurs enfants à la maison, le salaire de Stéphane leur suffisait. Étaient-ils un couple heureux ? S'entendaient-ils bien avec le reste de la famille ? Avaient-ils beaucoup d'amis proches ?...

Puis, il entra dans le vif du sujet. Quand avait-elle vu son mari pour la dernière fois ? Lundi matin, quand Stéphane était parti pour son cabinet, où il travaillait sur un projet de construction d'un ensemble d'immeubles modernes qui seraient construits dans le secteur populaire dit des « Hauts Quartiers ». C'est un projet d'envergure et son époux y consacrait beaucoup de temps depuis pas mal de semaines. Elle ne s'était pas inquiétée quand il n'était pas rentré en soirée ? Non, car Stéphane avait l'habitude de rentrer tard du travail et il l'avait prévenue qu'il allait rester bosser ce soir-là, avec Goulwen, son associé. Ce n'est que le lendemain matin, en se réveillant et ne voyant pas le lit défait à ses côtés qu'elle avait commencé à s'inquiéter. Comment lui avait-il annoncé qu'il rentrerait tard ? L'avait-il appelée ? Il lui avait envoyé un SMS.

« Merde, pensa Delbarre. Le taré après lequel ils couraient avait de nouveau utilisé la même méthode. » Delbarre lui demanda s'il pouvait voir le message en question et elle lui tendit l'écran sous le nez. Le message était banal, « rentrerai tard », « beaucoup de boulot », « ne m'attend pas et repose toi »... Delbarre, qui terminait de vider sa tasse, enchaîna :

— Votre mari avait-il, pardonnez ce terme un peu trivial, des « ennemis », des gens qui auraient pu lui en vouloir ?

— Pas que je sache non, Stéphane était quelqu'un d'honnête, très impliqué dans son travail, apprécié de ses collègues et amis, il s'était certes brouillé quelque temps avec un de ses frères il y a quelques années mais rien qui ne sorte du quotidien de nombreuses familles.

— Rien qui ne sorte de l'ordinaire ces derniers jours ? Votre mari semblait d'humeur normale ou était-il soucieux, nerveux ?

— Son travail était toujours une source de stress mais il me semblait dans son état normal. Notre fille Louise est en pleine crise d'adolescence tardive, cela nous met un peu à cran parfois, mais sinon tout était normal.

Une seconde passa, elle sembla en train de réfléchir, et reprit, d'un ton hésitant :

— Maintenant que j'y pense... Il y a une chose qui nous a paru curieuse ces derniers jours. Sur le coup, nous n'y avons pas plus prêté attention que ça mais maintenant...

— Qu'est-ce que c'était ? Tout peut avoir son importance vous savez.

— Le mail.

— Un mail ?

— Oui, Stéphane a reçu un mail bizarre sur notre adresse familiale il y a quelques jours. D'une adresse inconnue. Une phrase sans queue ni tête. On l'a copiée-collée dans *Google* et ça nous a indiqué que c'était une citation d'un personnage historique, je sais plus trop.

— Vous pourriez me le montrer ?

— Oui, venez.

Il la suivit dans un bureau, sans doute celui où l'architecte travaillait à domicile, où trônait un *Mac* de bureau récent et surpuissant. Delbarre se tint debout derrière elle et l'observa pianoter. Elle se rendit sur l'interface mail de *La Poste*, écrivit l'adresse mail et le mot de passe, et fouilla dans la corbeille.

— Vous avez de la chance, Stéphane n'a pas vidé le dossier contenant les messages supprimés.

— En effet.

Puis elle afficha l'objet de leurs recherches :

De : souvenezvous93@gmail.com
À : stephaneetadelaidebourdeau@laposte.net
Reçu le 12/12/2015', à 13:27
Objet : Je n'ai pas oublié...

« Du courage, de l'activité, de l'énergie, ils trembleront et ça ira. »

— Vous voyez commissaire ? On a pris ça pour une blague. Mais maintenant, je ne sais plus. Vous croyez que ça pourrait avoir un lien avec...

Elle ne put terminer sa phrase, sa gorge se serrait.

— Je ne sais pas madame, mais ce n'est pas impossible. Pourriez-vous m'en imprimer une copie s'il vous plaît et me transférer ce mail à cette adresse ?

Le commissaire nota son adresse mail professionnelle sur un post-it. Quelques minutes plus tard, il prenait congé de Mme Bourdeau.

Delbarre prit le temps d'aller acheter un sandwich et une canette de Coca dans une boulangerie proche et flâna quelques instants sur le chemin des remparts qui était entouré d'arbres aux branches flétries par les rigueurs de l'hiver. Qu'est-ce que c'était que ce mail ? Une coïncidence émise par un plaisantin ou une menace réelle de l'assassin ? Et c'était quoi ce message ?

Il ouvrit un onglet de recherche sur son smartphone et y saisit la phrase complète qui était imprimée sur la feuille. Les résultats de recherche s'affichèrent. Il les consulta rapidement du regard :

« Des loix, et non du sang, c'est le vœu... »

« Lettres Sur l'Origine De La Chouannerie... »

« Recherches historiques sur la Châtellenie... »

Mais c'était quoi ce bordel ? Un cours d'histoire ? Tous ces liens semblaient aussi obscurs qu'une leçon sur la philosophie aristotélicienne vue par les philosophes des Lumières... Le terme « Chouannerie » évoquait vaguement quelque chose au policier, une révolte de paysans il y a plusieurs siècles ou quelque chose du genre...

Le quatrième lien que le moteur de recherche californien lui proposait l'intrigua encore davantage :

« Les martyrs du Maine : épisodes précieux de l'histoire... »

Le Maine, région naturelle et historique regroupant plus ou moins la Sarthe et la Mayenne, ça lui parlait. Et le terme « martyrs » évoquait des notions de violence, de fanatisme et de mort. Il s'agissait d'un lien vers un site (books.google.fr).

Le commissaire cliqua dessus, tandis qu'un oiseau venait de se poser au bout du banc sur lequel il était assis. Les bruits de la circulation semblaient lointains et étouffés. Une icône tournait sur elle-même à l'écran, le temps que le réseau 3G se décide à charger intégralement la page de livre sur le rectangle tactile composé de millions de pixels.

Une page d'un vieux livre s'afficha enfin. La typographie était ancienne et la page qui venait d'apparaître était la numéro 298. Les mots qu'il avait tapés dans la barre de recherche apparaissaient dorénavant surlignés en gras. La technologie était décidemment un atout majeur du policier d'aujourd'hui. Ce n'est pas Pasquet qui l'aurait contredit.

Avant de le lire, Delbarre chercha de quel ouvrage il avait une page sous les yeux. Après quelques manipulations diverses avec son index, il trouva l'information qui lui manquait : *Les Martyrs du Maine. Épisodes Précieux de l'Histoire de l'Église pendant la Révolution Française*, livre écrit par un certain Théodore Perrin, abbé de son état, et édité en 1884 !

Sur un autre site, un passage décrivait de manière morbide et bien ennuyeuse le contenu du volume. Le commissaire lut que cet ouvrage traitait d'ecclésiastiques de Sarthe ou de Mayenne qui avaient péri de mort violente, ou que des prêtres avaient été martyrisés, victimes des tribunaux révolutionnaires de la sinistre Terreur.

Les mots « Église », « prêtres », « abbé » défilaient, au sein du texte, sous les yeux de Delbarre et se liaient, dans son esprit, à la croix tracée aux côtés du corps décapité qui pouvait évoquer une croix chrétienne. Et la notion de « martyr », elle aussi trouvée dans la présentation de l'ouvrage, faisait forcément penser à la mort. Accepter son sort funeste pour défendre ses idées et idéaux... Et pourquoi faire référence à la période de la Révolution ? Qui disait Révolution disait guillotine, non ? Et la guillotine décapitait ses victimes...

Les idées se bousculaient dans la tête de Delbarre qui sentait une forme d'excitation monter en lui. Celle d'un début de piste concrète. Comme le poisson qui commence à mâchouiller l'appât et tire un peu sur la ligne, sans que ce soit suffisant pour être en mesure de ferrer l'animal. Et là, ils avaient affaire à un gros poisson, intelligent et très dangereux.

Sa montre indiquait 13 h 41, il avait encore le temps de lire le passage extrait du livre de l'abbé avant de filer ; le café où il avait rendez-vous n'était pas loin. Le texte disait :

« Mais l'historien doit dire que le tribunal révolutionnaire de la Mayenne ne fut pas seul coupable de cette étrange barbarie. Les têtes du duc de La Trémouille, de M. Anjubault et de M. Jourdain, furent ainsi exposées par les ordres formels d'Esnue-Lavallée, pour épouvanter, écrivait-il au comité de Laval, les royalistes et les fédéralistes dont ces braves républicains étaient environnés. Il terminait sa première lettre à ce sujet par ces mots énergiques. "**Du courage, de l'activité, de l'énergie** ; les aristocrates **trembleront, et** on **ira**. Vive la République." »

Un quart d'heure plus tard, le commissaire entrait à l'intérieur du *Café du Coin* où un homme élégamment vêtu l'attendait, seul à une table dans le fond du bar. Il se serrèrent la main et commandèrent. Un demi pour Goulwen Le Mézec, un verre de chardonnay pour le commissaire.

— Vous avez le droit de boire de l'alcool en service ou c'est interdit uniquement dans les films ?

Le commissaire ne put s'empêcher de sourire face à une entrée en matière aussi directe et peu commune. Delbarre répondit sur le ton de la confidence amusée.

— Tant que cela reste entre nous M. Le Mézec...

— C'est terrible ce qui est arrivé... Je perds mon associé et surtout mon meilleur ami. Avec Steph', on se connaissait depuis la maternelle. On a grandi ensemble, connu nos premières réussites et nos premières désillusions côte à côte. Je ne sais même pas si je réalise que je ne le reverrai plus...

— Je suis désolé et je comprends votre peine. Néanmoins, il semblerait que vous soyez la dernière personne qui ait vu Stéphane Bourdeau en vie. Pourriez-vous me raconter votre journée de travail de lundi, en insistant sur les moments passés avec lui s'il vous plaît ?

— C'était une journée normale, que dire de plus ? On s'est retrouvés au cabinet lundi matin. On travaille sur un projet d'ensemble immobilier de grande envergure. En matinée, nous avons travaillé ensemble sur les plans des différents formats d'appartements que la résidence proposera. Une résidence alliant moderne et responsabilité écologique. Tendance écoquartier vous voyez ? Récupération des eaux de pluie, matériaux recyclés, énergies durables à l'aide de panneaux photovoltaïques, développement de commerces de proximité... Bref. L'après-midi, j'ai contacté certains artisans avec lesquels nous comptons travailler et Steph' est parti sur le terrain pour avancer avec la boîte qui est censée commencer le terrassement dans quelques mois. Steph' est revenu en fin d'après-midi, je ne saurais pas vous dire l'heure précise, et a quitté le cabinet en fin de journée, vers 18 h 30 je dirais, mais sans certitude.

— Il vous a dit qu'il rentrait ?

— Je crois oui, en tout cas c'est ce que j'ai pensé. Il rentrait souvent tard et ça aurait fait plaisir à Adélaïde qu'il ne rentre pas trop tard.

— Il rentrait tard uniquement à cause du travail ?

— Comment ça ?

— Vous avez compris M. Le Mézec. Avait-il d'autres activités qui auraient pu lui prendre du temps le soir ? Des activités moins légales ? Une maîtresse peut-être ?

Le silence qu'il obtint en guise de réponse était éloquent.

L'homme était confronté à un dilemme intérieur. Dire la vérité dans l'intérêt de l'enquête mais égratigner la réputation de son meilleur ami qui avait confiance en lui. Première option. Ou la cacher, nuire à l'enquête et peut-être aux chances de coincer le salaud qui l'avait tué, tout en préservant l'image de bon père de famille respectable. Deuxième option. De quel côté allait pencher la balance ?

— Écoutez, il m'est difficile d'en parler et j'aimerais vraiment, si vous le pouvez, que vous ne disiez rien à Adé', cela lui ferait un mal dont elle ne se relèverait sans doute pas... Mais si ça peut avoir un lien avec tout ça, il faut que je vous le dise...

— Vous le comprendrez, je ne peux rien vous promettre. Si ce que vous allez me révéler devait avoir un lien direct avec l'enquête, je ne pourrais pas le passer sous silence. La seule chose que je peux vous certifier, c'est que si cela s'avérait sans aucun lien avec nos recherches, je saurais faire preuve de discrétion, notamment auprès de son épouse et de ses enfants.

— Je comprends. Merci inspecteur.

— Commissaire, mais ce n'est rien.

— Steph' a eu une maîtresse pendant quelque temps, une ancienne copine de lycée qu'il avait recroisée lors d'une réunion professionnelle. Il se sentait coupable et avait ressenti le besoin de m'en parler. Mais il m'avait certifié que c'était terminé depuis plus d'un an.

— Je vois. Vous avez son nom ?

— Hélène Jalier, elle bosse dans une boîte de BTP du secteur avec laquelle on a souvent affaire, *Batisphère*.

— Je vous remercie. J'irai lui parler. Et je vous tiendrai au courant.

Le commissaire voulut encore savoir s'ils avaient des relations tendues avec des concurrents dans le cadre de leur activité professionnelle, s'il connaissait des gens qui auraient pu en vouloir à son associé et où il était lundi soir. Cette dernière demande le déstabilisa mais il expliqua au policier qu'il avait dîné avec son épouse, ses enfants et ses beaux-parents à son domicile, et que tous pourraient en témoigner.

Le commissaire trouva le numéro de l'ancienne amante de leur victime dans l'annuaire. Presque trop simple. Elle vivait dans un petit village non loin. Et elle pouvait le recevoir, elle était seule à son domicile. Delbarre prit donc la direction du petit village du Mihervé, au sud de Saumur, et se gara sur le parking de la mairie.

La femme habitait une petite maison dont la façade était envahie par le lierre et devant laquelle un basset hound dormait sur ses deux (longues) oreilles. Elle ouvrit la porte alors qu'il ne faisait que franchir le portillon. « Elle semble pressée d'en finir », se dit-il.

— Il s'appelle Nougaro.

— Pardon ?

— Mon chien, j'ai vu que vous l'aviez regardé.

— Ah oui, il a l'air adorable.

— Il l'est, entrez.

À peine installés, elle lui déballa tout.

Qu'elle était choquée par la disparition de Stéphane, que son mari ne rentrerait que dans deux heures et qu'il ne devait rien savoir, que ça n'avait duré que quelques mois et que ça avait été une erreur, qu'elle aimait son mari...

— Vous êtes sûre que votre mari ne sait rien ? Comment pouvez-vous en être aussi certaine ?

— Car Jean ne l'aurait pas supporté et n'aurait pas pu le garder pour lui, je le connais. Et puis, même s'il l'avait su, il n'aurait pas été assassiner mon ancien amant, croyez-moi commissaire.

— Je vais malgré tout vous demander de me donner vos emplois du temps de lundi, de la nuit de lundi à mardi et de mardi matin, ainsi que vos coordonnées personnelles, que je puisse vous joindre facilement.

Elle obtempéra et Delbarre la laissa seule avec ses remords et son sentiment de culpabilité.

Une heure, trente minutes et un plein d'essence, plus tard, Delbarre était de retour au sein de l'ancienne *Vindunum*, capitale de leurs ancêtres celtes, les Aulerques Cénomans. La ville leur devait son nom. Le latin *civitas Cenomanorum* (« cité des Cénomans ») avait donné « Celmans » au Moyen Âge puis Le Mans.

Delbarre appela Vannier et lui fit un compte rendu de ce qu'il avait appris lors de son escapade sur les bords de Loire. Puis, las, le commissaire ressentit le besoin d'évacuer. La nuit était en train de tomber mais il se décida quand même à aller courir dans un de ses secteurs préférés au crépuscule, la vieille ville médiévale. Les petites ruelles pavées, tortueuses, et les escaliers nombreux représentaient un terrain de jeu stimulant mais exigeant.

Le commissaire s'arrêta quelques minutes chez lui, tel un coup de vent, pour récupérer baskets de running, short et t-shirt. Deux *post-it* orange fluo l'attendaient sur sa porte. Il reconnut tout de suite l'écriture soignée et régulière. Mireille. Qui lui disait :

> « Coucou Fabien, je vous vois peu en ce moment. J'espère que vous allez bien et que l'affaire dont tout le monde parle ne vous obnubile pas trop. Je vous connais ! Pensez à vous, et à venir me voir à l'occasion. À lundi matin ? Je vous embrasse.
>
> PS : Un philologue est une personne qui étudie une langue et sa littérature à partir de documents écrits, celui qui aime les mots et leur origine (du grec ancien *phílos*, l'amour, et *lógos*, la parole, la raison, et donc les mots). »

Un grand sourire illumina le visage de Delbarre à la lecture de ces mots. Il reconnaissait bien là sa voisine, et l'ancienne prof de lettres, brillante et adorée de ses élèves, qu'elle avait été. Une culture immense et une rigueur maniaque quand il s'agissait d'éclairer un point de connaissance ou un concept.

Une fois changé, le commissaire redescendit tout aussi rapidement qu'il était monté, et prit la direction de la cité Plantagenêt.

Mercredi 16 décembre

Six heures plus tôt

Urgences du centre hospitalier du Mans

Les portes vitrées automatiques s'ouvraient devant Éric et Karim qui laissaient derrière eux l'odeur entêtante de désinfectant propre aux hôpitaux. Ils venaient d'y rencontrer Hakim Idrissi, le vigile agressé au sein du tribunal par l'assassin qu'ils traquaient.

L'homme s'était réveillé en plein cœur du parc Théodore-Monod, il y avait de cela seulement quelques heures. Sans doute drogué lui aussi.

Un *check-up* rapide de son état de santé avait été nécessaire, ainsi qu'une prise de sang qui permettrait de déterminer la substance qui lui avait été injectée. L'homme était jeune et robuste et son état de santé ne montrait rien de préoccupant, même si le choc lié à l'électrocution avait été important. Quelques jours de repos et il serait de nouveau opérationnel.

Le jeune agent de sécurité ne gardait quasiment aucun souvenir de son agression. Il se souvenait être entré dans le hall de la Cité judiciaire, avait entraperçu un léger mouvement dans son dos et puis plus rien. Même la douleur importante qu'il avait ressentie semblait lui avoir échappée. Pas plus mal avaient-ils pensé.

Le lieutenant Vannier et le jeune brigadier Saïdi avaient passé la matinée à éplucher la liste d'employés de « SécuritaireMans » qui leur avait été confiée. L'entreprise avait employé pas moins de trente-deux personnes différentes au cours des six derniers mois.

Les deux flics avaient dû sélectionner les critères de sélection qui seraient alors les leurs. Prioriser ceux qui avaient bossé au tribunal ou ceux qui s'étaient déjà fait remarquer d'une manière ou d'une autre, même s'ils savaient tous les deux qu'on ne pouvait exercer ce genre de profession avec un casier judiciaire pas suffisamment net.

Sept noms avaient retenu leur attention : Seidou Camara, Lilian Merville, Léa Toupin, Hakim Idrissi et Pierre Sauré, qui assuraient, avec leur patron, la sécurité du tribunal, mais aussi Nicolas Lacroix et Tiphaine Sanglebœuf, qui avaient eu de légers démêlés par le passé avec la police et la justice.

Les six qui ne sortaient pas des Urgences avaient été convoqués au commissariat pour l'après-midi même, Laborde n'ayant eu d'autre choix que de leur accorder quelques heures pour cela.

Les quatre premiers s'étaient succédé au sein de la salle d'interrogatoire, pièce d'à peine huit mètres carrés aux murs et sol blancs, d'une neutralité presque anxiogène.

Seule une table vissée au sol et deux chaises, qui se faisaient face, meublaient l'espace. L'une était en plastique gris et clairement inconfortable. Réservée à l'interrogé(e). L'autre était à haut dossier et en partie matelassée. Réservée à l'interrogateur. Répartition des rôles claire, chacun à sa place.

Saïdi avait questionné les quatre premiers agents de sécurité.

Seidou Camara avait 42 ans, il était père de famille et travaillait pour l'entreprise de Laborde depuis dix ans, dont quatre passés à assurer la sécurité de l'enceinte judiciaire. Un homme expérimenté et en lequel Laborde semblait avoir une confiance aveugle. L'homme assurait les permanences de journée.

Lilian Merville avait douze ans de moins que son collègue et semblait bien plus nerveux. Il ne comprenait pas ce qu'il faisait là. Mathilde avait eu beau lui expliquer qu'ils ne faisaient que recueillir des informations et que rien de précis ne lui était reproché, l'homme semblait mal à l'aise.

Était-ce une réaction possible dans ce genre de situation ou était-elle anormalement exagérée ?

Léa Toupin était une des cinq femmes qui travaillaient pour l'agence de sécurité. Âgée de 35 ans, elle était grande et assez musclée. Sportive sans aucun doute. Ses cheveux blonds et ses lèvres relevées d'un rose discret accentuaient une féminité subtile.

Enfin, Pierre Sauré était le plus jeune du groupe. 26 ans et engagé seulement huit mois plus tôt. À l'inverse de son collègue Lilian, il semblait très à l'aise – trop d'ailleurs – et avait l'air de vouloir faire le malin face à celui qu'il considérait certainement comme un simple « petit flic ». Il s'était permis d'interpeller Karim en l'appelant « mon frère ». La menace d'une garde à vue pour outrage à agent avait clairement atténué ses instincts arrogants et son langage issu du quartier. Son sourire, qui se voulait manipulateur, presque « séducteur », avait soudainement disparu. « Pas plus de cerveau que de courage », se dit le brigadier.

Aucun des quatre n'avait pu leur apporter d'information qui leur aurait permis d'avancer. Aucun n'avait perdu ses clés ou se les était fait voler. Ils avaient des obligations strictes quant à la gestion de ce genre de matériel. Aucun n'avait remarqué de comportement suspect chez un ou une collègue.

Le cinquième prit à son tour place sur la chaise inconfortable. Cette fois, Vannier menait l'interrogatoire. Saïdi s'était appuyé dans un des angles de la pièce, derrière son supérieur, et observait la scène.

— Vous êtes Nicolas Lacroix, vous avez 40 ans, marié, père de trois enfants, agent de sécurité chez « SécuritaireMans » depuis huit ans. Vous confirmez ces informations ?

— Oui, mais qu'est-ce qu'on fait là, vous nous expliquez ?

— Ne vous inquiétez pas M. Lacroix, vous n'êtes à l'instant présent accusé de rien. Nous cherchons simplement à recueillir le maximum d'informations qui nous permettraient de comprendre ce qui est arrivé à M. Bourdeau, dont le corps a été retrouvé au sein du tribunal.

— Mais je n'y bosse pas au tribunal moi. Je suis chargé d'organiser la sécurité sur des événements ponctuels et spécifiques. Des concerts, des événements sportifs... Vous voyez le genre ?

— Tout à fait. Malgré tout, nous pensons que l'assassin peut avoir eu un lien avec la société dans laquelle vous travaillez.

— Ah bon ? Oh je vois... Vous m'avez fait venir parce que j'ai fait quelques conneries plus jeune, c'est ça ? Le mec qui a dealé dans sa jeunesse et s'est fait choper dans quelques bastons après avoir trop picolé est le suspect idéal hein ?

— Nous ne disons pas cela. Mais cela a forcément attiré notre attention.

— J'étais jeune et j'ai fait le con c'est tout... Je suis rangé maintenant, j'ai un boulot sérieux et une famille, ne me mettez pas dans une situation compliquée avec mon patron...

— Ce n'est pas notre intention, rassurez-vous.

— Et Hakim, il va comment ? Pauvre vieux...

— Il est hors de danger et il est sorti des Urgences en début d'après-midi. Il a juste besoin de quelques jours de repos.

— Tant mieux. C'est un chouette gars.

— Avez-vous une idée de la manière dont une personne, imaginons qu'elle ne soit pas affectée à la sécurité du tribunal, pourrait avoir accès aux clés et codes qui y donnent accès ?

L'homme réfléchit quelques instants.

— En théorie c'est compliqué... Nous ne sommes pas censés nous séparer de nos clés qui sont enfermées dans des coffres personnels au sein de l'agence. Quant aux codes, nous avons l'obligation de les apprendre par cœur.

— Vos locaux n'ont jamais été cambriolés ?

— Une agence de sécurité qui se fait visiter parce qu'elle n'est pas assez sécurisée, ce serait un comble ! Et une très mauvaise pub, vous imaginez...

— Un collègue pourrait-il voler ces clés à un moment ou un autre ? Dans un vestiaire peut-être ?

— C'est possible. Un collègue négligeant qui ne range pas ses clés dans le coffre pendant sa douche par exemple, ou qui a repéré le code d'accès au coffre de son collègue... On peut imaginer plein de trucs et vite devenir parano.

— Ça n'est jamais arrivé ?

— Pas à ma connaissance. Mais est-ce qu'un collègue à qui ça arrive irait se vanter de sa négligence, je n'en suis pas sûr...

Il avait raison, et Vannier sentait qu'il leur serait compliqué de trouver quoi que ce soit dans cette direction.

L'interrogatoire de Tiphaine Sanglebœuf, suspectée de complicité dans une affaire de recel il y a quelques années et dernière de leur sélection, ne donna rien non plus.

Les deux hommes renvoyèrent tout ce petit monde chez lui et s'octroyèrent une pause autour d'un café serré.

Dans le bureau voisin, Marc et Mathilde travaillaient depuis quelques heures déjà sur la piste évoquée par le commissaire la veille. Celle de l'extrémisme politique ou du fanatisme religieux.

Par où commencer ? Les deux policiers avaient établi la liste des manifestants politiques qui avaient été arrêtés pour trouble à l'ordre public ou violences diverses en Sarthe depuis deux ans.

Trente-six noms étaient sortis, rien que ça ! Que du beau monde d'ultra-convaincus radicaux que rien ne faisait dévier de leur idéologie, tout sauf nuancée !

Vint ensuite le tour des croyants radicalisés et identifiés comme tels, voire fichés S. Quatorze noms en Sarthe pour ceux considérés comme les plus inquiétants. Ils n'allaient pas pouvoir rendre visite à cinquante personnes !

Un second tri fut établi et les deux flics savaient qu'ils prenaient ainsi le risque de passer à côté de l'assassin qu'ils traquaient. Mais ils n'avaient ni les moyens humains ni le temps de faire autrement, et donc pas le choix.

De cinquante, la liste passa à un nombre raisonnable de douze noms. Furent conservés les quatre fichés S et huit militants jugés parmi les plus radicaux dans le département, cinq de l'ultra-droite et trois de l'ultra-gauche. Il fut décidé qu'ils s'occuperaient des possibles apprentis djihadistes cet après-midi. Belfond allait s'occuper des trois qui vivaient au Mans et Lecomte de celui résidant à Sablé-sur-Sarthe, ville au sud-ouest du département et qui était surtout connue pour être le fief d'un ancien Premier ministre.

Quelques heures plus tard, Marc se garait rue Lagrange, au milieu des barres décrépites d'une cité où la pauvreté urbaine s'étalait aux balcons et fenêtres. Le commandant Belfond savait qu'il devrait rendre visite aux trois excités dont ils avaient retenu les noms au cœur de quartiers parmi les plus pauvres du département, où insécurité et incivilités pouvaient être fréquentes de la part de jeunes paumés et sans repère. Surtout quand on était flic. Le collège Alain-Fournier, classé en REP+, était d'ailleurs tout proche.

C'est pourquoi il se contenta d'une tenue civile, brassard dans la poche au cas où, mais arme de service à la ceinture. Il n'allait pas rendre visite à des enfants de chœur et on n'était jamais trop prudent. Un guet-apens et un caillassage en règle n'étaient jamais à exclure.

Il en vint à se demander s'il aurait dû venir seul. Il aurait peut-être mieux fait de demander à Vannier de l'accompagner ou attendre Delbarre. Mais il était trop tard pour reculer.

Des immeubles de trois étages encerclaient le commandant, comme prêts à se resserrer et à l'engloutir. Quelques jeunes zonaient devant une entrée et l'observaient d'un air méfiant.

Il s'approcha de l'entrée numéro 8 et profita de la sortie d'un vieux monsieur promenant un petit teckel pour entrer dans le hall sans avoir à s'annoncer. Le cueillir par surprise au pied de sa porte était la meilleure stratégie possible.

Il observa les boîtes aux lettres défoncées et la faïence dont certains carreaux avaient lâché prise et n'avaient jamais été remplacés, et monta au deuxième. Il frappa avec énergie à la porte numéro 24.

L'homme qui lui ouvrit ne ressemblait pas à celui qu'il s'était imaginé. Il pensait trouver face à lui un homme avec une longue barbe, stéréotype de l'apprenti terroriste comme l'imaginait Belfond. Au lieu de cela, celui qui lui faisait face avait les cheveux courts, une barbe d'une semaine maximum, portait un jogging et un maillot du club de foot du Real Madrid.

— Vous êtes Idriss Ouirane ?

— Oui, et toi t'es qui ?

Passage immédiat au tutoiement, cela s'annonçait mal. Belfond prit sur lui pour rester calme. Les codes culturels des petites racailles l'insupportaient au plus au haut point. Lui qui avait débuté en Seine-Saint-Denis, il avait donné.

— Tu vas tout de suite arrêter de me tutoyer et gentiment me montrer un siège où je vais pouvoir m'asseoir et où on va tranquillement discuter tous les deux. Commandant Belfond, se présenta-t-il en mettant sa carte officielle sous le nez de son interlocuteur.

— Qu'est-ce que vous me voulez ?

— Juste discuter de ton emploi du temps, rien d'autre crois-moi. Bon il est où ce siège ?

Quelques instants plus tard, ils étaient installés sur un canapé qui avait vécu et d'où il avait dû pousser des manettes de *Playstation* et une paire de baskets flambant neuves pour pouvoir s'asseoir. Belfond y alla franco, comme pour montrer que l'univers de ce que l'on appelait la « banlieue » ne l'impressionnait pas :

— T'étais où dans la nuit de lundi à mardi de cette semaine et dans celle de vendredi à samedi de la semaine dernière ?

— Vous êtes là parce que j'suis fiché c'est ça ?

— En partie. Disons que ça attire assez vite l'attention sur toi quand on a affaire à des faits troublants.

Il avait lu le dossier de Ouirane avant de venir. Fiché S13 pour suspicion de « radicalisation » et, surtout, pour avoir aidé un de ses cousins à rejoindre un camp d'entraînement des Talibans en Afghanistan dans les années 2000.

— Comment ça, des faits troublants *ouaich* ?

Belfond sentait l'agacement monter le long de sa colonne vertébrale.

— Écoute Ouirane, tu vas pas me prendre pour un con très longtemps. Soit tu réponds à mes questions sans en poser d'autres et dans dix minutes je te laisse finir ta partie de FIFA. Soit je t'emmène faire un tour en gardav', tu verras ça te rappellera des souvenirs ! T'es libre de ton choix mais réfléchis bien !

— O.K., O.K., c'est bon... Mais faut que je réfléchisse deux secondes... Vendredi soir j'étais avec des potes au MMArena. Le Mans-Châteauroux en Ligue 2. Et après on est allés au *MacDo* et j'ai fini la soirée chez Ahmed, un pote du 10.

— Jusqu'à quelle heure ?

— Presque 5 du mat' j'crois.

— Ton pote Ahmed, il peut en témoigner ?

— Bah ouais.

— Et pour la nuit de lundi à mardi ?

— Bah je dormais ! J'ai un taf maintenant ! Je bosse chez *Yoplait*, sur la route d'Allonnes.

— Pas mal, t'es rangé alors ?

— Mais ouais, j'vous l'dis.

— Tu sais ce qui me fait sourire ? Pour un type qui était censé haïr les valeurs de l'Occident, tu t'en accommodes pas mal maintenant entre le stade, le *MacDo* et la console, tu trouves pas ?

Belfond le cherchait un peu et il le savait.

— Mais c'est vieux ça... J'ai fait une connerie quand j'étais plus jeune, c'est pas pour ça que j'vais aller tirer sur une foule dans une salle de concert putain !

— Évite les références à ce qui s'est passé le mois dernier Idriss. Et restes poli s'il te plaît. Si tu le dis... Que t'as changé... Tu sais quoi ? Je te fais confiance. Continue à te faire discret, on te garde dans un petit coin de notre champ de vision, hein ?

— C'est ça ouais...

Le commandant sortit de la barre. Il regarda la porte d'entrée numéro 10 qui était un peu plus loin. Inutile d'aller interroger ce Ahmed, le type lui disait la vérité, il en était convaincu.

Belfond remonta dans la berline banalisée et prit la direction d'Allonnes où il trouverait son deuxième fiché de la journée.

Abdallah Ben Youssef correspondait cette fois aux stéréotypes de l'ancien imam au discours dangereux qu'il avait été. Discours qui prônait une application radicale de la loi islamique ou *charia* et qui appelait à combattre les valeurs occidentales issues des Droits de l'homme.

Tout dans l'appartement respirait une forme de religiosité exacerbée et une rigorisme moral inquiétant et rétrograde. Son épouse, dont une partie du visage était dissimulée, était restée à l'écart dans une autre pièce durant toute leur discussion, Belfond l'ayant juste entraperçue quand il était entré dans l'appartement.

L'homme s'était montré très courtois et avait répondu sans aucune difficulté à toutes les questions du commandant.

Belfond se méfiait bien davantage de cet homme, intelligent, dont le regard vous scrutait sans cesse et qui était capable d'adapter son langage à son interlocuteur, à l'attitude en apparence inoffensive et au discours policé, qu'au jeune de banlieue au langage parfois approximatif mais bien plus franc et plus simple à « apprivoiser ».

Abdallah Ben Youssef n'était jamais entré sur le terrain de l'idéologie et s'était contenté de dévoiler à Belfond son emploi du temps aux dates indiquées. L'homme semblait détenir un alibi qui tenait la route. Puis il demanda au policier :

— C'est parce que vous avez trouvé un symbole de croix auprès du corps que vous êtes venu me voir ? Je l'ai lu dans un article.

— En effet, je ne vais pas vous le cacher.

— Vous savez commandant, je porte mes idées et mes valeurs et je sais qu'elles ne plaisent pas à tout le monde et qu'elles ne correspondent pas à la société française telle qu'elle est. J'en porte une autre vision, au sein de laquelle le sacré prime sur tout le reste. Mais je respecte la vie humaine, œuvre divine par excellence. Et je considère qu'il n'est pas de mon devoir de l'ôter, à qui que ce soit. J'ai toujours combattu les valeurs portées par cette société, et ai été condamné pour cela, mais ce n'est pas pour autant que je combats ses membres. Vous pouvez me croire.

Belfond n'avait trop su que répondre mais avait senti que l'ancien officier religieux était lui aussi sincère. Et cette déclamation semblait marquer la fin de leur discussion.

Vingt minutes plus tard, il arrivait à Coulaines, commune de banlieue limitrophe au nord-ouest du Mans. Il y rencontra Fabien Delalande, un homonyme du commissaire. Le cerveau du jeune homme, qui était à moitié défoncé, sembla au commandant tellement cramé qu'il l'élimina assez rapidement de sa liste des suspects potentiels. Que le type soit capable un jour de tuer quelqu'un dans un accès de démence, pourquoi pas, mais il aurait été incapable de tuer une personne de sang-froid, encore moins avec une mise en scène telle que celles qu'ils avaient pu observer, le policier en aurait mis sa main à couper.

Alors qu'il roulait sur la rocade en direction de l'hôtel de police, il reçut un appel de Mathilde qu'il accepta en mode mains libres.

— Oui Mathilde ?

— Marc, ça a donné quoi pour toi ?

— Pas grand-chose. J'ai eu un aperçu de ce que certains quartiers populaires pouvaient nous proposer de moins intéressant.

— Comment ça ?

— Un jeune en survêt', en mode *ouaich* et petit deal, un illuminé de Dieu, tendance radicale, et un autre complètement défoncé qui n'a pas dû comprendre une phrase sur deux de ce que je lui ai dit.

— O.K. Tu serais pas un peu dans les clichés négatifs sur la banlieue là Marc ?

— Je te jure que non Lecomte.

— Bon, si tu le dis.

— Et de ton côté ? Ton Sabolien ?

— Une rencontre assez étrange. Fiché comme radicalisé depuis un voyage au Sahel où on le soupçonne d'avoir rencontré des membre d'Al-Qaeda au Maghreb Islamique. Mais le type ressemble à monsieur Tout-le-Monde et n'a pas voulu reparler de ce séjour. Pas d'alibi pour la nuit de vendredi à samedi mais bossait de nuit celle de lundi à mardi.

— Donc on n'a rien. C'était sûr que cette piste était foireuse d'entrée.

— Et il nous en reste pour demain Marc.

Ils perdaient leur temps, Belfond le savait. Il était impatient de savoir ce que Delbarre avait trouvé sur Saumur. Il aurait préféré passer sa journée dans la ville du célèbre Cadre noir plutôt qu'à écumer les blockhaus de banlieue, que l'on appelait « tours » et « barres », construites dans les années 1960.

Le commissaire n'allait pas tarder à rentrer au bercail et Belfond commençait à remonter la rue Coëffort.

Jonathan Pasquet avait passé sa matinée à effectuer des recherches sur la symbolique du cœur et de la croix. Si l'assassin voulait leur transmettre un message, leur expliquer ses actes, si tant est qu'ils soient « explicables », il leur fallait fouiller de ce côté. Et qui mieux que lui dans l'équipe pour fouiner dans les recoins insoupçonnés de la Toile ?

Il allait devoir en présenter une synthèse à ses collègues. Il relut rapidement les notes qu'il avait prises :

> « Symbolique de la croix :
>
> Mot issu du latin « *crux* » qui signifie « gibet », « potence ».
>
> => Symbole de condamnation à mort, par pendaison ou plus couramment par crucifiement, crucifixion, comme celle des esclaves dans la Rome antique ou du Christ.
>
> => Symbole chrétien donc.
>
> Prend aussi le sens de « torture morale ».
>
> Symbole d'orientation.
>
> Symbole de négation et de rejet.
>
> Chez les alchimistes, symbole de l'union des contraires (et donc de vie, union de l'homme et de la femme).
>
> A pu avoir d'autres significations selon les civilisations : croix ansée chez les Égyptiens antiques, Svastika dès le Néolithique, détournée en croix gammée par les nazis, croix basque...
>
> Symbolise la lettre « x » dans l'alphabet et donc symbole mathématique de l'inconnue dans une équation, mais aussi nombre 10 chez les Romains (« X »)... »

Plus Pasquet cherchait, moins il avait l'impression de trouver. Ce symbole traditionnel revêtait tellement de significations possibles... Pour le cœur, le champ était un peu plus restreint :

« Symbolique du cœur :

Peut désigner le muscle cardiaque qui, par ses battements réguliers, permet la circulation sanguine et donc la vie et la santé.

Par extension, désigne, dès l'Antiquité, le centre de l'activité émotionnelle, morale, spirituelle ou intellectuelle (« tu n'as pas de cœur » signifie « tu ne ressens pas d'empathie, pas de pitié »).

Symbole universel d'affection et d'amour.

Symbole religieux du Sacré-Cœur de Jésus ou de Marie.

Rouge, il est un des quatre symboles d'un jeu de cartes traditionnel... »

Il saisit un stylo qui traînait et mit par écrit les deux significations qui semblaient pouvoir être communes à ces deux symboles :

« – Celle de la vie (l'union de l'homme et de la femme, porteuse de vie, et le muscle cardiaque, qui permettait la vie).

– Celle religieuse (la croix chrétienne issue de la crucifixion du Christ et le symbole du Sacré-Cœur). »

La seconde piste parut d'emblée plus pertinente au jeune *geek*. Pourquoi un assassin qui semait la mort aurait-il voulu signifier de manière symbolique et subtile la vie ?

Il fit quelques recherches approfondies sur ce « Sacré-Cœur », symbole qui pouvait coller en réunissant la symbolique chrétienne et la forme du cœur.

Ce nom n'évoquait chez lui, pour l'instant, que le nom d'une célèbre basilique parisienne construite au XIXe siècle sur la butte Montmartre.

La page *Wikipédia* s'ouvrit dans un nouvel onglet. L'illustration, à droite de la page, lui sauta aux yeux. Elle montrait Jésus arborant sur sa poitrine un cœur surmonté d'une croix. Les deux symboles tracés par l'assassin réunis en un seul...

La toile datait du XIXe siècle et s'intitulait *Sacré-Cœur de Jésus*. Elle avait été réalisée par un peintre portugais.

Pasquet zooma sur le symbole qu'il avait passé plus d'une heure à chercher…

Ce qui semblait être une couronne d'épines enserrait le cœur dont une plaie était sanguinolente. Les cours de catéchisme du jeune policier lui semblaient fort lointains dans sa mémoire mais cela lui évoquait le coup de lance reçu par Jésus sur son flanc, alors qu'il était attaché sur la croix, de la part d'un soldat romain.

Des flammes brûlaient à la base de la petite croix latine qui surmontait ce cœur blessé. Une lumière – celle du Saint-Esprit ? – irradiait tout autour du symbole. La représentation d'une forme de pureté, de sainteté ? Comme celle d'une auréole ? La lumière divine ?

Entre deux gorgées d'infusion à la menthe, il entreprit de lire l'introduction en haut de la page.

Celle-ci expliquait que le Sacré-Cœur désigne une dévotion au cœur de Jésus-Christ, ce dernier étant un symbole de l'amour divin. Le texte précisait que cette dévotion est particulièrement présente au sein de l'Église catholique, mais aussi au sein d'Églises protestantes, comme celle anglicane et dans certaines luthériennes. À l'inverse, elle faisait clairement débat au sein des Églises orthodoxes. Le culte solennel du Sacré-Cœur était apparu au XVIIIe siècle et s'était étendu à toute l'Église catholique au XIXe siècle. Il insistait alors sur les notions d'amour et d'adoration voués au Christ.

L'article de l'encyclopédie en ligne abordait ensuite la question de la représentation de ce concept dans l'art. Il était souvent représenté sous la forme d'un cœur enflammé brillant d'une lumière divine ; saignant (car ayant été percé par la lance du soldat romain Longinus), entouré d'une couronne d'épines et surmonté d'une petite croix. La position du symbole pouvait différer selon les représentations et pouvait être centrée sur le corps du Christ, comme si ce dernier était prêt à l'offrir à la personne qui se tenait devant lui. Les blessures et la couronne d'épines faisaient bien évidemment référence aux conditions de la mort du Christ crucifié, alors que le feu symbolisait le pouvoir de l'amour.

« J'étais loin d'avoir tout faux », se dit Pasquet. Ils avançaient. Doucement, mais ils avançaient...

Mercredi 16 décembre

20 h 36

Quelque part en Sarthe

Ils avaient trouvé son deuxième ouvrage, le plus abouti jusqu'ici, sans aucun doute.

Les journaux le qualifiaient déjà de « fou en liberté », de « tueur en série »... Cela le faisait sourire. Ces petits journalistes, sans grand talent mais avec un peu trop d'imagination, n'avaient rien compris. S'il était vraiment fou, comment aurait-il pu mettre sur pied une organisation aussi précise et aboutie ?

Ses symboles intriguaient. Comprendraient-ils un jour ? Il le faudrait. Comment arriveraient-ils jusqu'à lui sinon ?

Sa mission était difficile et ne devait pas être menée en vain. Il fallait que le monde sache ce qu'on lui avait fait subir. Que ses actes, qui semblaient tant choquer ces âmes fragiles, avaient un sens. Non, il n'était pas fou... Et il n'avait pas encore terminé.

La deuxième étape avait été plus délicate que la première. Il lui avait fallu se rendre régulièrement à Saumur et y observer les habitudes de sa cible. Et, lundi soir, il avait frappé, toujours aussi furtivement.

Il l'avait appelée en début d'après-midi, se faisant passer pour un des assistants du promoteur qui gérait le chantier dans les Hauts-Quartiers. Son patron souhaitait rencontrer son interlocuteur au plus vite sur le chantier, pour évoquer un point qui leur semblait curieux dans la disposition prévue des logements. L'homme avait paru surpris, mais ne l'avait pas questionné davantage. Rendez-vous avait été pris sur le terrain pour 19 heures. Il savait que sa cible viendrait à pied, elle le faisait souvent car le chantier n'était qu'à un kilomètre du cabinet.

Il avait dissimulé son véhicule à l'arrière du vaste terrain encore vide, derrière une butte de terre qui la cachait des regards indiscrets.

L'homme était arrivé à l'heure, était descendu au milieu de la zone en chantier, au cœur du cratère en contrebas de la rue, là où s'implanterait bientôt le parking-souterrain de la résidence. Il s'était alors approché de sa cible, le sourire aux lèvres et les mains tendues vers lui pour l'accueillir.

« Merci d'être passé aussi tard M. Bourdeau. »

L'homme avait semblé surpris en l'apercevant.

« Mais ce n'est pas M. Heurbize que je devais rencontrer ? Je ne comprends pas. »

« Il a eu un empêchement, il vous demande de bien vouloir l'excuser. Je le remplace. M. Talmont. Enchanté. »

« Très bien. Quel est le problème ? »

« Venez, je vais vous montrer. Je vous en prie. »

L'homme l'avait précédé. Imprudence fatale. Il avait étouffé un cri lorsque l'aiguille s'était plantée sous sa peau. Il n'avait pu lui injecter que la moitié de la dose. Sa cible avait arraché la seringue et s'était retournée. Elle avait tenté de lui asséner un coup de poing en plein visage. Il avait su l'esquiver. L'architecte s'était jeté sur lui et ils étaient tombés tous les deux.

L'anesthésiant avait alors commencé à faire effet. Les forces de son adversaire s'étaient amenuisé et sa poigne était devenue incertaine. Quelques minutes plus tard, il était inconscient.

Il lui avait injecté la dose restante et l'avait difficilement chargé à l'arrière du véhicule. L'homme pesait bien quatre-vingts kilos, rien à voir avec le poids plume de la fois précédente.

Puis il avait reproduit la même procédure, elle avait prouvé son efficacité, pour endormir les inquiétudes, au moins un temps.

Le SMS envoyé à Mme Bourdeau, il avait pris la route du Mans, là où le plus difficile l'attendait.

Au milieu de la nuit, il s'était garé juste devant les marches qui menaient à l'entrée de la Cité judiciaire. Il avait vérifié que le vigile en faction ne traînait pas dans le hall et avait déverrouillé la porte.

Il n'avait pas été simple de se procurer ces clés et le code de désactivation de l'alarme. Il avait dû se faire embaucher un an auparavant au sein de la société qui gérait la sécurité du tribunal puis menacer un de ses collègues. La lame collée contre la peau de son cou, un soir, alors qu'ils n'étaient plus que tous les deux dans le vestiaire, l'avait fait réfléchir. Il lui avait confié ses clés, le temps d'en faire des doubles, et lui avait balancé la combinaison de chiffres qu'il désirait. Les menaces portées contre sa famille et lui-même, s'il parlait, avaient suffi à s'assurer de son silence.

Il l'avait rassuré, lui certifiant qu'il comptait « seulement » voler des pièces à conviction qui incriminaient un proche et qui était conservées au sein du tribunal.

Il lui avait ensuite suffi de démissionner un mois plus tard, en invoquant le fait que sa compagne imaginaire était tombée gravement malade et qu'il devait être à ses côtés durant cette épreuve. N'ayant pas montré une grande qualité professionnelle, le patron n'avait pas insisté pour le garder. Il avait plus tard appris que l'homme qu'il avait menacé avait quitté l'entreprise trois mois après, à cause d'une dépression nerveuse.

Une fois entré dans le hall, plongé dans la pénombre, il avait dû attendre, pendant des minutes interminables, que l'agent se pointe. La décharge électrique à la base de son cou avait explosé et l'avait rendu inconscient, le corps paralysé.

Une dose d'anesthésiant le tiendrait profondément endormi jusqu'au lendemain, quand il se réveillerait en plein milieu d'une verdure à demi sauvage.

Puis il avait échangé les corps à l'arrière du véhicule et porté celui de sa deuxième cible, ainsi que sa « pièce détachée », à l'intérieur d'un local ménager.

Il n'aurait jamais pensé que découper la tête d'un cadavre aurait pu lui procurer autant de plaisir. La tâche s'était révélée plus difficile que prévue, la lame ayant du mal à sectionner la vertèbre cervicale.

Il fut une époque où on décapitait de manière bien plus rapide et efficace...

Jeudi 17 décembre

9h07

Appartement du commissaire

Delbarre s'était accordé une grasse matinée. Son footing la veille au soir lui avait fait un bien fou, mais l'avait aussi accablé de fatigue une fois rentré, et de courbatures aux mollets ce matin au réveil.

Comme prévu, il avait sillonné les ruelles médiévales, oreillettes collées contre ses tympans, baladeur MP3 dans la poche de son short. Le commissaire avait débuté son périple sur les pavés usés par les siècles en empruntant la rue de la Vieille-Porte. Cette dernière donnait le ton puisqu'elle grimpait sérieusement. Les cyclistes avaient leur « Enfer du Nord », le commissaire s'infligeait son « Enfer de l'Ouest ».

Il imaginait, alors qu'il passait devant de nombreuses maisons à colombages, ce que pouvait être la vie ici il y a plus de cinq cents ans. Animaux en liberté, ruelles sales et sombres, comptoirs et échoppes donnant sur la rue, enseignes pendues au-dessus des têtes, voix fortes, cris d'enfants, odeurs puissantes, au détour d'une rue, un chevalier rentré de croisade portant son épée au flanc, puis un missionnaire franciscain, dans sa bure marron usée...

L'effort débridait l'imagination du policier, alors que dans ses oreilles explosait le refrain de *Everybody's Changing* de Keane. Il avait toujours eu un faible pour la pop anglo-saxonne, des *Beatles* aux groupes contemporains, goût qu'il avait transmis à sa fille.

Il était passé devant *Le Cabaretier* et avait obliqué vers la droite où montait toujours la rue des Trois-Sonnettes, puis à gauche, pour emprunter celle de la Truie-Qui-File, ça ne s'inventait pas. Enfin, il avait atteint la Grande-Rue, les pavés étaient alors toujours collés sous ses semelles mais le relief s'aplanissait, au grand soulagement de ses quadriceps. Cette rue concentrait maisons anciennes et hôtels particuliers des XVIe et XVIIe siècles.

Il passa d'abord devant la maison du Pilier à l'Évêque, puis, au numéro 105, devant l'hôtel Legras-du-Luart, qui abritait aujourd'hui le théâtre de l'Acthalia, et dont l'ancienne porte cochère, aujourd'hui d'un rouge vif, était entourée d'un encadrement de pierre finement sculpté.

Quelques mètres plus loin s'élevait l'hôtel de Clairaulnay, suivi de près par la maison du Pilier aux Clés et des nombreuses maisons en pan-de-bois, un peu plus anciennes, de la rue Saint-Honoré, qui était perpendiculaire à celle où des foulées régulières propulsaient le commissaire. « *I used to rule the world...* », commençait à chanter Chris Martin dans *Viva la vida*.

La Grande-Rue se terminait enfin, offrant au regard ce qui était sans doute la plus splendide des demeures médiévales encore conservées dans la ville : la maison dite du Pilier-Rouge, qui abritait dorénavant la maison du Patrimoine. Ce bâtiment était construit à l'angle de la rue et reposait sur une colonne peinte en rouge qui datait de la première moitié du XVIe siècle. Des stries finement sculptées semblaient s'enrouler autour de la colonne, dont le chapiteau évoquait le style corinthien antique. Plus surprenant, une tête de mort était sculptée sur ce chapiteau, alors qu'à ses côtés avait été représenté... un crucifix. « Drôle d'association », avait pensé Delbarre.

« *I, I follow, I follow you deep sea baby...* » Alors que Lykke Li entamait son refrain, le joggeur tardif tournait ensuite à gauche, dépassait la maison du Pilier-Vert, encore une histoire de colonne et de couleur, et commençait à descendre les marches escarpées de l'escalier moyenâgeux de la Pierre de Tucé.

Ses foulées étaient rythmées et posées avec précision. Toute approximation pouvait l'amener à dévaler les marches jusqu'à la rue de Vaux en contrebas.

L'hôtel de Tucé-Lavardin imposait ses hauts murs sur la gauche. Le commissaire avait continué à arpenter la rue, du nord vers le sud. Au bout de celle-ci avait été aménagé le jardin du Bicentenaire (celui de la Révolution) en 1989. Encore la Révolution ? Décidément, cette période troublée de l'histoire de France semblait le poursuivre dernièrement. Le clocher de l'église Saint-Benoît, assez proche, était visible derrière les toits devant lui.

Le commissaire prit le passage sur sa droite et descendit vers les bords de Sarthe en empruntant l'escalier de la Grande Poterne, qui permettait de franchir une porte aménagée dans la muraille romaine, exceptionnellement conservée et qui datait du IIIe siècle. Sa tour du Vivier pointait sur la gauche.

Il avait alors été temps, pour Delbarre, de commencer à se rediriger vers la chaleur de son domicile.

Il avait englouti la rue de la Porte-Sainte-Anne qui rattrapait la rue de la Galère. Elle portait bien son nom, celle-là, alors que le commissaire avait l'impression que ses muscles allaient subitement cesser de lui obéir. Depuis la place de l'Éperon, il regagna celle de la République et son appartement.

La sonnerie de son portable le sortit de sa rêverie et le ramena au temps présent. Le fantasque légiste avait terminé l'autopsie. Que pourrait-il lui apprendre qu'il ne savait déjà ? Il accepta l'appel :

— Bonjour, mon médecin légiste préféré !

— Toi aussi t'en connais d'autres Fabien ?

— Allez, dis-moi tout. Je suis prêt à parier que M. Bourdeau n'a pas perdu sa tête tout seul ?

— Tu es d'humeur comique toi ce matin ? T'as fait une nuit de dix heures ou quoi ?

— Presque, Jean.

— Bon, notre homme était décédé avant d'être décapité. Arrêt cardiaque dû à une injection massive d'anesthésiant. Le même qu'utilisé la dernière fois. Et même méthode pour neutraliser la victime, injection à la base du cou, cette fois au niveau de la veine jugulaire externe.

— Et sur la décapitation en elle-même, t'as quoi ?

— Utilisation d'une lame qui me semble finement dentée, genre scie à métaux, plutôt que scie égoïne tu vois ? Le « travail » est grossier, en tout cas d'un point de vue médical. L'assassin a eu l'air d'avoir du mal à scier la sixième cervicale qui a littéralement été broyée en petits morceaux.

— Je te remercie Jean. Rien d'autre de pertinent ?

— Quelques éléments divers... La substance avec laquelle a été tracée la croix sur le mur est toujours un mélange de peinture et de sang de la victime. Groupe O+ ici. Je ne sais pas si ça peut avoir de l'importance mais sous les chaussures du monsieur, j'ai retrouvé des traces d'une terre argileuse très meuble, presque boueuse. Les semelles avaient été nettoyées mais j'en ai trouvé d'infimes résidus dans les rainures. Si l'assassin a voulu les effacer, c'est que cela devait pouvoir dire quelque chose, Fab'.

— Il bossait sur la construction d'une zone immobilière en début de chantier. C'est peut-être là qu'il a mis ses pieds dans de la boue. Il aurait été enlevé là ? Mais qu'est-ce qu'il allait faire sur le chantier en toute fin de journée ?

— Tu t'attends à ce que je t'apporte une réponse ? lui répondit Baron-Mercier dans un rire presque chantant. Je t'ai déjà donné celles dont je suis capable Fabien. Allez, je te laisse à tes questionnements métaphysiques commissaire, j'ai un jeune, sans doute décédé d'une overdose d'héro, au frigo et qui m'attend.

— Ah, Jean, j'ai juste une dernière question à te poser.

— Laquelle ?

— Tu portes encore cet horrible t-shirt à tête de mort de la dernière fois ?

— Ah ! Ah ! Ah ! Tu me fais marrer ! Non, là j'arbore un magnifique t-shirt *Rammstein*, avec la tête de Till Lindemann reposant entre mes tétons. Rien de tel que le métal indus' allemand mon cher !

La réunion programmée avec l'intégralité de son équipe n'était prévue qu'à 17 heures. Il avait eu des nouvelles de Marc en rentrant de son footing la veille au soir. Mathilde et lui allaient poursuivre leurs recherches dans les milieux politiques radicaux aujourd'hui. Il leur avait fait part en avant-première du message reçu par mail par la famille Bourdeau. Et de la menace qu'il contenait, visant les « aristocrates » qui devaient trembler. Il leur avait donc demandé d'être particulièrement vigilants vis-à-vis des quelques radicaux d'ultra-gauche auxquels ils avaient déjà eu affaire, qu'ils soient encartés ou non.

Tandis que Delbarre préparait la chambre d'ami qui accueillerait Aurore dès le lendemain, il reçut un SMS de cette dernière lui indiquant que son TGV arrivait, en théorie, en gare du Mans à 11 h 07. La perspective de la revoir après presque deux mois de séparation l'emplissait de joie. Elle lui manquait tellement.

En toute fin de matinée, le lit était prêt, avec des draps propres sentant encore la lessive. La chambre avait été époussetée et nettoyée de fond en comble, et le frigo était rempli de tout ce qu'elle aimait. Sans compter que Mireille leur préparerait les lasagnes dont Aurore raffolait tant pour le lendemain soir.

Pour fêter le retour de son « bébé », comme Delbarre aimait encore à l'appeler parfois pour la taquiner, les invitations avaient plu comme lors du Déluge. Éric et Marine, sa femme, les avait conviés dès le lendemain midi, Mireille pour le lendemain soir. Il avait bien fait d'aller courir hier se dit-il. Il avait éliminé un peu en avance, en prévision de tout ce qu'il allait reprendre le surlendemain.

En début d'après-midi, alors qu'il préparait la réunion d'équipe et faisait le compte rendu de ce qu'il allait leur présenter, il appela l'université du Maine et l'UFR des Lettres, Langues et Sciences humaines. Les éléments évoquant la période de la Révolution étaient suffisamment nombreux pour ne sans doute pas constituer une coïncidence. Le message envoyé par mail et la décapitation d'une victime notamment. Sans oublier cette histoire de « Sacré-Cœur », dont Pasquet lui avait parlé dans un mail reçu tard hier soir. Il leur en dirait plus tout à l'heure mais ça pouvait peut-être coller aussi, non ? À une époque passée où quasiment tous les Français étaient chrétiens, enfin si le commissaire ne disait pas de bêtise.

La secrétaire du département d'histoire qu'on lui passa était joviale et extrêmement agréable. Lorsqu'il lui expliqua le but de son appel, elle parut surprise. Ce n'était sans doute pas tous les jours qu'un flic demandait un rendez-vous avec un enseignant-chercheur travaillant au sein de l'université.

— Et donc vous voudriez rencontrer un historien spécialiste de la Révolution française, c'est bien ça ? Un moderniste donc ?

— Un quoi ?

— Un professeur d'histoire moderne. Spécialiste des XVIe, XVIIe et XVIIIe siècles en gros.

— Oui, c'est ça.

— Je pense que vous devriez rencontrer Laurent Martin. Il enseigne chez nous et à l'université d'Angers depuis plus de quinze ans. Un excellent chercheur et pédagogue. Il est spécialiste du XVIIIe siècle et a réalisé une thèse sur la noblesse et son pouvoir dans le Maine à cette époque.

— Il me paraît être l'historien idéal alors. Quand pourrais-je le rencontrer ?

— Attendez, je scrute son agenda...

Les sons de clics de souris se firent entendre, tandis que la secrétaire bruitait sa recherche.

— Alors... Voyons voir... Peut-être là... Non il a un module avec des Licence 3... Lundi 21 à 9 h 30, je pense que ce serait possible. Ça vous va ?

— C'est parfait.

— Je lui en parle et vous reconfirme le rendez-vous ? À ce numéro ?

— Tout à fait, je vous remercie.

Une heure plus tard, le rendez-vous était confirmé.

Delbarre aimait bien savoir à qui il avait affaire. Il fit quelques recherches sur l'intellectuel qu'il allait rencontrer dans peu de temps. La photo qu'il trouva de Laurent Martin sur le site de l'université montrait un homme d'une cinquantaine d'années, les cheveux déjà blancs, de petites lunettes rectangulaires sur le nez, des yeux un tantinet rieurs et un sourire qui invitait à la discussion. Il comprenait pourquoi il semblait apprécié de ses étudiants.

En plus de la thèse qu'il avait rédigée, il en avait dirigé d'autres, soutenues par plusieurs doctorants. Les intitulés semblaient obscurs au commissaire et sentaient le renfermé des bibliothèques. Il y avait par exemple « Suivre Dieu, servir le roi : la noblesse protestante bas-normande, de 1520 au lendemain de la Révocation de l'édit de Nantes » ou « Noblesse et pouvoir princier dans la Lorraine ducale (vers 1620-1737) ».

« Un monde à part que celui des historiens », pensa le commissaire. Mais il avait malgré tout hâte de rencontrer cet homme dont la passion pour les choses du passé le fascinait.

L'écran d'accueil de son iPhone indiquait 16 h 12, il était temps de se rendre au commissariat.

Une fois l'équipe réunie, les thés et les cafés distribués, chacun fit le bilan de ce qu'il avait appris le jour même ou la veille. Marc expliqua que les visites aux fichés S possiblement en lien avec la mouvance islamiste n'avaient rien donné, tous semblaient hors de cause. Mathilde surenchérit en expliquant qu'ils avaient tous deux rencontré aujourd'hui même huit représentants appartenant à des mouvements politiques aux méthodes assez agressives, voire violentes.

Belfond s'était entretenu avec trois jeunes membres de la « fachosphère » dont deux étaient ouvertement ralliés à un mouvement d'extrême droite. Ils étaient tous connus de leurs services pour des faits de violences en réunions, troubles à l'ordre public, outrages et rébellions... L'un d'entre eux possédait un alibi pour les deux nuits où avaient eu lieu les crimes, un autre pesait cent dix kilos et peinait à se déplacer et ne pouvait donc pas correspondre au profil physique de l'assassin, et le dernier était parti du domicile de sa mère pour passer quelque temps chez son père à Montauban, où il vivait donc depuis deux semaines. Il avait contacté le fils et avait eu le père au bout du fil, ce qui confirmait les dires de la mère.

Le quatrième dont s'était occupé le commandant appartenait à la mouvance altermondialiste et écolo pure et dure. Il avait déjà purgé une peine d'un an de prison ferme et deux autres avec sursis pour avoir séquestré pendant trois jours le dirigeant de l'*Apple Store* de Nantes en 2012.

— Un mec sérieusement atteint, c'est certain, mais qui n'irait pas jusqu'à tuer, je ne crois pas, avait affirmé Marc. Et puis les rituels de notre assassin ne collent pas vraiment avec cette idéologie, vous ne croyez pas ?

Tous avaient opiné.

Mathilde, de son côté, avait rencontré quatre membres de l'ultra-gauche.

— Ce dernier doit être réinterrogé, dit-elle. Il pourrait correspondre au profil que l'on recherche. Sa silhouette est sportive, la taille peut coller, il n'a aucun alibi pour les nuits des meurtres et semblait très sur la défensive. Et surtout, il a un tatouage sur l'avant-bras droit...

— T'es sérieuse là ? lui demanda Karim.

— Oui, je lui ai expliqué que nous referions appel à lui et qu'il avait interdiction de quitter le département jusqu'à nouvel ordre. Ce qui, vous vous en doutez, ne lui a pas vraiment plu...

— Il représentait quoi ce tatouage ? demanda Vannier.

— Deux drapeaux l'un derrière l'autre. Il m'a expliqué qu'il s'agissait du symbole de l'action antifasciste : un drapeau rouge devant un drapeau noir.

— Pas une lame donc, précisa Delbarre.

— Non commissaire, mais les « tiges » ou « mâts », je ne sais pas trop comment le dire, de ces drapeaux pourraient coller. C'est une tige longiligne, presque comme une lame, non ?

— C'est pas impossible en effet. Tu nous le convoques ici même pour demain après-midi. Bon boulot Mathilde.

— Merci commissaire, répondit-elle, s'efforçant de ne pas rougir et feignant de ne pas voir certains regards qui pesaient sur elle.

Ce fut ensuite au tour de Karim de résumer les fruits des recherches qu'il avait menées avec le lieutenant Vannier.

— Le vigile agressé a été retrouvé dans le parc Monod. Drogué lui aussi. Il ne se souvient quasiment de rien. Quant aux employés de la boîte de sécurité qu'on a pu interroger, aucun n'a remarqué de fait ou de comportement suspect ces derniers mois. Une impasse à ce niveau. On ne sait toujours pas comment il s'est procuré clés et code.

Avant que lui n'expose les révélations qui avaient été siennes assis sur un banc saumurois, Delbarre donna la parole à Jonathan Pasquet.

— De mon côté, je me suis penché sur la signification des symboles tracés sur les scènes où ont été retrouvés les corps. Les deux ont de nombreuses significations possibles mais, pour vous la faire courte, une seule qui soit vraiment commune et qui puisse sembler avoir un lien pertinent avec notre enquête, celle du Sacré-Cœur.

— Du quoi ? tonna Belfond, le visage circonspect. C'est quoi encore ces trucs absurdes ?

— Marc, tais-toi s'il te plaît et écoute Jonathan.

Le ton plein d'autorité du commissaire n'avait laissé la place à aucune réponse, même pour le commandant.

— C'est le nom de mon ancien collège privé, précisa Mathilde.

— On s'en fiche un peu Mathilde..., la tança Vannier. Bon vas-y Jo'...

— Il s'agit d'un symbole traditionnel chrétien qui ressemble à ça.

L'image provenant du tableau portugais s'afficha sur l'écran. Tous furent abasourdis.

— Putain mais c'est exactement les deux symboles superposés ! explosa Vannier.

— Ça veut dire quoi ? demanda calmement Delbarre.

— En gros, c'est un culte rendu au cœur de Jésus-Christ, symbole de l'amour divin, lui-même visible dans le fait que Jésus aurait donné sa vie pour les hommes.

— Un symbole de l'amour divin, du sacrifice et donc du martyre... Ça nous ramène sur la piste du fanatisme religieux...

— Je me suis un peu renseigné commissaire. Il existe des mouvements intégristes actifs. Notamment un très à droite, très médiatisé il y a deux, trois ans, lors des manifestations opposées au mariage homosexuel. Ils en ont été exclus mais en termes idéologique et symbolique, ça pourrait coller, non ? »

— Pour Ophélie Marceau, je comprends l'idée. Un crime homophobe abjecte. Mais pour Stéphane Bourdeau ? Il n'est pas homosexuel, à notre connaissance ni d'extrême droite, ni d'extrême gauche... Quel serait le mobile ? L'adultère vous croyez ? Ah oui, j'allais vous le dire tout à l'heure mais il a eu quelque temps une maîtresse. Un extrémiste qui assassinerait un mari infidèle après avoir assassiné Ophélie qui était en couple avec une femme ? C'est pas impossible, donc pas à négliger, mais il serait aussi dingue que ça ? questionna le commissaire. Éric, tu veux bien reprendre la fouille de ce côté ? Vois si on n'a pas interpellé des intolérants compulsifs, infiltrés dans les manifs de 2012-2013.

— Ça marche patron.

— Bon, moi aussi j'ai découvert des choses sur Saumur, et pas des moindres. Mais, je vous le dis tout de suite, cela ne va que multiplier les pistes et nous perdre un peu plus. Mais il faut parfois complètement se perdre avant de pouvoir trouver le bon chemin, non ?

— Vous philosophez maintenant, commissaire ?

— Te moque pas Karim, je suis sérieux. Pas grand-chose à signaler quant à la vie de Stéphane Bourdeau, si ce n'est cette infidélité passagère dont sa femme ne sait rien. Une vie professionnelle réussie avec un cabinet qui tourne bien. Ils bossent sur un gros chantier d'immeubles neufs dans un quartier populaire. Ce qui, par contre, est troublant c'est que la famille a reçu un mail étrange quelques jours avant l'enlèvement et l'assassinat du père.

L'image s'afficha derrière le commissaire.

— Qu'est-ce que ça veut dire ? demanda Pasquet.

— J'ai cherché, c'est une parole qui aurait été prononcée par un juge à l'époque de la Révolution. Un certain Esnue-Lavallée qui officiait alors en Ille-et-Vilaine. Il a fait condamner à mort plusieurs personnes jugées hostiles à la Révolution, en les menant à la guillotine.

— Ils se sont fait décapiter alors ? Comme notre deuxième victime ? questionna Belfond.

— Exactement, c'est ce que j'ai tout de suite pensé aussi. Cette piste, disons « historique », ne doit pas être négligée non plus, aussi farfelue et improbable qu'elle puisse paraître au premier abord. Qui sait quelles peuvent être les motivations d'un cinglé...

— Le mail est anonyme je suppose ? enchaîna Vannier.

— Oui, l'adresse d'envoi est « souvenezvous93 » et l'objet « Je n'ai pas oublié... ». Tout cela porte à croire qu'il y a une idée de vengeance là-dessous. Est-ce le cas ou veut-il nous égarer ? Difficile à dire pour l'instant.

— Et surtout, il sous-entend que ses victimes doivent savoir pourquoi il s'en prend à elles, puisqu'elles doivent « se souvenir »... compléta Belfond. Et pourquoi « 93 » ? Il fait référence à quoi là ? Une année ? De naissance ou décès peut-être ? Un département ? La Seine-Saint-Denis ?

— Tu as raison Marc, on ne doit rien négliger. On va recontacter les proches des victimes et les interroger sur les potentielles croyances religieuses ou idées politiques des victimes. Même si aucun point commun ne semble exister entre Marceau et Bourdeau, si ce n'est la dernière syllabe de leurs noms, il faut que l'on creuse pour voir s'ils ne se sont vraiment jamais rencontrés, s'ils n'ont pas appartenu à un groupe commun. Politique ou religieux. Pour finir, des traces de terre glaiseuse, boueuse, ont été retrouvées sous les semelles, pourtant nettoyées, de la seconde victime. Éric, tu me disais vouloir assister, en notre nom, aux funérailles de Bourdeau à Saumur samedi matin ?

— Oui, c'est mon tour patron.

— Tu pourras passer sur le chantier de construction sur lequel bossait la victime ? Pas impossible qu'il s'y soit rendu le soir de son enlèvement, peut-être même qu'il y a été enlevé, l'endroit devait être désert. Cherche n'importe quelle trace, de pied, de pneu, de lutte... Tout ce qui te paraît digne d'intérêt.

— Ce sera fait commissaire.

Il était bientôt 19 heures. Delbarre travaillait dans son bureau du deuxième étage, isolé sur l'île d'Yeu. Il était, avec Vannier, un des seuls de l'équipe qui avaient eu le privilège de choisir sa localisation insulaire, hiérarchie oblige. Cela lui rappelait les vacances de son enfance, chez ses grands-parents, reclus volontaires à Port-Joinville.

Son adjoint, dont le bureau faisait face au sien, avait été, quant à lui, exilé au large de la pointe bretonne de Corsen, sur l'île d'Ouessant. Moins paradisiaque qu'au premier, les chalutiers plutôt que les yachts. Ne manquait plus que les embruns et les mouettes dans le couloir qui le séparait du bureau d'Éric.

Les dossiers s'empilaient un peu partout dans l'antre du commissaire, sur le bureau, les étagères, et même au sol. Une lampe de bureau vintage éclairait le meuble placé au centre. Soudain, on frappa à la porte.

— Oui ?

— Commissaire, je peux vous embêter deux secondes ?

— Karim ? Tu n'es pas rentré chez toi ?

— Non, j'y vais dans quelques minutes.

— Qu'est-ce qui se passe ?

— C'est peut-être complètement stupide comme idée, mais le symbole du « Sacré-Cœur » qu'on a vu tout à l'heure m'a évoqué quelque chose.

— Dis-moi.

— C'est le symbole de la Vendée.

— Mais t'as raison... J'y avais pas pensé mais maintenant que tu le dis... Attends...

Le commissaire tapa « logo Vendée » dans *Google Images* et les résultats envahirent l'écran, tout un tas de carrés et rectangles similaires qui semblaient s'imbriquer avec perfection. Comme les carrés de couleurs d'un *Rubik's Cube*.

— C'est ça, un cœur, surmonté d'une couronne et d'une croix... Rouge sur fond blanc.

— Vous pensez que ça peut avoir un lien ?

— On va chercher un peu, t'as deux minutes Karim ?

Le jeune homme hocha la tête. Le commissaire cliqua sur un lien et commença à lire.

Il découvrit que le symbole actuel du département de la Vendée était toujours l'objet d'une polémique car la croix et la couronne n'étant pas vraiment des symboles républicains et laïques. La suite racontait les origines de ce symbole. Le double cœur entrelacé avait été retrouvé dans des sépultures gauloises et romaines et remontait donc à plusieurs millénaires ! Très prisé avant la Révolution, il pouvait être interprété comme l'expression de la fidélité réciproque. Mais, surmonté de la croix et de la couronne, il prenait une toute autre envergure et devenait une référence claire au soulèvement de 1793 et à un dénommé Louis-Marie Grignon de Montfort – personnage complètement inconnu aux yeux du commissaire – qui aurait développé le culte du Sacré-Cœur – encore lui – dans une région alors fortement imprégnée par le calvinisme.

Delbarre se demandait où pouvait être le rapport qui unissait ce symbole ancien aux insurgés de 1793. Poursuivant sa lecture, il trouva rapidement la réponse. Le Sacré-Cœur était tout simplement l'emblème que les révoltés de 1793 portaient à la boutonnière. Il était d'ailleurs à noter que le symbole actuel de la Vendée n'avait apparemment jamais figuré sur aucun étendard pendant la Révolution. Une autre référence aux événements de la fin du XVIIIe siècle pouvait se cacher au sein de la devise du département. Celle-ci était la locution latine « *Utrique Fidelis* » qui signifie « Fidèle à l'un et à l'autre ». Cette dernière engendrait différentes interprétations et on était alors en droit de se demander qui étaient les objets de cette double fidélité. Certains y comprenaient « fidèle à Dieu et au Roi », d'autres « fidèle tant aux Vendéens bleus (républicains) que blancs (royalistes) ».

La conclusion du commissaire fut concise et limpide :

— Encore la Révolution Karim... Je crois qu'on tient notre piste prioritaire là... Et que ton inspiration va nous être précieuse... Dans son esprit, l'assassin ne nous trace pas directement un symbole du Sacré-Cœur, ni le logo de la Vendée, mais ce qui est pour lui le symbole des révoltés vendéens de 1793. Mais pourquoi... ?

Vendredi 18 décembre

11h04

Gare SNCF du Mans

Le TGV était presque à l'heure. À 11 h 16 précises, le mastodonte d'acier qui, il y a dix minutes, roulait encore à 220 km/h, actionnait ses freins et s'arrêtait lentement le long du quai numéro 2.

« Voiture 6 » lui avait écrit Aurore. Le commissaire s'était placé de manière à ce qu'il se retrouve juste en face de la porte par laquelle elle sortirait.

Il la vit enfin, qui avait du mal à frayer un chemin à sa grosse valise qu'elle tentait de manœuvrer derrière elle. Elle portait un jean classique et un petit chemisier vert clair. Elle n'avait certainement pas anticipé les températures hivernales qui sévissaient ici, bien en deçà de celles qui régnaient dans la capitale catalane.

Quand elle l'aperçut, Delbarre ouvrit grand ses bras, dans lesquels elle se précipita, autant que sa lourde valise le permettait.

— Tu m'as manqué mon papounet !

— Toi aussi mon bébé !

— Je le suis plus depuis un petit moment tu sais.

— Dis pas de bêtises ! T'as fait bon voyage ?

— Ouais, mais je suis crevée, je te rappelle que mon train est parti de Barcelone Sants à 2 heures du mat' et que je me suis tapée presque une heure de correspondance entre Paris gare de Lyon et Montparnasse !

— Tu vas pouvoir te reposer la nuit prochaine, je t'ai préparé un lit douillet dans ta chambre. Mais garde des forces car on déjeune chez Éric ce midi et chez Mireille ce soir.

— Ouah ! Je sais pas si je suis prête mais ça va me faire plaisir de les revoir.

— Eux aussi vont être ravis. Allez laisse-moi trimballer cette chose à roulettes qui t'embête.

Ils s'installèrent dans le véhicule du commissaire et prirent la direction de Changé, commune en périphérie est de l'agglomération, où vivaient son adjoint et sa famille, ainsi qu'une bonne partie des familles qui bénéficiaient d'un niveau de vie confortable au sein de la métropole mancelle.

— T'as vu, j'ai pensé à toi pour la playlist, dit Delbarre à sa fille alors qu'ils s'engageaient sur le boulevard de la Petite-Vitesse.

— Ouais j'ai reconnu ! Le live 2012 du Mylo Xyloto Tour ! Enregistré au Stade de France. Merci Papa, c'est chou.

La basse de Guy Berryman jetait en effet ses accords sur *Hurts Like Heaven* au sein de l'habitacle.

Un quart d'heure plus tard, ils se garaient sur le gravier devant chez Éric et Marine Vannier. Aurore se saisit du bouquet de tulipes que son père avait pris soin d'acheter le matin même pour leurs hôtes. Delbarre attrapa quant à lui la bouteille de Sauternes 2008 et les portières claquèrent.

Éric leur ouvrit, tout sourire, avant qu'ils n'aient eu à prendre la peine de s'annoncer.

— *Holà Aurore ! Qué tal ?* Quel plaisir de te revoir ! T'as grandi non ?

— *Holà Éric, muy bien y tú ?* Mais moi aussi je suis contente ! Arrête, on dirait mon père ! répondit-elle en glissant un regard furtif et malicieux derrière son épaule.

— Ce qu'il ne faut pas entendre de la part de ses enfants...

— M'en parle pas Fab'... Allez, entrez.

Marine, arborant son plus beau tablier, vint les accueillir à son tour et une tournée de bises fut imposée. Gabin, 8 ans, et Olympe, 5 ans, les enfants du couple, arrivèrent à leur tour.

— Mais ce sont ces deux petits monstres qui ont grandi ! s'extasia Aurore en retrouvant ceux qu'elle avait gardés à de nombreuses reprises quand elle était ado et qu'elle avait besoin d'argent de poche. Elle avait noué avec eux une relation très affectueuse.

— Coucou Aurore ! Tu nous as manqué ! Papa a dit que t'es partie à l'école loin ?

— Eh oui, dans un autre pays, tu te rends compte !

Les deux enfants scandèrent un « ooohhhhh » synchronisé qui manifestait leur surprise et le fait qu'ils étaient impressionnés. Celle qui avait été un temps leur deuxième nounou était grande maintenant.

Après un apéritif convivial pris dans le salon, ils migrèrent vers la table dressée qui les attendait. Celle-ci avait été décorée aux couleurs de circonstance. Un chemin de table rouge était parsemé d'une fausse neige synthétique. Çà et là, de petites statuettes complétaient l'effet d'ensemble : un bonhomme de neige par-ci, un renne par-là, sans oublier le Père Noël et sa hotte au centre.

Durant l'entrée, les discussions avaient toutes tourné autour de la vie barcelonaise de la petite Delbarre. « Mais alors comment ça se passe tes études de langues ? Tu te plais dans une aussi grande ville ? La France ne te manque pas trop ? Les Barcelonais sont mignons ? » Tout y était passé et Aurore avait surmonté cet interrogatoire avec finesse et efficacité.

Un peu plus tard, tandis que Marine apportait de la cuisine un poulet-risotto aux champignons qui sentait terriblement bon, le commissaire et le lieutenant, qui pourtant s'efforçaient toujours de ne pas aborder des sujets liés au boulot lorsqu'ils se voyaient en dehors et en famille, ne purent s'empêcher de faire part de leurs doutes et de leurs espoirs quant aux recherches qui s'annonçaient et commençaient à s'affiner. De leur côté, Marine et Aurore menaient leur contre-conversation, consacrée aux œuvres de Gaudí que cette dernière avait pu admirer.

— Donc tu me disais Fab' que cette piste historique te semble prioritaire maintenant ?

— Je le crois oui. Trop d'indices convergent. J'ai pris rendez-vous avec un spécialiste à la fac lundi.

— Je pense comme toi. J'ai peur que la piste politico-religieuse ne soit qu'une sorte de leurre. On tourne autour du pot et on n'a pas grand-chose de ce côté. On verra ce que donne l'interrogatoire de notre antifasciste autoproclamé cet après-midi mais j'y crois pas trop. Même s'il est vrai que la présence du tatouage est troublante.

— Et j'ai demandé à Jo' de voir s'il pouvait tracer l'adresse IP depuis laquelle a été envoyé le mail. Il m'a expliqué que ce n'était pas simple et j'ai bien peur que le tueur ait de nouveau pris toutes ses précautions. Depuis le début, il ne commet presque pas d'erreur. Même pas un petit bout de fil qui dépasserait de la pelote et sur lequel on pourrait tirer pour la dérouler complètement...

La crème brûlée de Marine était exquise et, une fois l'expresso expédié, les deux hommes reprirent le chemin de l'hôtel de police. Delbarre prit juste le temps de déposer Aurore à l'appartement. Elle comptait se reposer un peu et aider ensuite Mireille à préparer les lasagnes promises du soir.

Pasquet attendait le commissaire en salle de repos et oscillait entre un gâteau au chocolat, apporté le matin même par Mathilde, pour « soutenir le moral des troupes » comme elle l'avait affirmé, et un chocolat chaud insipide tiré de la machine. Un estomac comme un pendule au mouvement infini.

— Alors Jo', ce mail, il vient d'où ?

— De Suède commissaire.

— Quoi ?!

Le commissaire ne put retenir un air stupéfait, ce qui fit rire Pasquet.

— C'est un leurre commissaire. Il prend ses précautions et se cache. Il utilise un logiciel VPN pour qu'on ne puisse pas remonter jusqu'à son adresse IP réelle.

— Tu me l'as refait en français intelligible ?

Pasquet sourit.

— Venez, je vais vous montrer.

Ils entrèrent dans le bureau du jeune brigadier, qui commençait sérieusement à ressembler à un léger dépotoir et où une odeur de sueur s'appesantissait dans l'air.

— Ça fait longtemps que t'as ouvert la fenêtre Jo' ?

Delbarre n'attendit pas la réponse pour entrouvrir cette dernière, même si la température extérieure atteignait à peine huit degrés.

— Et tu feras un peu de rangement s'il te plaît, c'est un peu le bordel là...

— C'est une base pour tout *geek* qui se respecte commissaire.

— Quoi ?

— C'était une plaisanterie.

— Bon alors, ce VPS là, c'est quoi ?

— VPN commissaire. Je vous fais un schéma en même temps. Pour faire simple, en temps normal, un PC connecté à internet échange des données non protégées avec un fournisseur d'accès, comme Orange, SFR ou d'autres. Et ce dernier renvoie sur le réseau internet votre adresse IP, qui permet de vous identifier, et des données de géolocalisation. Jusque-là vous me suivez ?

— Ouais, continue.

— Dans cette configuration dite « classique », vous êtes exposé aux dangers du net. Les données non protégées entre votre PC et votre fournisseur d'accès peuvent être interceptées par des publicitaires, des agences gouvernementales, notamment de surveillance, ou des hackers, les pirates du web.

— Ça me rassure vachement ce que tu me dis là...

— Je sais, la plupart des gens ignorent qu'ils sont à ce point vulnérables derrière leur écran. Le VPN, ou *Virtual Private Network*, « réseau privé virtuel » en français, est une sorte de « mur écran » qui se place au milieu de tout ça et dissimule à la fois votre adresse IP et empêche que l'on vous géolocalise. C'est tout à fait légal en France et dans la plupart des pays démocratiques. Seules certaines utilisations de cette technologie sont interdites, comme l'exploitation de fichiers protégés par des droits d'auteurs ou la diffusion de virus par exemple. C'est l'outil de beaucoup de téléchargeurs illégaux qui ne veulent pas se faire choper par Hadopi.

— O.K., sur ton schéma ça donne quoi ?

— Un VPN client, celui sur l'ordi de l'utilisateur, va crypter les données et les envoyer, *via* un « tunnel », vers le serveur VPN utilisé qui va cacher vos données sur Internet. En gros, ça donne quelque chose comme ça.

Le crayon à papier de Pasquet dansait sur la feuille blanche posée devant eux où il avait réalisé un schéma très clair, fait de petits dessins et de flèches en tous genres.

— Tu sais que t'as presque un don de pédagogue Jo' ? Le néophyte que je suis croit avoir pigé l'essentiel. Et alors, pourquoi l'assassin apparaît-il en Suède ?

— Parce que le serveur VPN vous fournit une adresse IP dite dynamique, c'est-à-dire qui est différente à chaque connexion et qui vous apporte une géolocalisation bidon. Vous pouvez surfer depuis Le Mans et apparaître à Göteborg en Suède ou à Rotterdam aux Pays-Bas, souvent des pays où la législation est plus coulante... Je n'ai donc aucun moyen de savoir qui a envoyé ce mail, ni d'où. Désolé commissaire.

— Tu n'y es pour rien Jo'. J'aurais au moins reçu une petite leçon de camouflage sur le web.

— C'est essentiel commissaire.

— Si tu le dis... Tu peux fermer la fenêtre. Et pense à mon idée de grand ménage et rangement, on se croirait dans une chambre d'ado.

Une demi-heure plus tard, Marion Jégou, la compagne de la première victime du « tueur aux symboles », comme le surnommait la presse locale, s'installait dans le fauteuil qui faisait face à celui du commissaire, au sein du bureau de ce dernier.

— Merci d'être venue, je suis désolé de devoir vous infliger cela à nouveau, mais j'aimerais vous poser de nouveau quelques questions concernant Ophélie Marceau. Vous désirez un café, un thé, un chocolat ?

— Non merci commissaire. Je vous ai aperçu lors de l'inhumation d'Ophélie. Merci de votre présence.

Le commissaire interpréta ces paroles comme un laisser-aller.

— Ces questions vous paraîtront indiscrètes, et elles le sont. Mais elles nous paraissent nécessaires. Votre compagne était-elle croyante ?

— Ophélie croyante ?

Elle ne put s'empêcher de rire.

— Pas vraiment non, commissaire. Plutôt du genre athée et opposée à toute forme d'intolérance, comme peut en porter en elle toute religion.

— Et quelles étaient ses préférences politiques ? Si elle en avait et si vous les connaissiez ?

— Pourquoi une telle question ? Vous ne pensez quand même pas qu'on l'aurait assassinée pour des motifs de cet ordre ?

— Nous ne pouvons rien complètement écarter mademoiselle.

— On ne parlait pas beaucoup de politique. Mais je crois qu'elle a voté Hollande en 2012. Plutôt tendance socialiste quoi. Attachée aux valeurs de solidarité et de partage. Mais je ne saurais pas vous en dire plus.

— C'est déjà beaucoup. Merci à vous. Je vous raccompagne à la sortie.

Delbarre appela ensuite la veuve de Stéphane Bourdeau et lui posa exactement les mêmes questions.

Le couple avait été baptisé et élevé dans la tradition catholique, à laquelle ils restaient attachés, sans être plus pratiquants que cela. Côté politique, les époux avaient voté à droite aux deux dernières présidentielles et elle n'avait pas caché leur sympathie vis-à-vis du RPR, puis de l'UMP et enfin du tout récent mouvement Les Républicains. Aucun lien avec un quelconque mouvement religieux intégriste ou fondamentaliste, ni avec un semblant de parti politique positionné aux extrêmes. La piste politico-religieuse mourait lentement, avant même d'être réellement née un jour.

Le commissaire descendit d'un étage et se dirigea vers la salle d'interrogatoire où Vannier avait commencé à cuisiner celui qui se serait bien vu à la place d'un agent du Mossad traquant un dignitaire nazi en fuite. Cet « antifasciste », comme il se désignait lui-même, s'appelait Simon Avital, 29 ans, une silhouette maigrichonne et un ton hargneux.

Delbarre entra dans la pièce et s'assit à côté de son adjoint.

— C'est qui lui ? demanda sur un ton impertinent l'interrogé.

— Je suis qui moi ? lui répondit Delbarre, sur un ton très calme. Je suis celui qui peut te coller en garde à vue dans moins de dix minutes si tu ne t'adresses pas à nous avec un peu plus de respect. Compris ?

Le jeune homme ne répondit rien et continua à se tortiller sur sa chaise, clairement nerveux.

— Mon collègue te demande où tu étais sur les deux créneaux qu'il t'a indiqués. Pourquoi tu ne veux pas nous répondre ? Si tu n'as rien à te reprocher, tu es libre dans cinq minutes.

— J'ai rien à voir avec ces deux meurtres moi ! Je sais que mes activités politiques ne plaisent pas à tout le monde, mais je suis pas un tueur putain !

Son anxiété suait par tous les pores de sa peau.

— Alors t'étais où ? Écoute, je vais être sincère avec toi. Je te crois, quand tu nous dis que t'es pas le tueur. Et je me doute que si tu veux pas cracher le morceau, c'est que t'es pas complètement net par ailleurs. Balance Simon ! Décharge ta petite conscience et si c'est pas trop méchant, on ferme les yeux et tu rentres chez toi. On a d'autres chats à fouetter là, tu vois ?

Avital patienta quelques secondes. La méthode douce et le ton de la confidence allaient-il fonctionner ?

— Écoutez, vendredi soir, j'ai réalisé une livraison de *shit* pour un dealer pour lequel je bosse... Et lundi soir, j'étais avec quelques camarades, on a... on a distribué des lettres de menaces anonymes à quelques fachos connus du coin...

— C'est pas joli, joli, ça Simon... Mais ça ne fait pas de toi un criminel. Je suis un homme de parole. Dans vingt secondes, tu lèves tes fesses de la chaise et tu te casses. Et si on te rechope dans tes petits trafics ou activités peu légales, on te ratera pas, compris ?

— Ouais...

— Avant que les vingt secondes ne soient écoulées, une dernière chose. Peux-tu relever ta manche droite s'il te plaît ?

Il s'exécuta sans rechigner, trop pressé de quitter cet endroit. Delbarre prit une photo du tatouage avec son téléphone, le remercia et le laissa sortir. Un silence lourd plana au-dessus du binôme d'enquêteurs pendant quelques secondes.

— C'est pas lui, affirma Vannier.

— Non, en effet...

Delbarre était rentré assez tôt chez lui. La petite aiguille de l'horloge du salon n'avait pas encore atteint le V lorsqu'il ouvrit la porte d'entrée.

Mathilde lui avait laissé un post-it où elle indiquait être partie aider Mireille. Il en profita pour prendre une douche et se changer. Il enfila un pantalon noir assez chic et une chemise bleu marine qui l'était tout autant. Le week-end approchait et il entendait bien fêter avec sa voisine le retour d'Aurore sur les terres de son pays natal.

Peu après 18 heures, il s'installa derrière son ordi et consulta ses mails. Malgré l'impasse évidente, Vannier avait continué à mâchouiller l'os jusqu'à la moelle. Il lui disait :

> « Fab',
>
> J'ai cherché dans le milieu ultra-conservateur en Sarthe et j'ai trouvé quatre noms qui pourraient nous intéresser. Je te mets les quatre fiches en pièces jointes. Bonne soirée avec Aurore et Mireille !
>
> Éric »

Et Delbarre, que la lassitude et l'inquiétude commençaient à tourmenter, lui répondit :

> « Merci Éric pour ton travail, mais je pense qu'on doit laisser tomber cette piste. On va dans le mur et on s'épuise sans doute pour rien.

Je fonce sur la piste liée à la Révolution et verrai avec L. Martin lundi. Je te tiens au courant.

Repose-toi et embrasse ta petite famille pour moi. Bon we.

Fab' »

Il fit claquer l'écran contre le clavier, attrapa la bouteille de champagne qui était au frais et alla frapper contre la porte d'entrée voisine de la sienne.

Aurore était radieuse, dans une robe *Desigual* bardée de couleurs qu'elle avait achetée à Barcelone. Les formes abstraites bleues, rouges, vertes, jaunes ou violettes explosaient tel un feu d'artifice tiré par un peintre au pinceau maladroit.

Alors qu'il la regardait rire, le commissaire, pensif, prit alors conscience d'un fait implacable qu'il s'était jusqu'alors en partie refusé à accepter. Sa fille n'était plus une enfant mais une jeune femme. Rayonnante, indépendante, libre. Cela le réjouissait autant que cela le peinait. Un drôle de sentiment enfoui au plus profond de lui.

Mireille s'était surpassée : toasts de foie gras, saumon fumé et confiture de figue en entrée, comme Noël juste avant l'heure, le tout suivi de ses lasagnes qui étaient les meilleures que le policier ait jamais mangées, avant de conclure avec une tarte tatin qui était excellente elle aussi.

— Vous restez un cordon bleu d'exception Mireille.

— Oh, arrêtez vil flatteur, dit-elle alors qu'Aurore se mettait à rire.

— Il a raison Mireille, merci pour ce repas qui était parfait !

— Tu es mignonne Aurore. Mais alors dis-moi, quels écrivains as-tu étudié à l'université ? C'est un peu mon rayon à moi aussi.

— Pas mal d'auteurs espagnols, tu t'en doutes : Cervantès, Garcia Lorca, Semprun... Mais aussi des auteurs français mais traduits en langue castillane : Rabelais, Molière, Sartre ou même des contemporains comme Houellebecq ou Lemaître.

— Des Prix Goncourt, rien que ça ! Tu peux être fière de toi Aurore. Toujours ce projet de devenir journaliste ?

— Oui, toujours. J'aimerais maintenant me spécialiser dans le journalisme culturel.

— Quand tu auras écrit ton premier article dans *Télérama*, je le mettrai sous cadre.

Tous rirent de bon cœur. Delbarre sentit soudain son portable vibrer dans sa poche. Il examina l'écran : Mathilde. Qu'est-ce qu'elle lui voulait à 22 heures ?

— Excusez-moi, c'est peut-être important.

Le commissaire passa dans la cuisine pour prendre l'appel.

— Encore le boulot, chuchota Aurore.

— Oui, ils enquêtent sur plusieurs assassinats, lui répondit tout aussi discrètement Mireille. C'est beaucoup de pression pour ton père et il n'est pas du genre à se confier, tu le sais autant que moi. Tu nous le surveilles du coin de l'œil hein ?

— T'inquiète ! lui répondit-elle dans un clin d'œil complice.

Dans la pièce contiguë, Delbarre avait entamé la conversation avec sa jeune protégée.

— Tout va bien Mathilde ? demanda-t-il d'un ton inquiet.

— Oui, vous en faites pas commissaire, je suis dans mon canapé et en sécurité.

— Qu'est-ce qu'il y a pour que tu m'appelles à cette heure ?

— Je suis désolée de vous déranger mais j'ai eu une idée fulgurante. Et je me suis dit qu'il fallait que je vous en parle tout de suite, de peur qu'elle ne s'échappe.

— C'est votre truc, à Karim et toi, les fulgurances ?

— Quoi ? Quel lien avec Karim ?

— Non laisse tomber, juste une plaisanterie.

— Ah... O.K. Bon alors, j'ai repensé à tous ces éléments renvoyant à la Révolution française que vous nous avez exposés. Vous savez que j'ai réalisé des études d'histoire avant de passer le concours d'entrée dans la police ?

— Oui, je me souviens. Et ? Tu nous quittes et tu veux te reconvertir en prof d'histoire-géo ?

— Commissaire... Je suis sérieuse là !

— Allez, je me tais, vas-y.

— Bon, une de nos victimes porte le nom de Marceau, on est d'accord ?

— Oui, Ophélie Marceau, la première victime.

— Eh bien, un célèbre révolutionnaire, chef des armées je crois, s'appelait Marceau. J'ai déjà vu une statue le représentant à Chartres.

— T'es sûre de ça ?

— Oui ! Ça m'est revenu comme ça, comme une apparition !

— Tu es la Bernadette Soubirous de notre équipe !

— Vous êtes pas possible ! Mais vous croyez que ça peut être important ou que c'est un hasard ?

— Je n'en sais rien Mathilde, mais merci à toi de m'en avoir fait part. J'en parlerai à l'historien que je rencontre lundi.

— Merci commissaire. Bonne nuit.

— Bonne nuit Mathilde.

L'idée de sa jeune équipière pouvait paraître farfelue et le lien ténu, mais ils ne pouvaient pas se permettre de ne pas vérifier. Et les intuitions, dans ce métier, n'étaient jamais à prendre à la légère. Un « bon flic » ne se façonnait pas sans un brin de chance et de sixième sens.

Il revint dans la salle à manger où une magnifique reproduction de la *Composition A* de Mondrian était encadrée, telle un Tetris coloré où les lignes auraient été bien trop faciles à compléter.

— Le boulot ? demanda sa fille.

— On ne peut rien te cacher, rien de grave néanmoins.

— Bon, on l'ouvre cette bouteille de champagne ?

La question était purement rhétorique et avait pour but de ré-alléger l'ambiance.

Ils firent trinquer leurs flûtes, remplies du liquide couleur jaune paille, dont les bulles de gaz remontaient à la surface avant d'éclater, telle la navette spatiale *Challenger* qui avait explosé 73 secondes après avoir décollé. Delbarre avait 12 ans à l'époque et voyait encore Bruno Masure l'annoncer au JT du soir.

— À Aurore ? demanda Mireille.

— À Aurore ! lui fit écho Delbarre.

Samedi 19 décembre

10 h 02

Appartement du commissaire

Mathilde Lecomte faisait face au commissaire qui terminait son bol de café, accompagné de tartines beurrées. Elle avait envoyé un SMS à son supérieur une heure auparavant pour lui faire part des recherches qu'elle avait effectuées tard la veille au soir sur le révolutionnaire Marceau. Delbarre lui avait alors proposé de venir prendre le petit déjeuner avec lui et de lui faire part de ses découvertes. Elle avait apporté trois croissants au beurre qu'elle venait d'acheter à la boulangerie du coin.

— Aurore ne devait pas rentrer hier ?

— Si, elle dort encore. Elle est rentrée claquée et nous avons dîné chez Mireille hier soir alors il faut que son corps et son estomac s'en remettent. C'est toujours délicieux mais ma chère voisine cuisine toujours pour tout un régiment.

— Je vous envie d'avoir une telle personne avec qui partager le palier. Mon voisin est plutôt du genre quinquagénaire névrosé et vieux garçon qui entrouvre sa porte quand quiconque passe devant chez lui... Plus bizarre que méchant, mais quand même.

— Comme je te comprends. Bon alors ce Marceau c'est qui ? demanda-t-il alors qu'un bout de tartine tombait en plein milieu du bol de café.

Mathilde sortit de sa poche deux feuilles de papier A4 où figuraient de nombreuses notes.

— Son nom complet est François Séverin Marceau-Desgraviers. Il est né en 1769 à Chartres où une place porte son nom et où une sculpture, que je me souviens avoir vue, le représente en tenue militaire sur la place des Épars. Regardez, je vous ai imprimé un portrait de lui, réalisé par François Bouchot.

Le militaire arborait sa tenue éclatante de général, verte et rouge, et un foulard noir enroulé autour du cou. L'homme portait de longs cheveux bruns et une fine moustache, qui encadraient des yeux marrons au regard fixe et sévère.

— Il entre dans l'armée en 1785 et, pendant la Révolution, qui comme vous le savez éclate en 1789, il rejoint la garde nationale parisienne, c'est-à-dire les troupes citoyennes qui défendaient ou permettaient les actes révolutionnaires, dans la capitale. Il gravit les échelons et devient, en 1792, lieutenant-colonel. Il passe alors dans l'armée du Nord puis, en 1793, sert en Vendée dans l'armée de l'Ouest. Les Vendéens, royalistes et contre-révolutionnaires, combattaient alors les armées de la Révolution, notamment commandées par Marceau donc.

— Attends deux secondes Mathilde, la coupa son supérieur. Des éléments commencent à prendre sens et concorder là ! Karim est venu me voir un de ces soirs dans mon bureau et m'a expliqué que le « Sacré-Cœur » avait aussi été le symbole des Vendéens révoltés pendant la Révolution. Soulèvement qui commence en 1793 viens-tu de me dire. 1793, comme dans « Souvenez-vous 93 » ! Ce nombre désignait une année ! Et maintenant tu m'expliques qu'un des leaders de la répression de ce soulèvement s'appelait Marceau et était né à Chartres. Et notre première victime, Ophélie, porte elle aussi ce nom et vivait dans cette ville ! C'est dingue Mathilde... Je crois qu'on a affaire à un type qui relie ses meurtres à des faits qui se sont déroulés il y a plus de deux cents ans...

Le commissaire passa ses mains sur son visage et s'appuya de tout son poids contre le dossier de sa chaise.

— À quel genre de cinglé on a affaire là ? Et pourquoi tuer ces deux personnes précisément ? Elles ne peuvent pas être responsables d'événements qui ont eu lieu deux siècles avant leur naissance...

— C'est pour ça que je vous ai écrit tôt commissaire, ça m'a sauté aux yeux aussi. On peut écarter toute coïncidence maintenant, non ?

— Tout à fait...

Le commissaire semblait abasourdi et devait se demander comment ils allaient réussir à identifier et coincer ce fanatique en liberté. Mathilde reprit son exposé :

— Attendez commissaire, je crois que le plus dingue n'est pas encore arrivé dans mon récit.

— Vas-y, je suis prêt à entendre n'importe quelle dinguerie maintenant.

— Lors des combats contre les Vendéens insurgés, il participe à la bataille de Saumur, comme le lieu où vivait notre seconde victime, où il réalise quelques actes de bravoure qui lui valent ensuite le grade de général de brigade. Et général de division un mois plus tard. Et, le 27 novembre 1793, il obtient le Graal, le commandement de l'ensemble de l'armée de l'Ouest. Vous êtes prêt à entendre le plus dingue commissaire ?

— Je suis toujours assis...

— Les 12 et 13 décembre 1793, il remporte, avec ses hommes, la bataille du Mans.

Samedi 19 décembre

11h06

Appartement du commissaire

— Je le crois pas... On retrouve donc le cadavre d'Ophélie Marceau deux cent vingt-deux ans après cette bataille, mais surtout, jour pour jour?

— C'est ça. La bataille s'achève le 13 décembre 1793. On retrouve le corps le 13 décembre 2015. Et dans la même ville.

— Donc notre homme agit selon une logique de « mimétisme » par rapport à ces combats menés contre les Vendéens. O.K. Ophélie Marceau aurait été assassinée parce qu'elle portait le même nom qu'un des « bourreaux » des Vendéens? Possible. Donc, on peut émettre l'hypothèse que l'assassin « défend » les victimes vendéennes et cherche à atteindre ce qui évoque la violence des armées révolutionnaires?

— Ça y ressemble commissaire.

— Et pour ça, il s'attaquerait à des homonymes aujourd'hui? Comme si c'était à eux d'expier les fautes d'ancêtres portant le même nom qu'eux et dont ils ignorent certainement l'existence... C'est fou... Tu sais s'il existe un leader ou militaire révolutionnaire portant le nom de Bourdeau?

— Attendez, je regarde.

Mathilde sortit son smartphone *Huawei* et lança la recherche.

— Je ne trouve personne qui puisse vraiment correspondre. Il y a bien deux hommes politiques qui portent ce nom et qui ont vécu pendant la Révolution mais ça ne colle pas des masses, aucun des deux n'ayant participé de près ou de loin avec les événements de Vendée. Antoine François Bourdeau est devenu député de l'Indre seulement en 1815. Quant à Pierre-Alpinien, il n'a vraiment fait carrière que sous l'Empire, au début du XIXe siècle donc.

— Merde, on pensait tenir quelque chose mais ça ne tient pas...

— Il faut continuer à fouiller cette piste commissaire, on va finir par comprendre ses motivations et sa logique.

— Tu as raison, on avance. Toujours dans un brouillard épais, mais qui commence doucement à se dissiper.

Samedi 19 décembre

11 h 20

Cimetière principal de Saumur

« Stéphane était un mari aimant, un père formidable et un ami irremplaçable. Tu vas nous manquer Steph'... ».

L'associé et meilleur ami du défunt, prénommé Goulwen si Vannier avait bien entendu, terminait un court discours qui avait ému l'assistance, tandis que tous venaient de déposer une rose blanche sur le cercueil, descendu au fond du caveau.

Le lieutenant se tenait à l'écart, mains dans le dos, et observait attentivement la scène. Il faisait partie de ceux qui pensaient qu'un tueur en série pouvait prendre son pied en assistant aux funérailles de ses victimes. La douleur des proches le galvanisant et renforçant son sentiment de maîtriser le sort de ses semblables.

Mais il lui était impossible de savoir qui était qui. De qui la présence était-elle légitime, de qui l'était-elle moins ? Impossible de le savoir. Il devait se contenter de regarder et de repérer toute attitude ou émotion suspecte.

Mais, ce matin-là, dans la brume qui planait lourdement dans la vallée de la Loire, il ne vit rien. Rien qui ne parût digne d'intérêt ou étrange.

Mais il ne rentrerait pas sans rien. Il était passé plus tôt sur le chantier des Hauts-Quartiers. Par chance, malgré des matins brumeux comme celui d'aujourd'hui, il n'avait quasiment pas plu depuis le jour où Bourdeau avait été enlevé.

Et Vannier les avait trouvées, derrière une butte de terre qui avait été excavée de l'immense trou qui gisait au milieu du chantier. Les traces de pneu. Impossible de certifier qu'elles étaient celles du Kangoo de l'assassin mais c'était crédible. Il les avait photographiées sous plusieurs angles, avait erré sur le chantier sans rien trouver d'autre de concluant, et avait ensuite pris le chemin du cimetière.

Cela ne leur apporterait sans doute pas grand-chose, si ce n'est un possible renforcement de l'hypothèse selon laquelle l'architecte avait bien été enlevé ici. Il faudrait comparer la largeur des pneus avec celle utilisée sur le type de véhicule qu'il conduisait.

Le lieutenant reprit la route du Mans en tout début d'après-midi et retrouvait, une heure et demi plus tard, Delbarre, Saïdi et Belfond en grande discussion dans le bureau du commissaire.

Samedi 19 décembre

14h27

Bureau du commissaire Delbarre

Vannier venait de passer la porte du bureau et les observait avec attention.

— J'ai raté quelque chose semble-t-il. Vous me briefez ?

— Marc, en creusant un peu sur place, a découvert qu'un stock d'anesthésiants a été volé au centre hospitalier mi-septembre.

— Laissez-moi deviner ? Exactement celui dont se sert notre assassin ? Du « Thovental » ou quelque chose de ce goût-là ?

— Du Thiopental. Et volé en quantité non négligeable.

— Mais comment c'est possible ? demanda Karim.

— Et surtout, comment se fait-il qu'on n'en ait rien su ? surenchérit Vannier. Il n'y a pas une procédure imposée quand un produit aussi dangereux est perdu ou dérobé ?

— Si, ils doivent obligatoirement et immédiatement le déclarer aux services des forces de l'ordre et à l'ARS, l'Agence Régionale de Santé. Une enquête est alors menée.

— Et pourquoi n'en a-t-on rien su là ?

— Le directeur du CH n'en mène pas large car il sait qu'il a merdé et mis son poste sur la sellette en étouffant ce vol, expliqua Belfond, qui l'avait rencontré. J'ai eu l'info par une infirmière qui a eu vent de l'« incident » et qui m'a tout balancé. On leur a menti en leur expliquant que la procédure avait été respectée et l'affaire classée sans suite, ce qui avait semblé curieux à cette femme. Le directeur m'a avoué que le stock a été dérobé dans l'imposante réserve pharmaceutique de l'hôpital. Un infirmier a remarqué une différence non négligeable entre la quantité restante indiquée sur le logiciel et celle, bien inférieure, dans le tiroir correspondant. Il en a alors informé sa hiérarchie.

— Qui n'a rien fait donc ? Et pourquoi ?

— Il a tenté de se justifier en expliquant que cela aurait nui à la réputation de l'établissement si une telle chose s'était sue. Il a ajouté que les moyens qui leur étaient alloués étaient déjà en baisse, qu'il ne voulait pas que ces restrictions budgétaires ne s'accentuent...

— C'est ça... Il a surtout eu peur pour son petit cul ouais ! Il est responsable de la sécurité au sein de son établissement.

Tu l'as collé en garde à vue au moins ? s'informa Delbarre.

— J'attendais vos instructions, précisa-t-il au lieutenant et au commissaire.

— Tu me le convoques lundi matin pour 9 heures. On va lui rafraîchir la mémoire quant à l'importance de ses responsabilités. Le produit qu'on a volé dans sa réverse a contribué à assassiner deux personnes. Pas sûr que sa carrière survive à ça... Marc, on a un quelconque indice sur les circonstances du vol ?

— Certaines parties de l'hôpital sont vidéo-surveillées mais ce n'est pas le cas du stock pharmaceutique, dont un des accès donne assez rapidement sur l'arrière d'un bâtiment. Pas besoin de circuler longuement dans les locaux hospitaliers. Par contre, l'accès à cette salle est strictement protégé. Il faut un badge spécifique dit de niveau 2 minimum. Réservé aux infirmiers, médecins, chirurgiens et, bien sûr, personnels de direction. Les ASH ou aides-soignants, par exemple, n'y ont pas accès. J'en ai interrogé pas mal parmi ceux qui étaient présents ce matin. Personne n'a rien remarqué de suspect.

— Ce type rentre partout comme il veut ! Dans la Cité judiciaire, dans les espaces protégés du centre hospitalier... Comment il fait sérieux ?! Si seulement cet irresponsable froussard ne nous avait pas caché ce vol... On aurait peut-être pu relever des empreintes... Quoique, ce détraqué semble tellement prévoyant qu'il devait bien porter des gants. Dans un hosto, quoi de plus normal ?

— On va trouver patron, on va trouver... tenta de le rassurer son adjoint.

— J'espère. T'as l'heure Éric ?

— Quinze trente. Pourquoi ?

— Merde, faut que je file sans tarder, j'ai promis à Aurore de la retrouver pour 16 heures, on va faire nos derniers achats de Noël ensemble.

— Sauve-toi ! Ça va te faire du bien et rien de tel qu'un moment de complicité père-fille ! On tient la maison, ne t'inquiète pas.

— J'en doute pas. Ah, et vois avec Marc et Karim, ils te feront un topo sur ce qu'on a découvert avec Mathilde ce matin.

Delbarre était déjà en train de descendre les marches à petites foulées. Vannier se retourna vers ses deux collègues.

— Bon les gars, vous me racontez ?

Aurore l'attendait devant la porte de l'immeuble, bonnet glissé sur les oreilles et écharpe élégamment enroulée autour de son cou. Le tableau de bord indiquait 16 h 07 quand il était sorti de sa voiture. Il avait limité la casse. Circuler en ville le dernier samedi avant les fêtes de Noël relevait de l'exploit.

— J'ai cru que t'avais oublié !

— Mais non ma puce ! Je te vois seulement tous les deux-trois mois, c'est pas pour oublier le moindre moment passé avec toi.

— Allez viens. On commence par quoi ?

Ils avaient commencé par les Galeries Lafayette, dont la façade majestueuse donnait sur la rue commerçante des Minimes. Un ancien couvent portant ce nom s'étendait ici autrefois. Le bâtiment, abritant aujourd'hui le prestigieux grand magasin, avait été construit en 1925 sous l'enseigne « Aux Dames de France » et sa façade n'avait quasiment pas changé depuis. Elle était de forme arrondie et faisait l'angle avec la rue Saint-Charles.

À l'intérieur, Aurore surfait sur les escalators et passait d'un étage à l'autre avec une facilité qui déconcertait son père. Elle avait choisi une lampe de salon design pour sa mère et un magnifique service à thé, orné d'animaux exotiques, pour Mireille.

— Tu offres quelque chose au compagnon de ta mère ?

— Il a un prénom papa ! Il s'appelle Bruno.

— Bon, tu comptes lui offrir quelque chose à Bruno ?

— Évidemment Papa. Tu me vois remettre son cadeau à Maman et ne rien lui offrir ? Papa... Que ce soit compliqué à accepter que Maman ait refait sa vie, je peux le comprendre... Mais c'est pas un ennemi ou un pestiféré...

— Je sais. Ma question était stupide...

— Il veut juste que Maman soit heureuse. Comme toi !

— Tu es un vraie sage ma fille !

— Oh arrête de te moquer !

— Je suis sérieux ! Allez, on continue.

Leurs pas les menèrent vers les petites rues nombreuses, et remplies de badauds en ce jour, qui séparaient la place des Jacobins de celle de la République. Ils arpentèrent les rayons de trois boutiques de vêtements, deux librairies, une bijouterie, un sommelier et un petit artiste indépendant qui proposait des toiles représentant des monuments de la ville dans un style presque cézannien, la Provence en moins.

Encombrés de nombreux sacs et paquets, ils reprirent le chemin de l'appartement du commissaire, tandis que les cloches de la cathédrale sonnaient 19 heures.

Delbarre avait trouvé de quoi gâter Sandro, son meilleur ami, et son épouse, chez qui ils passeraient le réveillon du 24, mais aussi ses parents, ses sœurs et son frère, qu'il verrait le 25.

Les cadeaux qui attendaient qu'Aurore les ouvre patientaient déjà, malicieusement dissimulés au fond de son dressing.

Samedi 19 décembre

21h16

Salle Antarès, sud du Mans

Marc Belfond avait excellemment choisi son siège, et y avait mis le prix. Secteur D, rang B, siège 12. Pile dans l'axe du terrain et avec une vue parfaite sur les deux paniers.

Ce soir, le MSB – ou Le Mans Sarthe Basket – recevait les voisins de Cholet pour un derby explosif.

Le deuxième quart temps avait débuté depuis quatre minutes et les Manceaux, dans leur maillot orange et blanc, étaient menés de huit points. Ce n'est pas comme ça qu'ils allaient rattraper Gravelines, le leader actuel de la Pro A, pensa Belfond.

Malgré une ambiance des grands soirs qui faisait vibrer le parquet d'Antarès et poussait les locaux, qui venaient de revenir à quatre points de leur adversaire, Marc avait du mal à complètement se concentrer sur le match. Cette enquête les obsédait tous.

Pourtant, il n'était pas un débutant. Il était flic depuis treize ans et avait affronté, il y a dix ans, les émeutes qui avaient secoué les banlieues de Seine-Saint-Denis. Il avait vu des bagnoles de flics brûler sous ses yeux à Clichy, des caillasses grosses comme son poing, jetées par des gamins de 15 ans à peine, passer à quelques centimètres de son visage à Montfermeil. Il avait eu peur, le flic qui affirmerait le contraire face à un tel contexte serait un menteur. Ils n'étaient ni des machines, ni des super-héros.

Mais traquer un tueur en série et voir les jours s'égrener, sans réussir à le choper et en voyant le risque qu'il ne recommence augmenter, c'était autre chose. Une pression permanente sur vos épaules, celle qui exigeait de vous que vous assuriez la sécurité de vos concitoyens.

Mais ils n'étaient pas infaillibles et il sentait la fatigue qui commençait à peser sur l'équipe.

Ses relations avec ses collègues étaient en train d'évoluer, il le sentait. Dans une telle affaire, on ne peut pas évoluer chacun dans son coin. Il faut être soudés et tirer ensemble dans le même sens. Sinon vous n'avez aucune chance de choper le salaud qui sème des cadavres derrière lui et vous met au défi de ne pas le laisser recommencer.

Comme une équipe de basket justement. Qui doit développer un collectif rodé et soudé pour vaincre l'adversaire. Miser sur une individualité dans l'équipe vous mènerait à coup sûr à la défaite.

Ses relations avaient souvent été tendues avec Delbarre et ses deux petits protégés, Mathilde et Karim. Mais force était de reconnaître que dans cette enquête, ils faisaient pour l'instant du bon boulot et se donnaient à fond. Peut-être que le management paternel du commissaire portait ses fruits finalement, et qu'il en ferait de bons flics.

Bon, en ce qui concernait Pasquet, il ne fallait pas trop lui en demander non plus. Ce gamin de 31 ans lui faisait penser à un ado boutonneux obnubilé par ses jeux vidéo et dont les seuls amis étaient les logiciels installés sur son ordi. L'archétype du gus sans vie sociale, gavé à la pizza congelée, et dont maman lavait encore les slips sales... Belfond, que son père avait plus ou moins mis à la porte lorsqu'il avait 18 ans, avait dû se démerder pour se trouver une piaule, un boulot et avancer. Alors les assistés l'horripilaient furieusement.

Le buzzer annonçant la fin du match le ramena à l'ambiance au sein de la tribune. Les têtes des joueurs, pourtant perchées à plus de deux mètres de hauteur, étaient basses, et l'ambiance dans la salle morose. Le MSB s'inclinait 69-79 et laissait le derby au voisin du Maine-et-Loire.

Il lui restait à affronter la cohue liée à la sortie de la salle et ensuite du parking, avant de pouvoir rentrer chez lui, à Yvré-l'Évêque, et y retrouver sa femme Cassandre, ainsi que Léo et Tom, leurs deux jumeaux âgés de 10 ans, que Belfond appelait ses « petites crapules ».

Dimanche 20 décembre

10 h 46

Appartement du commissaire

C'était jour de « relâche ». Toute l'équipe avait ordre de se reposer et de profiter de ses proches aujourd'hui. Fabien et Aurore débarrassaient la table du petit déjeuner. Ils venaient de mettre au point le programme qui serait le leur en cet avant-dernier dimanche de l'année.

Ils iraient se balader sur les chemins forestiers de l'Arche de la nature, puis Aurore chausserait les patins et sillonnerait l'étendue de glace artificielle de la patinoire située sur la place de la République.

— Comme quand j'étais petite, tu te souviens ?

Bien sûr qu'il s'en souvenait. Une époque heureuse où Anna, Aurore et lui étaient encore réunis.

« Tu es trop nostalgique et mélancolique mon vieux », se rabroua-t-il. « Profite de l'instant. *Hic et nunc*, comme dit la locution latine, profite *ici et maintenant* ».

Ils prirent la direction de l'Arche de la nature en tramway. Le vaste espace naturel de cinq cents hectares était situé au terminus Est de la ligne 2, au bord de la rivière l'Huisne.

De nombreux promeneurs ou joggeurs filaient le long des nombreux chemins et sentiers qui permettaient de découvrir les milieux naturels et écosystèmes du cours d'eau, du bocage et de la forêt, au sein des espaces naturels mais aussi de trois grands bâtiments appelés Maison de l'Eau, Maison de la Prairie et Maison de la Forêt. Cet espace était le véritable « poumon vert » de l'agglomération. Leur bois de Vincennes à eux.

Fabien et Aurore se baladèrent pendant plus de deux heures au milieu des feuillus et des conifères, passant là un petit pont franchissant un petit ruisseau, contournant ici un ensemble de buissons épars abritant quelques oiseaux qui chantaient et rendaient cet après-midi ensoleillé des plus agréables. Le commissaire se vidait l'esprit et en profitait pour en apprendre plus sur la nouvelle vie de sa fille.

Ils s'informèrent sur les pins maritimes, qui représentaient l'essentiel du massif, firent une pause méritée à l'ombre d'un immense chêne, touchèrent l'écorce de châtaigniers, de marronniers d'Inde, et même de cèdres du Liban. Delbarre ne put s'empêcher de râler quand un VTT déboula un peu trop vite et un peu trop près d'eux.

— Papa, t'es pas en service là... Zen...

Elle avait tellement raison, il n'allait quand même pas falloir que cette affaire leur pourrisse la vie trop longtemps. Il finirait en séjour à l'EPSM d'Allonnes sinon... parmi les bipolaires et les schizophrènes... Non, il exagérait certainement.

Au détour d'un sous-bois, ils aperçurent, au loin, un chevreuil, qui ne daigna pas leur adresser un seul regard. Parfois, des perdrix passaient au-dessus de leurs têtes. Seuls les sangliers, pourtant préservés au sein du massif, n'osèrent montrer le bout de leur groin.

La journée se termina dans une ambiance de bonheur simple et total.

Aurore avait de nouveau 14 ans... Elle venait d'engloutir une barbe-à-papa, que Papa justement lui avait offerte, et terminait de lacer ses patins. Delbarre s'appuya à la rambarde et la regarda tourbillonner telle une princesse, à l'aise sur la glace comme elle l'était lors de ses cours de danse quand elle avait 6 ans. Sa fille était heureuse. Et le commissaire souriait.

Une demi-heure plus tard, elle insistait pour leur offrir à tous les deux un tour dans une des nacelles de la grande roue.

Delbarre avait insisté pour qu'elle garde son argent mais elle n'avait rien lâché. « Elle fait preuve de la même abnégation que sa mère », pensa le policier. Elle est même peut-être un tantinet têtue, ça elle le lui devait certainement un peu. Les chiens ne font pas des chats...

Le commissaire n'avait pas vraiment le vertige. Et n'était pas claustrophobe non plus. Malgré tout, quand les vitres en plexi de la « bulle » dans laquelle on les avait enfermés avaient donné sur cinquante mètres de vide, il n'avait pu empêcher un petit nœud de se former au fond de son ventre. Mais la vue en valait la peine.

Ils pouvaient admirer les toits de la ville au crépuscule, qui s'étendaient sur des kilomètres carrés et jusqu'à la ligne d'horizon. La cathédrale Saint-Julien offrait au regard ses élévations gothiques. Des immeubles laissaient apercevoir, de-ci de-là, leur masse, peu gracieuse, de béton qui empilait parfois jusqu'à huit ou dix étages.

Lorsque leurs pieds touchèrent de nouveau le pavage rassurant de la place, ils flânèrent encore quelques instants aux abords des terrasses des restaurants, peu fréquentées par ces températures hivernales, et reprirent la direction de leur appartement. Le commissaire n'aperçut donc pas ses deux collègues, attablés à seulement quinze mètres d'eux.

Karim avait joué au pile ou face, à « ça passe » ou « ça casse ». Et c'était passé. Cette soirée passée quelques jours plus tôt dans le salon de Mathilde, au cours de laquelle ils avaient enchaîné les verres jusqu'à 1 heure du matin, qu'elle colle ses lèvres contre sa joue et qu'il rentre se coucher seul dans son grand lit vide. Ils s'étaient alors racontés leurs parcours respectifs, se découvrant une souffrance intime commune, qui les avait quelque peu rapprochés, en tout cas c'est ce que Karim ne cessait d'espérer. Ils avaient tous les deux perdu leur père. Des salopards les leur avaient arrachés alors qu'ils n'étaient que des enfants.

C'était la première fois que le jeune brigadier rencontrait quelqu'un qui avait connu le même chemin de croix que lui, les mêmes efforts quotidiens pour tenter d'apprivoiser la souffrance, qui devenait, au fil des années, une vieille connaissance enfouie au fond de soi, que l'on évitait de déranger. Tant de gens lui avaient dit « je comprends », alors qu'il fondait en larmes. Mais non. Ils avaient beau faire preuve de la plus grande empathie, ils ne pouvaient pas comprendre ce qu'on ressentait alors. Mathilde, elle, le pouvait. Ils se comprenaient mutuellement.

Lorsqu'hier, il avait enfin pris son courage à deux mains, il avait demandé à sa jolie collègue si elle avait quelque chose de prévu le lendemain soir. Si elle ne voulait pas aller manger un bout avec lui. Comme ça, histoire de passer le temps. Mon œil... il était un piètre comédien et Mathilde avait forcément vu clair dans son jeu...

Elle avait semblé réfléchir quelques secondes, avait souri, et avait répondu, dans un léger sourire, sur un ton satisfait mais maîtrisé :

— Ouais, pourquoi pas ? Avec plaisir Ka'.

Et il avait baragouiné en guise de réponse :

— Euh... 20 heures devant chez toi ?

Ils observaient dorénavant la carte du menu, installés à une table collée contre la vitrine qui donnait sur la place de la République. Concentrés sur le choix qui s'offrait à eux, ils ne virent pas Delbarre et Aurore qui passaient non loin et rentraient se mettre au chaud. Karim avait réservé au *Galand*, restaurant assez bien réputé. N'aurait-il pas pu choisir un restau dont le nom ne dévoilait pas à ce point ses espoirs les plus secrets ?

La discussion avait irrémédiablement longtemps tourné autour de l'affaire qui leur puisait jusqu'à la moindre parcelle d'énergie chaque jour. Et puis, après les filets de cabillaud sur leurs lits de petits légumes, Karim avait posé une des questions qui lui brûlaient les lèvres :

— Et alors, si ce n'est pas trop indiscret, qu'est-ce qui s'est passé avec Arnaud ?

— Oh, c'est compliqué... Disons que le point de non-retour a été le fait qu'il veuille que l'on ait un bébé, ce à quoi je n'étais pas encore prête. Mais le problème était plus profond et plus ancien que ça. Tu sais ce que c'est... Le temps passe, on finit par se croiser, par s'y résigner, et tout s'effiloche, même les sentiments que l'on croit indestructibles au début.

— Je comprends. Enfin, je pense.

— Tu as déjà connu des histoires sérieuses Ka' ? On n'en a jamais discuté tous les deux.

— Disons que c'est pas un sujet que je vais aborder spontanément.

— Ah oui ? Par pudeur ?

— Sans doute, oui. Et puis parce que le seul goût que m'a laissé l'amour est celui de la déception, du manque, de la douleur à surmonter, tu vois le topo ?

— On passe tous par là à un moment ou un autre non ?

— Je sais pas, tu vois. Je pense qu'en amour, il y a des chanceux et des moins chanceux, ceux qui savent monter dans le train quand il est à quai et ceux qui le rateront toute leur vie.

— Sinistre vision des choses mon Ka' !

Elle l'avait appelé « son » Ka' ! Son nombre de battements par minute augmenta légèrement. Et elle reprit :

— Tu sais, c'est pas parce que la première t'a laissé tomber qu'un jour tu ne trouveras pas celle qui te rendra heureux. Elle ressemblerait à quoi, cette denrée rare ?

« À toi », voulut-il lui répondre. Impossible.

— Je ne sais pas. Je crois que j'attends surtout celle qui saura éloigner de moi la peur.

— La peur?

— C'est une compagne dont il est parfois difficile de se défaire quand on est un vrai timide comme moi...

— Oh, t'es touchant Ka'... Tu la trouveras, crois-moi.

Si seulement elle pouvait dire vrai...

Les verres de vin trinquèrent, les conversations sur de nombreux sujets s'enchaînèrent, les crèmes brûlèrent et leur furent servies.

— Tu as une idée de pourquoi tu ne t'es pas sentie prête pour devenir maman? Tu ne sais pas si tu veux des enfants ou ce n'était juste pas le moment?

— Tu sais ce que j'apprécie avec toi Ka'?

— Euh... à part ma conversation et mon intelligence?

Mathilde rit de bon cœur et Karim arborait le sourire timide de celui qui sait que l'humour est un refuge toujours sûr.

— Ouais, en plus de ça! C'est que je me sens libre d'aborder des sujets personnels, sans pudeur excessive ni méfiance. J'aurais refusé à beaucoup de gens de répondre à cette question, même à mes parents, je crois. Mais pas à toi, tu es une sorte de confident en fait...

« S'il te plaît, ne me confine pas uniquement au rôle du super pote à qui on peut tout dire... S'il te plaît... » pensa-t-il.

— Ah... Je suis content que tu me fasses confiance.

— Pour répondre à ta question, oui j'aimerais avoir des enfants. Mais je crois qu'avec notre boulot qui est énergivore et chronophage, c'est compliqué pour l'instant. Je ne me vois pas courir après les criminels l'après-midi et donner le biberon et changer la couche en rentrant. Pas encore, en tout cas. Une question de déclic sans doute. Mais à 27 ans, je me dis que j'ai le temps, non?

— Bien sûr.

— Et toi, t'en veux?

— Oui. Entre deux et quatre.

Elle rit de nouveau.

— C'est précis ! Et pourquoi ça ?

— Ne pas avoir la chance d'avoir un frère ou une sœur, je trouve ça triste. Et quatre, c'est grand max, après ça devient de l'élevage industriel !

Mathilde rit de bon cœur. « Peut-être pas la vanne la plus fine que j'ai faite, celle-là », pensa Karim. « Mais elle est passée... »

Ils quittèrent le restaurant vingt minutes plus tard. Les températures étaient clémentes pour un soir de fin décembre. Ils se baladèrent longuement, sous une lune pleine qui éclairait étonnamment bien les ruelles qu'ils empruntaient, selon ce que leurs pas décidaient un peu au hasard. À minuit passé de quelques minutes, ils arrivèrent devant chez Mathilde. Karim l'avait raccompagnée jusqu'à sa porte.

— M'en veux pas, je t'aurais bien proposé quelque chose à boire mais on bosse demain et...

— T'inquiète pas, je comprends. Et puis on a besoin d'être en forme pour coincer ce salaud...

— Oui !

Elle déposa deux bises sur ses joues. Karim se faisait-il des idées ou celles-ci s'étaient-elles davantage éternisées que d'habitude ? « Non, arrête de prendre tes désirs pour des réalités mon vieux, ton cerveau voit ce qu'il veut voir... » Ils se souhaitèrent bonne nuit et, alors, qu'il s'engageait sur le fin trottoir, Mathilde l'interpella une dernière fois.

— Eh Ka' !

Il tourna son regard vers elle. Ce qu'elle était belle sous la faible lumière de son palier...

— Oui ?

— Un dîner comme ce soir, il y en aura d'autres hein ?

— Bien sûr Mathilde...

Lundi 21 décembre

9h20

Université du Maine,
UFR Lettres, Langues, Sciences humaines

C'est dingue comme les souvenirs de l'étudiant pas hyper brillant qu'il avait été s'étaient logés loin au fond de sa mémoire. Il se revoyait sur le petit campus de La Rochelle, la ville qui l'avait vu naître, puis sur celui d'Angers et, enfin, à l'École Nationale de Police de Saint-Malo. Les souvenirs se précisaient quand il intégrait l'ENSP – l'École Nationale Supérieure de la Police – en 2006, pour s'y former au prestigieux grade de commissaire.

Il se revoyait disserter pendant des heures, courir sur des kilomètres sous la flotte pour réussir les tests d'endurance, crapahuter, tel un primate malhabile, pour prouver sa valeur sur ceux d'habileté motrice, ou scruté par ses pairs lors d'épreuves orales toutes aussi stressantes et piégeuses les unes que les autres. Langue étrangère – il baragouinait l'anglais avec un accent terrible –, mise en situation, gestion du stress – comment gérer son stress lors d'une épreuve de gestion du stress ? Il n'avait toujours pas la réponse –, et, le pire de tout, les tests psychotechniques, où vous vous sentiez pris au piège, comme coincé entre un psy et un enquêteur de l'IGPN.

Mais, au fond, c'était de belles années. Et il n'en serait pas là aujourd'hui s'il n'avait pas franchi ces obstacles. Il appartenait à la jeunesse du passé. Les jeunes vingtenaires qui déambulaient sur le campus le ramenèrent à la jeunesse actuelle, à peine sortie de l'adolescence au fond.

Il demanda son chemin à une jeune étudiante, qui portait sa sacoche en bandoulière, et prit la direction du bâtiment où se situait l'accueil de l'UFR. L'université du Maine accueillait environ 11 000 étudiants et regroupait plus de 600 chercheurs. C'était l'un d'eux qu'il venait rencontrer ce matin.

Il pénétra dans le vieux bâtiment, qui ressemblait à un préfabriqué blanc et orange, dont l'aspect provisoire avait duré, et qui abritait, autant qu'il le pouvait, l'administration de l'UFR. Il se présenta à l'accueil où on lui expliqua que Laurent Martin terminait son cours dans cinq minutes et qu'il pouvait l'attendre aisément à la sortie de l'amphithéâtre Véron-de-Forbonnais. La femme qui l'avait reçu lui indiqua par la fenêtre un bâtiment de tôle grise.

Alors qu'il y entrait, les premiers étudiants sortaient de l'amphi, bloc-notes sous le bras et bouquins au fond du sac.

Lorsqu'ils semblèrent tous sortis, et ils avaient paru être une bonne cinquantaine, le commissaire frappa à la double-porte restée ouverte et entra dans le vaste espace où bancs et tablettes s'alignaient vers des hauteurs d'un bleu profond. Il tourna la tête vers l'immense bureau, équipé de micros, et le tableau, qui étaient sur sa gauche.

— M. Martin je suppose ?

— Tout à fait commissaire. Pardonnez-moi de vous avoir fait attendre mais ma secrétaire n'avait pas prévu de temps de latence entre la fin de mon cours et notre rendez-vous.

— Ne vous inquiétez pas, je viens d'arriver. Vos étudiants m'ont paru bien jeunes !

— Parce qu'ils le sont commissaire. Ce sont des étudiants de première année de Licence. Il y a encore six mois, ils occupaient les chaises des salles de classe des lycées.

— Je comprends mieux. Mais ils ont encore cours si près de Noël ?

— Ce n'était pas un cours « traditionnel ». Les vacances ont débuté samedi mais j'offre aux étudiants en difficulté qui le désirent des cours de soutien, aujourd'hui et demain.

Delbarre hocha la tête. Les métiers qui exigeaient un don de soi total, parce qu'au plus près de l'être humain et de ses difficultés, lui avaient toujours inspiré beaucoup de respect. Lui et ses collègues en faisaient partie, au même titre que les pompiers, les personnels de santé, les travailleurs sociaux, les personnels de justice, les enseignants... et tellement d'autres qu'il oubliait.

Il observa avec curiosité les termes et schémas qui sillonnaient le grand tableau blanc derrière son interlocuteur. Des mots, qui lui étaient parfois peu intelligibles, occupaient l'espace. Tels que « privilèges », « dîme », « trois ordres », « pouvoir banal », « seigneurie ecclésiastique » ou « assolement triennal ». L'enseignant-chercheur suivit son regard et comprit la curiosité qui l'animait.

— Mon cours portait sur la société rurale à l'époque moderne, du XVIe au XVIIIe siècle. Celle qui, héritée de la société féodale médiévale, allait exploser en vol avec la Révolution qui éclate en 1789. On m'a dit que c'est de cette période que vous vouliez m'entretenir commissaire. Et que ça avait un lien avec une enquête criminelle, ce qui, je ne vous le cache pas, m'intrigue beaucoup. Surtout s'il s'agit des deux victimes dont toute la presse locale fait ses unes ? Mais venez, allons nous installer dans mon bureau.

Ils se dirigèrent vers l'hideux bâtiment où le commissaire s'était présenté et montèrent à l'étage où siégeait le bureau de l'enseignant.

— Installez-vous, je vous en prie. Un café ?

— Volontiers. Sucré si possible.

L'homme, vraiment agréable et avenant, apporta les deux tasses fumantes qu'il posa entre les livres et les copies empilées sur le bureau. Un buste de Voltaire les observait depuis une étagère.

— Dites-moi tout commissaire. En quoi mes modestes connaissances peuvent-elles vous aider à résoudre une enquête criminelle ?

Delbarre lui expliqua pendant de longues minutes ce qui les avait menés vers la piste que l'on pouvait qualifier d'« historique », et qui était celle prioritaire aujourd'hui. L'homme l'écouta avec attention, penchant légèrement la tête, qu'il appuyait contre sa paume. Quand le commissaire eut terminé, il demanda :

— Donc, si j'ai bien compris, vous pensez que ce tueur assassine ses victimes en se basant sur des faits qui se sont déroulés lors de la guerre civile de Vendée, c'est bien ça ?

— Oui. Aussi dingue que ça puisse paraître.

— En effet... Mais alors, que voulez-vous savoir *précisément* ?

Il semblait avoir légèrement insisté sur ce dernier mot.

— Je suis désolé car vous allez sans doute avoir l'impression de faire cours à un étudiant médiocre, mais j'aimerais que l'on commence par les bases. Rafraîchissez-moi la mémoire sur ce qu'a été la Révolution française. Mes souvenirs remontent à des cours de lycée avec un vieil enseignant fort soporifique qui avait des difficultés à utiliser un rétroprojecteur en souffrance. Vous voyez le genre ?

Laurent Martin sourit.

— Je vois commissaire. Très bien, commençons avec le commencement alors !

Il prit une grande inspiration et plongea le commissaire en pleine tourmente révolutionnaire.

— Remontons deux siècles en arrière, dans une France qui n'a pas grand-chose à voir avec la nôtre. Dans les années 1780, notre pays compte environ 28 millions d'habitants et est un pays essentiellement rural. Le territoire national est très légèrement moins étendu qu'aujourd'hui mais la France a presque sa forme actuelle. Nice ou la Savoie ne deviendront françaises qu'au XIXe siècle par exemple. La société d'Ancien Régime, c'est-à-dire celle des XVIe, XVIIe et XVIIIe siècles, n'a également rien à voir avec notre société républicaine et démocratique.

Le pouvoir est détenu par un roi au pouvoir de droit divin et héréditaire. C'est la famille des Bourbons qui occupe le trône depuis Henri IV. Louis XIV, XV ou XVI en sont des monarques célèbres. Leur pouvoir est alors total : ils sont entourés de conseillers mais ce sont eux qui prennent les décisions, sans réelle opposition possible. Le roi cherche à maîtriser la noblesse en la divertissant au sein de sa cour à Versailles, et en la soumettant à des règles nombreuses et avilissantes, que l'on regroupe sous le nom d'« étiquette ». Preuve de pouvoir absolu, le roi peut faire emprisonner n'importe qui sans justification avec une simple lettre signée de sa main que l'on appelle « lettre de cachet ». On est très loin des droits de la défense !

— En effet. Et les gens, comment vivent-ils ?

— Très bonne question, j'allais y venir.

La société est divisée en trois groupes distincts que l'on appelle « ordres ». Ces derniers remontent à la société médiévale. Ceux qui prient sont devenus le « clergé », ceux qui combattent, la « noblesse », et ceux qui travaillent, le « tiers état », le troisième ordre en gros. Il représente 98 % de la population et regroupe des populations diverses. Des pauvres et des gens de condition modeste comme les mendiants, les paysans, les artisans et les commerçants... Mais aussi des personnes fortunées comme les bourgeois qui se sont considérablement enrichis grâce au commerce, notamment avec les colonies.

— Nobles et bourgeois ne sont pas les mêmes alors ?

— Eh non commissaire ! Les nobles possèdent des titres (ducs, comtes, barons...), des terres (des seigneuries) et des châteaux… qui sont héréditaires. Ils naissent nobles donc. Mais sachez qu'il existe des nobles désargentés et ruinés. Ce n'est pas qu'une question de fortune. À l'inverse, le bourgeois, que le noble déteste en général, a fait fortune grâce à son travail. Il est une sorte de « nouveau riche » mais sans aucun titre. Les nobles vivent dans les châteaux et à la cour, les bourgeois dans les hôtels particuliers qui pullulent dans les villes marchandes.

— Et en quoi ces ordres sont-ils si « inégalitaires » entre eux ?

— Parce que les 98 % de la population qui travaillent dur et possèdent le moins de richesses doivent, seuls, payer les impôts nombreux dus aux seigneurs, les nobles donc, mais aussi à l'Église et au roi. À l'inverse, nobles et clercs, souvent très riches, sont exemptés d'impôt, ils ont ce que l'on appelle alors ce « privilège ». Et ils en ont d'autres ! Des emplois dans l'administration ou l'armée leur sont réservés notamment, la naissance avant le mérite commissaire. Ils ont des privilèges en justice également. Et les différenciations sociales existent jusque dans la mort ! Un noble condamné à mort sera décapité, comme un homme d'honneur. Un vulgaire paysan sera pendu, peine infamante.

Le commissaire était captivé. Pas étonnant que ce chercheur soit adulé par ses étudiants.

— Et la Révolution va changer tout ça ?

— Elle va balayer tout ça vous voulez dire ! Un ouragan politique et social qui raisonne dans le monde entier et horrifie les cours d'Europe voisines.

— Tout commence quand le peuple prend la Bastille alors ?

— Oh là, pas si vite commissaire ! Contrairement à ce que beaucoup de gens pensent, la Révolution – ce terme désigne traditionnellement une période de bouleversements qui s'étend de 1789 à 1799, quand Napoléon déboule – ne débute pas avec cet événement emblématique. Il faut remonter un peu le temps pour en saisir les prémices. Démarrons en 1788. Louis XVI est au pouvoir depuis quatorze ans. Son épouse, Marie-Antoinette, est la fille de l'Empereur d'Autriche. Elle est une femme, elle est une étrangère, elle est jugée dépensière et frivole, bref tout pour que le peuple la déteste et en fasse une bouc-émissaire toute désignée des difficultés que rencontre le tiers état. De mauvaises récoltes ont fait exploser le prix du blé et donc du pain, et la disette ravage les campagnes. De plus, le tiers état ne supporte plus d'être écrasé par les privilèges injustes dont bénéficient clercs et nobles. Le pouvoir des seigneurs sur les seigneuries qu'ils dirigent, et donc sur les paysans qui y vivent et y triment, reste fort. Et pour couronner le tout, en cette fin de décennie, l'État est lourdement endetté et en déficit régulier. Il paye l'aide apportée aux insurgés américains qui a vidé les caisses. Bref, la France, où le peuple est sous tension, est une poudrière. Ne manque que l'étincelle. Et celle-ci arrive en juin 1789, un mois avant l'épisode célèbre de la Bastille. Pour tenter de résoudre les difficultés nombreuses auxquelles est confronté le royaume, Louis XVI réunit, dès le mois de mai à Versailles, une assemblée extraordinaire qui s'appelle les États généraux. Les derniers remontaient à 1614-1615, c'est dire qu'on ne les réunissait pas tous les quatre matins ! Cette assemblée est composée de députés élus de la noblesse, du clergé et du tiers état. Regroupés par ordre, surtout pas de mélange, ils planchent et discutent des solutions à apporter au royaume. Vous vous doutez commissaire que nobles et clercs veulent, en gros, que rien ne change, tandis que le tiers état, lui, veut que tout change ou presque ! Et c'est vite l'impasse. Les réformes espérées par le peuple ne viennent pas et le tiers état, mené par l'orateur incroyable qu'était Mirabeau, ne peut se faire entendre. En effet, le vote n'est pas individuel mais par ordre ! Un ordre pour une voix. Donc c'est toujours du deux contre un. Premier coup de théâtre : le 17 juin 1789, les députés du tiers état, considérant qu'ils représentent la grande majorité de la population, se proclament Assemblée nationale. Notre principale institution législative est alors née ! Deuxième coup de théâtre : trois jours plus tard, en guise de représailles, le roi fait fermer la salle de travail du tiers. Fous de colère, ceux-ci cherchent la première grande salle venue pour se réunir. Ils trouvent alors, toujours à Versailles, une salle de jeu de paume, plus ou moins ancêtre du tennis. On range le filet et les députés prêtent alors un serment qui est vraiment... révolutionnaire commissaire ! Ils jurent de ne se séparer que lorsque la France aura été dotée d'une constitution ! Vous imaginez l'onde de choc ! Un groupe de députés entre en rébellion et exige la rédaction d'un texte de loi qui partagerait le pouvoir entre le roi d'un côté et... eux de l'autre ! La pression est vite terrible sur les épaules de Louis XVI qui sent que la situation commence à lui échapper.

— Et le peuple suit donc l'exemple des députés ? Il se révolte à son tour ?

— Exactement. Face à la montée de la contestation populaire, Louis XVI ordonne à des troupes étrangères de stationner autour de Paris, au cas où. Et le 11 juillet – acte ô combien maladroit ! – il renvoie le ministre des Finances Necker, dont l'épouse a donné son nom à un célèbre hôpital. Problème, Necker est un ministre apprécié du peuple, ce qui n'est pas monnaie courante. Le peuple se sent peu écouté et en danger. Et à l'appel d'un certain Camille Desmoulins qui, le 12 juillet, appelle aux armes depuis une terrasse de café du Palais-Royal, des Parisiens fort modestes pillent les Invalides où ils trouvent, le 14 au matin, fusils et canons. Problème, il leur manque des munitions. Mais il y en a dans la forteresse de la Bastille qui est une prison ! Le peuple du faubourg Saint-Antoine, qui commence par parlementer, prend finalement de force le bâtiment. Son gouverneur, De Launay, verra sa tête promenée au bout d'une pique. Le peuple qui prend cette forteresse, c'est surtout un symbole ! Les gens ordinaires osent s'en prendre à un symbole du pouvoir absolu et arbitraire du roi ! Car ce dernier pouvait emprisonner, sans jugement, qui il voulait à la Bastille, qui était quasiment vide ce 14 juillet et qui sera détruite peu après. La machine est alors lancée ! Rassurez-vous commissaire, j'ai insisté sur les débuts mais je vais accélérer quelque peu jusqu'à la guerre de Vendée.

— Mais je vous en prie, répondit Delbarre tandis qu'il dégustait son café à petites doses.

— À ce moment, il est hors de question de remettre en cause le pouvoir légitime du roi, encore moins de s'en prendre à sa personne sacrée. Mais, lentement et sûrement, les choses vont progressivement se compliquer pour le timoré Louis XVI, vite bien obligé de faire des concessions pour calmer la colère du peuple. Je vous fais une rapide chronologie commissaire :

- Le 4 août 1789, les privilèges sont abolis par l'Assemblée nationale qui dorénavant vote les lois en France, le roi n'ayant eu d'autre choix que de céder.
- Le 26 août est votée la *Déclaration des droits de l'homme et du citoyen* qui offre aux Français davantage d'égalité et des libertés nouvelles. Les ordres n'existent plus, il n'existe alors que des « citoyens », même si leurs droits sont encore bien inférieurs aux nôtres.
- En octobre, les femmes se rendent à Versailles pour réclamer du pain pour le peuple. Elles rentrent à Paris avec le roi et la reine dans leurs bagages ! À Versailles, le roi est trop éloigné de Paris et de son peuple. Ce dernier l'oblige à venir vivre dans le palais des Tuileries, près du Louvre, d'où le peuple pourra plus ou moins le

« surveiller », notamment par le biais de sa milice armée, la Garde nationale.

– Au cours de l'année 1790 et au début de l'année 1791, les choses s'aplanissent et les relations entre le peuple et son roi sont cordiales. La Fête de la Fédération, le 14 juillet 1790, ancêtre de notre Fête nationale, est l'illustration de cette « concorde nationale ». L'Assemblée nationale, alors appelé Constituante, rédige le précieux texte qui mettra officiellement fin à la monarchie absolue et proclamera la monarchie constitutionnelle. Et la Constitution arrive ! Elle est livrée en juin 1791. Le peuple a obtenu une vraie représentation nationale qui possède le pouvoir législatif. Le roi conserve le pouvoir exécutif suprême, le contrôle des forces armées, continue à nommer les ministres et possède même un droit suspensif et temporaire d'opposition aux décisions que l'on appelle « veto ». Mais, en son for intérieur, cela ne lui convient pas. Il voit bien que la monarchie absolue n'est plus, que son pouvoir se disloque...

— Et il ne le supporte pas ?

— Non en effet... Tout comme ils ne supportent pas, lui et sa famille, d'être « prisonniers » à Paris. Les 20 et 21 juin 1791, la famille royale commet ce qui se révèlera être une erreur fatale. Ils se déguisent, montent de nuit dans une berline et tentent de fuir le royaume pour rejoindre Montmédy, un bastion royaliste en Lorraine où les attend le marquis de Bouillé, et d'où le roi pourrait mener une contre-révolution et reprendre pleinement le pouvoir sur son trône, terrassant la Révolution par les armes.

— Une sorte de va-tout ? C'est à ce moment-là ou jamais ?

— En gros, oui. Et c'est l'échec. À Paris, c'est le branle-bas de combat, La Fayette doit lancer ses hommes aux trousses de la famille royale. Le roi est reconnu et la famille arrêtée à Varennes.

— Il n'y a pas une histoire de roi reconnu grâce à son profil sur une pièce, un Louis d'or ?

— Si, une légende qui rend l'ensemble encore plus incroyable. Mais difficile à confirmer ou infirmer. La famille est ramenée à Paris où le peuple a interdiction de crier « Vive le roi » et où l'ambiance est glaciale tout le long du cortège. Le lien de confiance entre le roi et son peuple est rompu à jamais. Il a tenté de fuir son peuple pour revenir, à la tête d'une armée, dans le but de mettre à bas les droits que ce peuple a obtenu de haute lutte. Les Français ne le lui pardonneront pas.

— Et c'est là qu'on l'emprisonne, avant d'être guillotiné ?

— Toujours pas ! On en approche mais il n'est toujours pas question de suspendre le roi, encore moins de le tuer. Cela fait un moment que les voisins autrichiens et prussiens – je vous rappelle que la reine est autrichienne – font pression pour étouffer la contagion révolutionnaire. La tension entre États aboutit, en avril 1792, à une déclaration de guerre de la France à l'Autriche, et son alliée la Prusse, ancêtre de l'Allemagne actuelle. Louis XVI lui-même a dû l'accepter, imaginez ! Le conflit débute et, en juillet, l'invasion prussienne progresse à l'Est. Un de ses chefs, le duc de Brunswick, menace alors la population parisienne d'une exécution totale s'il est fait le moindre mal à la famille royale. Et il demande à ce que le roi soit rétabli dans ses fonctions de monarque absolu. Loin de calmer le peuple, cela va le faire « exploser ». Tout se joue le 10 août 1792, sans doute la date la plus importante de toutes. Le peuple, composé des « sans-culottes », ainsi que de régiments marseillais et bretons, s'amassent autour des Tuileries où vit la famille royale. Au passage, ces Marseillais apportent avec eux un chant de guerre qui est devenu notre hymne national. La pression est gigantesque, Danton contrôle l'hôtel de ville et la personne du roi se retrouve directement menacée. Et, dans un tel contexte de guerre et de menace, le bouchon saute. La foule de citoyens et de soldats se rue sur les Tuileries qui sont défendues par les pauvres Gardes suisses qui vont être littéralement massacrés. Et le palais est pris. Le roi et sa famille ont eu le temps de fuir et d'aller se réfugier dans la toute proche salle du Manège, où siège l'Assemblée nationale. L'Assemblée leur accorde sa protection mais, dans la foulée, elle décrète la suspension du roi. Au soir du 10 août 1792, la monarchie française est tombée ! Le 21 septembre, la monarchie est officiellement abolie et la première république de notre histoire proclamée. Cette dernière est alors dirigée par une assemblée qui prend le nom de Convention. Il faudra attendre le milieu du XIXe siècle pour voir apparaître un premier président. La famille royale est emprisonnée dans la sinistre prison du Temple. Le roi et la reine sont séparés. Le roi est jugé par la Convention et déclaré coupable de trente-trois chefs d'accusation ! La peine est ensuite votée. 387 députés, sur les 762, votent pour la mort du roi. Le sort de « Louis Capet », comme ce tribunal le nomme, est scellé. Le roi est guillotiné place de la Révolution, actuelle place de la Concorde, le 21 janvier 1793 à 10 h 22 précises. Il aura clamé son innocence jusqu'au bout. Marie-Antoinette sera exécutée en 1794, lors de la sinistre période de la Terreur, débutée un an plus tôt, où Robespierre dirige le pays d'une main de fer et où la guillotine fonctionne à plein régime. Le fils qui aurait dû devenir Louis XVII meurt en prison en 1795. La Révolution prend « officiellement » fin lorsque Napoléon prend le pouvoir suite à un coup d'État en 1799, mettant ainsi fin à la Première République.

— C'est incroyable... Vous êtes un conteur né M. Martin !

— Je vous remercie, c'est flatteur.

— Notre société moderne a donc vu ses fondements posés dans les larmes et le sang alors ?

— Exactement. Même si la monarchie n'est alors pas complètement morte puisqu'elle réapparaîtra entre 1815 et 1848.

Et c'est seulement à partir de 1870 que la République s'installera de manière durable, jusqu'à nous aujourd'hui.

— Et la guerre de Vendée dans tout ça ? Une de mes équipières m'a parlé d'une bataille au Mans à laquelle aurait participé un certain Marceau.

— Le général François-Séverin oui. L'homonyme d'une des victimes si j'ai bien compris ?

— C'est cela.

— Vous savez si elle possède un lien de filiation avec le prestigieux militaire ?

— Comment cela ?

— Eh bien, si elle est une de ses descendantes ?

Ils n'y avaient pas pensé... Comment savoir cela ?

— Vous pensez qu'il l'aurait tuée, non pas seulement parce qu'elle s'appelait Marceau mais parce qu'elle était une descendante de ce général de la Révolution ?

— L'idée paraît assez folle mais qui sait ? La deuxième victime ne possède pas le nom d'un personnage célèbre de la Révolution si je ne m'abuse ?

— En effet. Et comment peut-on trouver une telle information ?

— Le travail se complique quelque peu... Certains sites sur internet proposent des généalogies qui peuvent remonter sur plusieurs siècles mais ces infos ne sont pas gratuites et pas toujours d'une fiabilité absolue. Reste la bonne vieille méthode, la plus sûre mais aussi la plus longue, celle qui consiste à aller fouiner dans les archives de l'état civil, en espérant que les ancêtres recherchés ne soient pas nés aux quatre coins du pays.

— Aux archives départementales ?

— Tout à fait ! L'un de mes repaires secrets préférés ! Je connais bien leur directeur, un homme charmant qui, j'en suis sûr, sera ravi de vous aider à mener vos recherches dans ses précieux trésors d'encre et de papier. Je pourrais lui toucher deux mots de ce projet si vous le souhaitez.

— C'est fort aimable. Nous allons nous intéresser à cette piste. Mais pouvons-nous revenir à la Vendée ? Je vois qu'il est déjà midi moins vingt et mon équipe va m'attendre.

— Oh oui, pardon commissaire ! Moi-même, je reprends avec mes étudiants à 13 heures. Ce que l'on appelle la « guerre de Vendée » est une insurrection contre-révolutionnaire qui dégénère en guerre civile. Elle oppose les « Bleus », les armées républicaines issues de la Révolution, aux « Blancs », les forces catholiques et royalistes, hostiles à la Révolution, entre 1793 et 1796. Les événements qui nous intéressent ont donc lieu dans les premiers temps du soulèvement. Ce mouvement est lié à la Chouannerie qui s'exerce sur la rive droite de la Loire, tandis que les Vendéens étaient plutôt sur la rive gauche. L'élément déclencheur de la révolte est la décision de la Convention de faire appel à une levée en masse pour défendre la République menacée à l'Est.

— Une sorte de désertion massive ? De mutinerie ?

— Plus ou moins. Disons que ces populations rurales de l'Ouest étaient plutôt conservatrices et attachées à la monarchie. On ne veut alors pas envoyer les pères, époux et fils se faire tuer à l'autre bout du pays pour une cause qu'ils ne défendent pas, qu'ils rejettent même. Le mouvement vendéen prend vite de l'ampleur. D'abord simple jacquerie paysanne, il se structure et devient un véritable mouvement contre-révolutionnaire, avec ses leaders charismatiques, et des troupes nombreuses. Une grosse épine dans le pied de la Révolution. Que Robespierre et ses acolytes vont chercher à arracher sans ménagement. Je vous rappelle qu'en 1793 débute la Terreur. Toute personne considérée comme « suspecte » peut être envoyée à l'échafaud. Un véritable climat de paranoïa se développe, fait de suspicion, de diffamation, de dénonciation, parfois abusives, et le Tribunal révolutionnaire est sans pitié. Le nombre de victimes de la Terreur est sujet à débat parmi les historiens. On l'a longtemps estimé à entre 35 000 et 40 000 victimes, mais il est aujourd'hui encore discuté. Des gens de tous milieux y ont laissé leur vie, de ceux considérés comme étant trop royalistes, trop catholiques, trop nobles... à ceux jugés ennemis de Robespierre, de son pouvoir personnel, et de ses Montagnards. Les Girondins notamment, premiers adversaires politiques de Robespierre, qui finirent sans leur tête. Bref, tous ceux considérés comme « ennemis de la Révolution », expression qui était suffisamment large pour qu'une dictature ne s'installe au sein de la République. L'idée fixe, et la justification de la Terreur selon Robespierre, était que la France ne pouvait vaincre ses « ennemis de l'extérieur », les armées étrangères, qu'en éradiquant ses « ennemis de l'intérieur ».

— Et c'est la mort de Robespierre qui a mis fin à cela ?

— Oui, fin juillet 1794, la Convention prend finalement peur et renverse Robespierre, qui est guillotiné, avec ses alliés, dans la foulée. Voilà donc le contexte national dans lequel tentent de résister les Vendéens et les Chouans. Les paysans de Vendée, de Loire-Inférieure et du Maine-et-Loire se soulèvent à partir du 10 mars 1793, à l'occasion de la levée de 300 000 hommes votée par la Convention, qui ne frappe pourtant que peu d'entre eux, si l'on peut l'exprimer ainsi. Un peu moins de 20 000 si je ne dis pas de bêtise. Nous aussi, il faut parfois que l'on révise, je ne cesse de le répéter à mes étudiants, dit-il dans un sourire. Des roturiers et des nobles prennent le commandement des masses qui se soulèvent. Les plus célèbres se nomment Elbée, Lescure ou La Rochejaquelein. Celles-ci vont rapidement rencontrer des succès et prendre des villes importantes de l'Ouest : Cholet en mars, Saumur, Angers en juin.

— On peut penser que les armées républicaines étaient supérieures en tous points à celles des Vendéens ?

— C'est vrai. Mais ces derniers mènent une politique de guérilla, de dissimulation et de dilution dans le bocage. Nous n'avons pas affaire à un affrontement « traditionnel » entre deux armées qui se font face sur une plaine. Et à ce « petit jeu », les paysans révoltés, pourtant pas toujours bien armés et entraînés, sont redoutables. Ce n'est que grâce à des renforts que les armées républicaines l'emportent à Cholet en octobre. Et c'est là que notre bonne ville du Mans entre bientôt dans le décor. Après cet épisode choletais, les armées de la Révolution reprennent du poil de la bête et a alors lieu ce que l'on appelle la « virée de Galerne ».

— La virée de Galerne ?

— Oui. Après cette défaite, les armées vendéennes traversent la Loire et se dirigent vers Granville, où les attendent des renforts « anglais », qui les soutiennent car opposés eux aussi à la Révolution. Les troupes remontent vers Laval, puis Mayenne, Fougères, Dol, et enfin Granville, atteinte le 14 novembre 1793, où elles échouent. Elles doivent alors se replier et redescendre vers le sud. Marche-arrière toute : Fougères, Mayenne, Laval, Angers et... Le Mans ! Où, le 12 décembre 1793, débute une bataille sanglante et décisive. Nous y sommes commissaire !

— Et comment se déroule cette fameuse bataille ? Toutes les informations que vous pourrez me donner pourront nous être essentielles pour essayer de comprendre la logique folle de l'assassin que nous recherchons.

— Je ne suis pas spécialiste à ce point des batailles de la guerre de Vendée. Laissez-moi aller piocher dans mes ouvrages pour ne pas vous dire de bêtise.

Il se leva, alla chercher dans une des étagères de son bureau, sembla longuement hésiter, puis saisit un livre, qu'il ouvrit sur le bureau, et se rassit.

— Voyons voir...

Les pages défilaient à une vitesse stupéfiante.

— Regardez. Vous voyez ce tableau ?

Delbarre observait ce qui semblait être une bataille de rue. Des maisons médiévales formaient le décor. Des hommes étaient à cheval, d'autres étaient morts et leurs corps jonchaient le sol. Au premier plan, un canon semblait en ruine.

— Il s'agit d'un tableau représentant la bataille du Mans, peint par Jean Sorieul en 1852. Il est exposé dans notre ville, au musée de la Reine-Bérangère. On distingue plusieurs types de protagonistes. Regardez.

Son index indiquait, çà et là, divers personnages.

— Des soldats républicains, ici. Avec leur tenue bleue, où pointent quelques notes de blanc et de rouge. Déjà les couleurs du drapeau tricolore commissaire, apparu pendant la Révolution. Et là, des civils tentant d'échapper au carnage. À droite, cette femme tient un couteau à la main.

— Au centre, on dirait qu'une jeune fille agenouillée tente de demander grâce à un cavalier.

— Exactement, la violence subie est alors terrible. Et n'oublions pas que des populations civiles de la ville s'étaient jointes aux armées républicaines contre les insurgés. Par peur ou haine du sentiment royaliste.

— Ils avaient peu de chances...

— En effet. Je vous résume les forces alors en présence. Côté républicain, les leaders sont Marceau, que vous connaissez déjà, mais aussi Carpantier, qui dirige l'artillerie, Kléber, Muller, Delaistre de Tilly, Delaage ou Westermann, qui poursuivit les Vendéens. Ils sont à la tête d'environ 20 000 hommes, même si les chiffres sont toujours à prendre avec des pincettes. Face à eux, les deux grands leaders sont La Rochejaquelein, qui n'a que 21 ans, imaginez, et La Trémoille, prince de Talmont, qui lui est plus âgé.

— La Trémoille, vous dites ?

— Oui, pourquoi ?

— Ce nom me dit quelque chose... Ça va me revenir, continuez.

— Leurs forces ne sont pas ridicules. On les estime à environ 15 000 hommes, 18 000 au maximum. Mais ils sont accompagnés de civils qui ne combattent pas et les suivent. Peut-être 20 000 femmes et enfants dont le sort a pu être dramatique... Et ils sont armés de 30 canons, ce qui n'est pas négligeable. Les conditions dans lesquelles se déroulent les combats sont rudes. Beaucoup des insurgés souffrent de famine, du froid de l'hiver, de la dysenterie, du typhus, de fièvres... Voyons voir ce que dit cet article de mon confrère sur la suite.

Il lut à voix haute, sachant adopter le ton adéquat.

Delbarre s'imaginait au milieu de ces combats terribles. Menés par de pauvres innocents qui avaient foulé le sol que lui-même arpentait chaque jour. Il pouvait aisément entendre le métal qui s'entrechoque, les sabots des chevaux qui frappent les pavés, les canons qui tonnent et déchirent les corps, les cris, les râles de l'agonie...

Et la peur terrible qu'avaient dû ressentir ces hommes, ces femmes et ces enfants, qui, un an auparavant, cultivaient encore leurs champs, vendaient leurs productions, riaient, s'aimaient, vivaient... Combien de Manceaux ignoraient cet épisode tragique de l'histoire de leur ville ? Il en frissonnait.

La voix de l'historien le ramena quelque peu au XXIe siècle.

— « 4 000 Républicains sont dispersés à Pontlieu – qui à l'époque n'a pas de "e", précise-t-il – tandis que les Vendéens prennent Le Mans le 10 décembre à 16 heures. Des vivres et des vêtements ont été trouvés mais le moral est bas et la maladie fait rage. L'armée républicaine est alors "prête au massacre". La Rochejaquelein et Talmont tendent une embuscade aux Républicains avec 3 000 hommes dans un bois près de la ville. Les Républicains reçoivent alors le renfort de l'armée des côtes de Cherbourg, dirigée par J. D. de Tilly. Cela provoque une vague de panique côté vendéen et les Républicains rentrent dans la ville. Marceau-Desgraviers rassemble alors des troupes à Cérans-Foulletourte, à environ vingt-cinq kilomètres au sud du Mans, et l'assaut est donné le 12 au soir. Des combats de rue ont alors lieu et la désorganisation vendéenne est totale. Sur cet assaut, Toussaint du Breil de Pontbriand, colonel chouan, raconte : "Une multitude de femmes et d'enfants cherchaient leurs parents et interrogeaient des gens qui ne leur répondaient qu'en les interrogeant eux-mêmes. [...] Les hommes, les chevaux morts, remplissaient les rues, et on ne marchait que sur des cadavres, les cris des blessés, placés sur des voitures ou dans les maisons, comblaient la mesure de cette scène d'horreur." Les Vendéens furent alors livrés à la vindicte. Westermann et ses hussards, accompagnés de régiments d'Armagnac et d'Aunis, poursuivirent les Vendéens et les massacrèrent. »

— C'est une véritable scène d'horreur, qui n'a pas grand-chose à envier aux atrocités des champs de bataille des deux Guerres mondiales.

— Ce n'est pas complètement faux commissaire. Le bilan humain est alors élevé, même si on est loin de ceux de Verdun ou Stalingrad malgré tout. On estime les pertes à seulement 30 à 100 morts pour les armées républicaines, et environ 10 000 à 15 000 pour les forces vendéennes, soldats et civils confondus ! Beaucoup ont été enterrés dans des charniers, sortes de fosses communes, dont certains restes ont été retrouvés. Et il ne faut pas oublier les blessés et les 5 000 à 10 000 prisonniers côté insurgés. Et ce n'est rien comparé aux entre 200 000 et 500 000 victimes qui ont perdu la vie au cours du vaste mouvement de la « guerre de Vendée », même si les chiffres varient. Certains historiens ont même avancé le terme « génocide » pour qualifier le massacre des Vendéens, terme fortement débattu et qui est très contesté. Voilà commissaire, je crois que nous avons fait le tour ! Pas trop assommé ? C'est très dense, j'en ai conscience.

— Dense mais passionnant ! Vraiment. L'idée que ce désaxé puisse s'en prendre à des descendants de chefs des armées républicaines vous paraît vraiment crédible ? Il chercherait à venger les Vendéens massacrés ? Mais pourquoi ? On est en 2015, pas en 1800 !

— Je ne sais pas, mais ça peut être une piste, non ? Vous devriez contacter deux pointures et amis : Philippe Aubrieux, le directeur des archives départementales, et Maurice Ledoux, archéologue et membre de l'Inrap, l'Institut National de Recherches Archéologiques Préventives. Il a dirigé des fouilles sur les charniers des Jacobins.

— Les Jacobins ! cria presque le commissaire. Pardon... Ce ton m'a échappé... Vous voulez dire qu'on a retrouvé des corps de Vendéens aux Jacobins ?

— Oui commissaire, il y a six ans de mémoire.

— Ce n'est donc sans doute pas un hasard si on a retrouvé deux corps là-bas... On va suivre à fond cette piste alors et voir où ça nous mène. Si Ophélie Marceau n'a aucun lien avec son homonyme militaire, ça va incontestablement la refroidir. Par-contre, si c'est le cas... on bascule dans une autre dimension...

Mardi 22 décembre

7 h 01

Quelque part en Sarthe

Il avait passé la frontière début décembre, après sept heures passées assis dans des wagons qui avaient avalé plus de sept cents kilomètres de rails, d'ouest en est. La mission qui était sienne débutait sur des terres étrangères. Repérer sa cible avait été bien plus difficile, il ne comprenait pas un traître mot de la langue qu'ils utilisaient ici.

Dans un anglais plus que médiocre, il passa commande et attendit. Ce n'est pas lui qui irait à sa cible, mais sa cible qui viendrait à lui.

La Mercedes d'un noir profond se gara devant la Hauptbahnhof. Il indiqua au chauffeur une adresse, celle qu'il avait soigneusement choisie et où ils devaient se rendre. « Zwölf Türkheimer Straße » s'entendait-il encore prononcer avec un accent affreux. Il lui avait d'ailleurs fait répéter. « 12 rue de Türkheim » aurait été bien plus simple mais bien moins compréhensible pour sa cible. Et il devait la mener, malgré elle, à bon port.

Il avait expérimenté le protocole pour la toute première fois. Il revoyait la lame du poignard ouvragé, encré (et ancré), sous sa peau, symbole de vengeance et de justice, et, un peu plus près du visage de sa cible, sa main, tenant fermement la seringue.

Alors que l'anesthésiant commençait à parcourir les veines et artères de l'homme, qui commençait à s'affaler derrière le volant, il descendit du véhicule, installa tant bien que mal sa cible sur la banquette arrière et s'installa à son tour derrière le tableau de bord de la luxueuse berline.

Quelques minutes plus tard, la Mercedes, jusqu'alors à cheval sur le trottoir, reprenait la route, en direction de l'Hexagone.

L'effet du puissant sédatif avait commencé à s'estomper alors qu'il roulait plein pot sur la nationale 104, au sud de Paris. Un peu plus tôt, il avait pu pousser le bolide à plus de 180 kilomètres à l'heure sur l'A4. L'homme se réveillerait avant d'avoir passé Chartres, s'était-il dit. Et il avait vu juste. Heureusement, les liens qui l'entravaient étaient solides. Et le bâillon essentiel. Les résidus de Thiopental le maintiendraient de toute façon encore un moment hagard.

Voler les doses nécessaires de cet anesthésiant utilisé en chirurgie avait sans doute été l'étape la plus risquée de tout son périple. Il avait dû se procurer pantalon, blouse, masque chirurgical et charlotte. Cela lui avait permis de passer inaperçu et de dissimuler son visage. Il avait également dû produire un badge avec fausse identité et fausse photo crédibles. Ce qu'il ne pouvait obtenir facilement avait été la carte à puce qui permettait l'accès restreint au stock pharmaceutique.

Il avait dû attendre longtemps, dissimulé derrière une ambulance stationnée, qu'un infirmier sorte fumer une cigarette lors de sa pause méridienne. Et il lui avait fallu être aussi rapide que discret pour interposer son pied entre la porte et le battant, juste avant qu'elle ne se referme, sans espoir de la voir se rouvrir avant des heures. Il avait ensuite fallu reproduire ce petit stratagème devant l'entrée sécurisée de ce qui représentait sa caverne d'Ali Baba.

Comment ne pas alors se faire repérer par les nombreux personnels en blouse blanche qui arpentaient les longs couloirs de part et d'autre ? En faisant semblant... de s'intéresser à du matériel de soins qui patientait sur un chariot, de s'intéresser à un dossier médical qui traînait non loin, d'être toujours en mouvement non loin de la porte dont l'ouverture était sans cesse espérée, d'avoir toujours l'air de venir d'un endroit et de se rendre, de pied ferme, vers un autre. Éviter de rester dans le champ d'une même caméra surtout, cela aurait paru suspect.

Il transpirait à grosses gouttes sous sa blouse parce qu'il faisait chaud certes, mais surtout parce qu'il avait sans cesse l'impression d'être observé, que son petit manège était grossier et voué à l'échec.

Et pourtant, peut-être dix minutes après avoir commencé à tourner en rond, tel un lion dans sa cage aseptisée, il avait entendu un petit bip caractéristique et vu un médecin sortir du stock. Il avait alors joué à celui qui tombe à pic, simulé le timing parfait que le hasard avait coordonné. Et avait enfin pénétré dans cette pharmacie géante. Deux murs entiers de casiers regorgeaient de cachets, pilules et autres gélules aux couleurs et effets divers que la chimie moderne rendait stupéfiants. Fioles, ampoules, bouteilles emplies de gaz ou compresses complétaient ces étagères curatives. Les produits semblaient classés par type. Antalgiques, sédatifs, produits anesthésiants, anxiolytiques et psychotropes, anti-inflammatoires, coagulants et anticoagulants...

Il avait rapidement repéré la gamme de substances recherchées. Les anesthésiques intraveineux. Les précieux liquides étaient ensuite classés par ordre alphabétique. Il les avait parcourus des yeux... Etomidate... Kétamine... Propofol... et enfin Thiopental.

Il s'était servi et avait dissimulé les cinq fioles. Autant en prendre plus que de besoin, on n'était jamais trop prudent. Quelques secondes plus tard, quatre seringues à aiguilles hypodermiques les rejoignaient au fond de ses poches. La sortie étant libre, le reste n'avait été que simple formalité et il ne s'était pas fait prier pour quitter le plus rapidement ces lieux hospitaliers qui lui étaient... inhospitaliers.

Trois mois plus tard, la pointe de la première aiguille perçait enfin une peau.

Une fois l'homme passé de vie à trépas, son tout premier assassinat, avant les deux autres qui allaient suivre, il avait dû conserver le corps dans un vieux congélateur. Attrapé le premier, entré en scène le dernier.

Mardi 22 décembre

8h04

Quartier de Pontlieue, sud-est du Mans

Ce quartier populaire, situé à une lieue du couvent de la Couture et aux abords d'un pont qui traversait l'Huisne, avait intégré la ville du Mans en 1865. Jamais le commissaire n'aurait pensé se retrouver ici de si bonne heure. Surtout pas pour y contempler un tel spectacle. Pour y pêcher le brochet ou la truite à la rigueur...

Les pieds du commissaire foulaient l'herbe haute, enduite de rosée, qui le menait vers l'extrémité du pont en ruine, tout près de la promenade Newton. Le « Pont des Vendéens » prenait subitement fin au milieu de la rivière, comme le pont Saint-Bénezet à Avignon. Ses arches de vieille pierre, rondes et régulières, avaient été construites au XIe siècle, et certaines d'entre elles détruites lors de l'insurrection vendéenne, d'où son nom. Ce témoin silencieux de l'histoire de la ville était encadré par deux camarades plus jeunes et fringants que lui. À gauche, le pont routier qui servait aujourd'hui, et, à droite, la passerelle piétonne et ses tons orange.

Delbarre arriva au bout du vieil ouvrage amputé, qui se jetait bien malgré lui dans le vide. Enfin, ce qui aurait dû normalement être le vide... À ses pieds était planté un pieux en métal. De ce pieu en métal partait une chaîne épaisse qui s'enfonçait dans le précipice. Delbarre avança encore un peu, la pointe de ses semelles n'était plus qu'à quelques centimètres du bord. Le courant, qui charriait les masses d'eau de couleur marron vers l'ouest et la rivière de la Sarthe, était important.

Le commissaire le vit enfin, qui pendait là... Au-dessus du tumulte des eaux furieuses, les maillons enserrant l'une de ses chevilles. Le corps gisait la tête en bas. Non l'expression ne convenait pas. Puisque de tête, ce corps n'avait plus... Décapité lui aussi. Le commissaire émit un long soupir, de fatigue, d'impuissance et de tristesse.

Le brigadier de permanence l'avait réveillé une heure plus tôt. Une joggeuse matinale courant le long de la rivière avait aperçu « un pendu au bout du vieux pont », comme elle l'avait simplement décrit au brigadier. Malheureusement, des suicidés, Delbarre et ses hommes en voyaient plusieurs chaque année. Mais compte tenu du contexte actuel, on avait préféré le prévenir directement.

— Oh merde...

Éric venait à son tour d'arriver et de le rejoindre. Au bord du vide. L'expression ne désignait pas seulement une localisation spatiale, mais presque un état d'âme qui les plombait de plus en plus.

— Comme tu dis... Décapité et exposé au bout d'un pont dit « des Vendéens ». Si on avait encore besoin d'une confirmation après ce que j'ai appris hier...

— Commissaire ! Venez voir !

Un agent de la scientifique, en combinaison de protection et masqué, l'appelait depuis le bord de la rivière, sur sa droite.

— J'arrive, lui répondit Delbarre, tandis qu'il faisait demi-tour sur ce « demi-pont ».

Arrivé à son niveau, l'agent de la police technique et scientifique lui indiquait quelque chose de son bras et son index tendus.

— Regardez commissaire...

Delbarre tourna son regard vers le côté du pont qu'il n'avait pu voir à son arrivée.

— Oh putain... Il a remis ça..., se murmura à lui-même le commissaire.

Le symbole était clairement visible. Il avait été peint sur les pierres saillantes d'une des piles du pont. Il représentait cette fois un simple trait oblique.

Et ce matin, contrairement aux deux fois précédentes, le policier le comprit instantanément. La lame en forme de biseau de la sinistre guillotine... La logique du tueur était dorénavant évidente. Ce qui rappela à Delbarre qu'il allait devoir prendre rendez-vous de manière urgente avec les contacts que Laurent Martin lui avait fournis.

Le corps venait d'être remonté et détaché. Delbarre s'en approcha. Il était étendu sur une bâche blanche immaculée, disposée sur l'herbe par la scientifique.

— Fabien, lui cria Éric, qui avait enfilé de hautes bottes de pêche et plongé ses jambes jusqu'aux genoux dans les eaux de l'Huisne, on a trouvé la tête !

— Où ça ? cria à son tour le commissaire.

— Dans un renfoncement creux au pied de la dernière pile.

La tête du pauvre homme fut posée à côté de son corps. L'homme avait un aspect légèrement différent des deux corps retrouvés précédemment. Il paraissait un peu plus abîmé, bien que dans un état global relativement « correct ». L'homme paraissait assez corpulent, sans doute pas loin de quatre-vingt-dix kilos. Sa cheville droite était marbrée et abîmée à cause des chaînes qui permettaient au corps, en suspension, de résister à la pesanteur. La section au niveau du cou paraissait aussi sauvagement exécutée que sur le corps de Stéphane Bourdeau. Le visage du pauvre homme, à l'inverse, dégageait cette fois une expression qui paraissait étonnamment apaisée. Il était blond et portait un fin collier de barbe méticuleusement taillé. Il semblait avoir la cinquantaine, peut-être un début de soixantaine, mais sans doute pas plus.

Delbarre plongea avec précaution sa main gantée dans les poches du cadavre d'où il sortit difficilement un portefeuille. C'est incroyable, se dit le commissaire. Des bandes d'adhésif double-face avaient été disposées de part et d'autre du cuir fin de marque *Arthur & Aston*.

— C'est quoi ça ? demanda Mathilde qui les avait rejoints.

— Ce malade pense à tout... Il veut que l'on connaisse l'identité de cet homme. Et il a pensé au fait que, le corps étant pendu par le pied, son portefeuille allait glisser et tomber dans la rivière. Alors il l'a scotché à l'intérieur de la poche.

— À qui a-t-on alors affaire ? enchaîna Belfond, qui lui aussi était venu grossir le groupe. Seuls Karim et Pasquet étaient restés à l'hôtel de police.

Delbarre sortit précautionneusement les papiers présents à l'intérieur. D'abord une Mastercard de la...

— C'est quoi ce bordel ?! Ce type a une carte bleue de la *Deutsche Bank* !

Le commissaire se mit à la recherche d'un document précis qu'il était maintenant certain de trouver dans ce portefeuille. Il le trouva en ouvrant un des rabats.

— La voilà... Chers collègues, nous avons affaire à un citoyen de la *Bundesrepublik* d'Allemagne !

— T'es sérieux là ? demanda, interloqué, son lieutenant.

— Ouais... Comment a-t-il pu s'en prendre à un citoyen étranger putain ?!

Le commissaire continua sa lecture de la carte d'identité.

— Il s'appelle Hans Dost, est né en 1963, ce qui lui fait...

Delbarre calcula rapidement à haute voix :

— 52 ans, si je ne me trompe pas. La carte a été émise il y a seulement deux ans à Fribourg-en-Brisgau. On peut penser qu'il vient de là-bas. Pas loin de la frontière avec la France.

— Vous croyez qu'il était là en vacances commissaire ? questionna Mathilde.

— J'en sais rien. Pas impossible. Tout comme le fait que le tueur a pu aller l'attraper là-bas. Je crois pas que ce soit à plus de neuf ou dix heures de route. Si c'est le cas, cela nous prouve qu'il assassine des personnes très précises. Ce sont elles qu'il veut et pas d'autres. Il leur reproche quelque chose de précis, ça devient quasi certain. Et il y a un lien avec des événements fort anciens, vieux de deux siècles... Il faut que l'on comprenne de manière urgente quel est ce lien qui unit les trois victimes aux événements de la Révolution qui se sont déroulés ici. La clé est là...

Le commissaire avait envoyé à toute son équipe, la veille au soir, un résumé de ce que lui avait raconté l'historien. Heureusement, il avait pris quelques notes sur une feuille qui traînait alors sur le bureau du chercheur.

Il répartit rapidement les tâches prioritaires au sein de son équipe, n'hésitant pas à leur indiquer de vagues directions de grands gestes réalisés avec ses longs bras. Vannier et Belfond, expérimentés, allaient faire le tour du voisinage et interroger tout témoin éventuel. Pasquet devrait tenter de dénicher les traces numériques éventuelles laissées par ce M. Dost. Mathilde allait rentrer au commissariat et gérer les affaires courantes avec Karim, ce qui sembla lui faire plaisir car elle décocha un petit sourire étrange. Delbarre, quant à lui, se laissait le soin de contacter ses homologues allemands de Fribourg. Il avait fait allemand en LV2... Et avec un peu de chance, son interlocuteur parlerait quelques mots de français...

Delbarre avait déjeuné avec les membres de son équipe présents dans la salle de repos à midi. Tournée de sandwichs et de boissons hyper sucrées pour tout le monde. Cela leur fit tous du bien de partager un de ces rares moments de détente où vous pouviez « décrocher » un peu. Son thon-tomates-œufs englouti et son *Sprite Zero* dégluti, le commissaire se retrancha dans son bureau et décrocha son téléphone. Il composa le 0049 – indicatif du voisin germanique – puis le numéro du *Polizeipräsidium* principal de la métropole du Bade-Wurtemberg.

Un homme finit par décrocher et Delbarre se rendit compte que sa maîtrise de la langue de Goethe n'était plus ce qu'elle était puisqu'il ne comprit pas grand-chose à ce que lui répondit son interlocuteur, qui parlait trop vite pour le commissaire.

Ce dernier passa alors à l'anglais, qu'il maîtrisait tant bien que mal, et réussit, semble-t-il, à faire comprendre qu'il était un gradé de la Police française et qu'il venait de retrouver le cadavre d'un citoyen fribourgeois dans sa bonne petite ville du Mans (qui évoquerait forcément, à ces membres du peuple fondateur des constructeurs Porsche et Audi, les 24 Heures), car on lui passa assez rapidement le *Kommissar*. Pas besoin de traduction ici, c'était l'avantage.

— Allo commissaire ? Que me veut l'honneur de parler à un collègue français ?

— Vous parlez français ? ne put s'empêcher de répondre Delbarre. On avait fait mieux en termes de politesse et d'entrée en matière mais la surprise l'avait emporté.

— Ah ! Ah ! Ah ! L'homme, qui respirait la bonhommie, se mit à rire dans l'écouteur. Je savais que j'allais vous surprendre. Cela marche à chaque fois ! Ma femme, et toute ma belle-famille donc, est française. Elle est née à Strasbourg.

— Ah, je comprends mieux ! Cela va grandement me faciliter la tâche, croyez-moi. Et à vous aussi, car sinon, vous auriez dû essayer de déchiffrer mon anglais qui est aussi moyen que votre français est excellent.

— Vous me flattez commissaire ! Que me vaut donc l'honneur ? On m'a dit que vous officiez au Mans, c'est cela ? La ville du célèbre circuit !

— Tout à fait. Cette référence marche à chaque fois aussi, croyez-moi. Bon, je vous résume la situation chez nous. Nous avons un tueur en série qui sème ses victimes au sein de notre ville. Mise en scène macabre à chaque fois, les deux dernières victimes ont été décapitées *post-mortem*.

— Ah oui, rien que ça...

— Il trace des symboles auprès de ses victimes et tout semble indiquer que, dans son esprit, il châtie des personnes ciblées pour une raison qui nous échappe encore, même si elle semble liée à des faits historiques.

— Liée à des faits historiques ? Drôle d'affaire que vous avez là... Et quel lien avec nous ?

— La troisième victime du tueur a été retrouvée ce matin, décapitée et pendue par le pied à un pont. Cette victime est un citoyen allemand dont la carte d'identité mentionne qu'il est de Fribourg.

— Quelle est son identité ?

— Hans Dost, né en 1963.

— Hans Dost ? Vous êtes sérieux ?

Le ton était monté dans les graves et semblait incrédule.

— Vous le connaissez ?

— Je connais son identité surtout ! Il est porté disparu depuis le début du mois.

— Depuis le début du mois ? Pas plus récemment ?

— Non, son épouse nous a signalé sa disparition le 2 décembre. Il est chauffeur de taxi et il a complètement disparu de la circulation.

— Et vous n'aviez aucune piste ? Aucun élément d'importance vous permettant d'imaginer les circonstances de sa disparition ?

— Pas grand-chose non. Sa dernière course a été demandée *via* un téléphone à carte prépayée qui depuis ne donne aucun signe d'activité, donc intraçable. Chaque véhicule de la compagnie est équipé d'une balise GPS reliée en permanence à la centrale. Le client n'a pas indiqué d'identité et été pris devant la gare principale puis déposé sur la *Türkheimstraße*, après cela on perd la trace du véhicule, la balise GPS ayant certainement été désactivée. On ne pouvait savoir s'il s'agissait d'un enlèvement, d'un meurtre ou d'une disparition volontaire. Même si cette dernière hypothèse nous paraissait peu crédible. Nous étions donc dans l'impasse commissaire. Commissaire ?

— Delbarre, pardon, je ne m'étais même pas présenté.

— Commissaire Hoffmann.

— Je suis désolé de devoir vous apprendre le décès d'un de vos concitoyens par téléphone. L'homme a certainement été enlevé, drogué et décapité une fois décédé.

— Il va falloir que j'annonce son décès à son épouse et ses enfants... Comment voulez-vous que je leur explique que leur mari ou père est mort assassiné en France, par un tueur en série que l'on n'a pas attrapé, et qui agit pour des raisons qui vous – qui nous – sont obscures.

— J'en suis désolé, commissaire Hoffmann.

— Oh ne vous en faites pas. Ce sera pénible mais ça fait partie du travail.

— Je ne vous le fais pas dire. Pour en revenir aux faits, il paraît probable que notre homme soit arrivé en train, si le chauffeur l'a pris devant la gare ?

— En effet. Nous avons visionné les images des caméras de surveillance de cette dernière mais l'homme qui monte dans le taxi apparaît de dos et porte une capuche. Il semble assez grand, silhouette assez sportive.

— C'est notre homme. Vous avez le modèle et la plaque d'immatriculation du taxi ?

— Bien sûr, c'est une Mercedes Classe A noire, belle bête avec 136 chevaux sous le capot.

« Les Allemands et leur obsession pour les bagnoles... », pensa Delbarre.

— Je vous donne l'immatriculation de la voiture.

Delbarre la nota sur un post-it qui se trouvait devant lui.

— Je vous remercie. On va essayer de retrouver le véhicule et nous vous tenons au courant dès qu'on a du nouveau. Bien évidemment, après l'autopsie, le corps sera rapatrié.

— J'imagine. Bon courage commissaire. Et faites-moi plaisir...

— Oui ?

— Attrapez ce « salopard », c'est comme ça que l'on dit en français non ?

— On peut l'exprimer ainsi. Le terme assez trivial avait fait sourire le policier français. Nous allons tout faire pour, certifiez-le à la famille endeuillée. Au revoir, et merci commissaire.

Delbarre mit fin à l'appel et composa un autre numéro, celui de Maurice Ledoux, archéologue et agent de l'Inrap, avec lequel il prit rendez-vous pour jeudi matin. L'homme, que le récit que lui avait fait Delbarre de l'affaire en cours, avait semblé fasciné et avait accepté de le rencontrer le jour du réveillon de Noël.

Il passa un dernier appel et contacta les archives départementales. Leur directeur, Philippe Aubrieux, l'attendait de pied ferme samedi 26 à la première heure.

Une heure plus tard, on frappait énergiquement à la porte du bureau du commissaire. Un peu trop d'ailleurs... Delbarre comprit que ce n'était pas bon signe pour lui quand il vit la porte s'ouvrir alors qu'il n'avait pas encore pris la peine de répondre.

La silhouette de Séverin Belcourt, procureur de la République, apparaissait en contrejour dans l'encadrement de la porte. Son visage était fermé à double-tour. L'homme était furieux.

— Je vais être dans l'obligation de vous retirer l'enquête Delbarre. Et de la confier au commissaire Foubert.

— Foubert ? Celui qui est à deux ans de la retraite et qui devrait penser à investir dans un sonotone ? Vous ne pouvez pas faire ça monsieur le procureur !

— Mesurez vos propos Delbarre ! Je n'ai guère le choix. Nous avons trois morts et un assassin en liberté, vous en avez conscience ?

— Mais bien sûr ! Mon équipe est sur le pont 24 heures sur 24 et nous avons dorénavant une piste sérieuse qui, j'en suis sûr, va nous mener à lui d'ici quelques jours !

— Une piste sérieuse ? C'est-à-dire ?

Delbarre lui fit le récit de tout ce qu'ils avaient appris dernièrement et lui présenta tous les indices concordants.

Leur homme se vengeait et vouait, semble-t-il, une fascination à l'idéologie contre-révolutionnaire.

— Je dois reconnaître que, bien que le mobile semble incroyable de prime abord, les éléments que vous me présentez se tiennent.

L'homme se tut pendant des secondes qui parurent des heures au commissaire. Il semblait hésiter profondément. Et, enfin, il trancha, de manière abrupte, à son habitude.

— Je vous laisse une semaine pour l'attraper Delbarre, pas plus. Et à une condition.

— Laquelle ?

— Que vous m'offriez, sur-le-champ, un café correct.

Delbarre s'appuya contre son dossier et respira profondément, soulagé. Mais ils n'avaient plus le droit à l'erreur. Il avait réussi à grappiller un léger délai, ils n'en auraient pas davantage...

Il rentra chez lui aux alentours de 20 heures. Il avait eu son adjoint au téléphone quelques heures plus tôt et en avait profité pour lui raconter la venue du proc' et lui faire sentir que la pression s'intensifiait dangereusement sur leurs épaules. En échange, Vannier lui avait expliqué qu'ils avaient appris deux-trois petites choses de la part de riverains du pont et qu'il lui expliquerait tout demain matin.

Aurore était allongée sur le canapé, plongée au milieu des *Nymphéas noirs* de Michel Bussi.

— Tu me l'as piqué dans ma bibliothèque celui-là ma puce !

— Je me suis permise oui. Je me suis souvenue que tu m'avais dit que c'était un de tes polars préférés.

— Clairement oui. L'histoire est incroyable et la fin terriblement émouvante. Mais je ne t'en dis pas plus !

— Y'a pas intérêt, répondit-elle dans un sourire. Je nous ai préparé des pâtes carbo' !

— T'es adorable ! Je suis désolé de rentrer si tard mais c'est compliqué au boulot en ce moment.

— Je comprends... Te bile pas. Allez, à table ! Et tu vas me raconter tout ça autour d'un bon verre de cabernet.

Mercredi 23 décembre

8h34

Appartement du commissaire

Ils étaient de nouveau réunis tous les trois. Le petit déjeuner rituel du lundi matin avait été cette semaine-là décalé au mercredi. Rendez-vous avec un historien et découverte inattendue d'un cadavre obligent.

Aurore, toujours en pyjama, mordait avec appétit dans un pain au chocolat, tandis que Mireille se resservait une tasse de thé. Dans deux jours, sa fille irait vivre avec sa mère, avant de franchir à nouveau les Pyrénées. Cela attristait le commissaire qui s'efforçait de ne rien en montrer. Le temps passé en compagnie d'Aurore filait trop vite, celui qui le séparait de la capture de l'assassin pas assez.

Delbarre s'enquit auprès de sa voisine des projets qui étaient les siens pour Noël.

— Olivier, Julie et ma petite Lola font la route depuis Besançon le 24. Nous passons le réveillon et le midi du jour de Noël ensemble. Ils partiront pour Orléans, où vivent les parents de ma belle-fille, dans l'après-midi.

— Cela fait longtemps que vous les avez vus ?

— Depuis fin août... Depuis que François est parti, ce n'est plus pareil... Je crois que revenir ici leur rappelle trop de souvenirs douloureux. Et Lola semble avoir tellement grandi ! Elle est en CP cette année, vous le saviez ?

— Déjà ?

— Eh oui...

— Elle va pouvoir montrer à mamie comme elle commence à lire !

— Si tu savais comme j'ai hâte Aurore...

Des larmes pointaient au bord des yeux de l'enseignante à la retraite. Aurore se leva et alla l'enlacer, dans un geste de tendresse qui émut le commissaire. Une forme de chaleur irradia au fond de son ventre et cela lui fit du bien, surtout que la journée s'annonçait chargée, sans compter celles à venir.

Il allait devoir faire le point, encore un, avec son équipe. Ils dresseraient le bilan de ce que Vannier, Belfond et Pasquet avaient pu dénicher. Ils allaient également devoir creuser différentes pistes : celle de l'aller en train, du retour dans le taxi volé, il attendait également des nouvelles du légiste...

Delbarre attrapa son manteau qui était posé sur le dossier du fauteuil, claqua une bise sur chacune des joues qui entouraient encore la table et partit rejoindre sa troupe composée de drôles de saltimbanques.

Vannier et Belfond firent un rapide compte rendu de leur enquête de voisinage. Ils pouvaient émettre l'hypothèse que le corps n'avait été accroché à l'extrémité du pont qu'après 3 h 15 du matin car une jeune voisine affirmait être rentrée d'une soirée entre amis vers cette heure-là, en suivant le chemin qui longe la rivière, côté opposé au bout du pont encore debout.

— Et elle est catégorique, même de nuit, si un corps avait pendu là, elle l'aurait forcément vu. Surtout que la lune était aux trois quarts pleine cette nuit, j'ai vérifié. On peut supposer que sa mise en scène a forcément provoqué du bruit. Il a dû planter un pieu dans le sol du pont et déployer une chaîne. La plupart des voisins n'ont rien remarqué... sauf un ! Un retraité veuf qui vit dans une des tours de la rue du Bourg-Bas. Il affirme s'être levé vers 4 h 30 pour aller boire un verre d'eau. Il aurait alors entendu comme un « bruit de métal » puis un bruit sourd qui l'ont intrigué. Il s'est alors rendu à une des fenêtres de son appartement qui donne sur la rivière. Mais, comme il nous l'expliquait, il faisait nuit et sa vue n'est plus ce qu'elle était. Il croit avoir discerné une silhouette sombre sur le pont mais ce n'était pas clair. Il a pensé qu'il s'agissait de jeunes qui faisaient les imbéciles en bord de rivière – apparemment, ça arrive souvent. Ce n'est qu'en apprenant de notre bouche ce qui s'est passé qu'il a fait le lien.

— Donc on peut estimer assez précisément l'heure de dépôt du corps, conclut le commissaire. Rien d'autres messieurs ?

— Hélas non Fabien.

— Bon. Jo', de ton côté, t'as trouvé quelque chose d'intéressant ?

— Pas vraiment commissaire. L'homme était marié, père de trois enfants. Chauffeur dans la même compagnie de taxi depuis dix ans. La famille vivait dans une petite maison en banlieue de Fribourg, dernières vacances passées en Bavière... Bref, une vie sans histoire, presque ennuyeuse...

— O.K., c'était prévisible. Le proc' est passé hi...

Le tube planétaire de Coldplay se mit à hurler dans la salle de réunion, ce qui mit mal à l'aise Delbarre qui avait oublié de mettre son portable en mode vibreur, et fit sourire toute l'assistance.

— Pardonnez-moi.

Delbarre saisit le téléphone qui était posé, écran vers lui, sur la table. Il vit tout de suite l'indicatif de début de numéro. Merde, les flics allemands... comprit-il. Ils avaient forcément trouvé quelque chose !

— Allô ?

— Commissaire ? Ici Hoffmann. Je ne vous dérange pas ?

Le commissaire observa tous les visages muets qui le scrutaient et qui attendaient avec impatience les mots qu'il allait prononcer.

— Euh... Non, non, je vous écoute.

— L'épouse de Dost a reçu par colis le téléphone de son mari.

— Pardon ?

— Vous avez bien entendu. Mme Dost a reçu un colis ce matin, expédié de France, qui contenait le téléphone portable de son époux.

— Merde... Quelque chose de particulier dans le téléphone ? Il n'a pas fait ça pour rien.

— Vous avez vu juste. Le dernier SMS reçu par la victime a été émis par le même portable prépayé qui a passé la commande du taxi. Reçu le 3 décembre à 14 h 12. Vous voulez le contenu ?

— Et comment !

— J'ai beau parler à peu près correctement français, je ne comprends pas pourquoi il lui a envoyé un message pareil. Je vous le lis : « Les hommes, les chevaux morts, emplissaient les rues, et on ne marchait que sur des cadavres, les cris des blessés, placés sur des voitures ou dans les maisons, comblaient la mesure de cette scène d'horreur. »

— Il parle de la bataille du Mans...

— Pardon ?

— Non, rien. Écoutez commissaire, merci infiniment de m'avoir prévenu, pourriez-vous me transférer ce SMS en me l'envoyant ? Je vous donne mon numéro.

Et le commissaire s'exécuta. Trente secondes plus tard, un petit son dans le creux de son oreille indiquait qu'il avait reçu le message.

— Je vous remercie. Je vous rappelle, O.K. ?

— Avec plaisir, commissair...

Mais Delbarre avait déjà mis fin à la communication. Tous l'observaient, ahuris, et attendaient de savoir ce que ces bribes de conversation signifiaient.

— Il a envoyé le téléphone de la victime à son épouse, à Fribourg. Un SMS lui a été envoyé début décembre, lui citant un passage qui semble décrire les atrocités de la bataille entre Républicains et Vendéens ici même...

— Il se fout de notre gueule et joue avec nos nerfs ce connard ! explosa Belfond.

— Du calme, Marc. Ça va pas nous faire avancer plus vite. Impossible de localiser le téléphone émetteur, le type pense à tout...

Delbarre eut alors le réflexe de copier-coller le contenu reçu dans la barre de recherche *Google* de son navigateur *Safari*. Le premier lien menait vers un article Wikipédia dont le titre était « Bataille du Mans (1793) ».

— Il n'a pas été la chercher loin sa citation, le salaud... murmura-t-il.

L'article indiquait qu'elle était l'œuvre du fameux Toussaint du Breil de Pontbriand, le chouan dont lui avait parlé Laurent Martin.

Et c'est alors, subitement, que cela lui revint. Le nom qui lui avait évoqué quelque chose lors de leur entrevue. Delbarre ressortit une feuille pliée de la poche intérieure de sa veste, il l'avait noté quelque part... C'est ça... le chercheur lui avait parlé d'un chef des armées vendéennes qui s'appelait La Trémoille.

Il se souvenait maintenant où et quand il avait quasiment lu ce nom... Sur ce banc à Saumur, alors qu'il pianotait déjà sur l'écran de son smartphone pour y effectuer des recherches. Dans le vieux texte rédigé par l'abbé, qui traitait des clercs martyrs de la Révolution.

Il avait enregistré cette page dans ses favoris. Il la rouvrit et la relut. Et il localisa rapidement le nom qui lui était sorti de la mémoire. Quasiment le même. Le texte évoquait la tête du « duc de la Trémouille » qui avait été exposée après sa décapitation. Ce leader insurgé avait donc fini guillotiné. Et leur tueur en liberté pouvait chercher à le venger lui aussi...

Le commissaire mit fin à la réunion et s'isola dans son bureau où il appela le numéro que l'historien lui avait communiqué. Il tomba sur la messagerie vocale :

— Oui, bonjour M. Martin, c'est le commissaire Delbarre. J'ai une question à vous poser : est-ce que le nom d'un La Trémouille, qui aurait fini guillotiné, et écrit dans un livre du XIXe, peut correspondre au La Trémoille dont vous m'avez parlé ? Rappelez-moi dès que possible s'il vous plaît.

Dix minutes plus tard à peine, Laurent Martin le rappelait.

— Commissaire ? Désolé, vous me surprenez à la sortie de la douche.

— Pardonnez-moi.

— Oh, ce n'est rien. J'ai bien écouté votre message. Vous avez vu juste ! C'est le même. Le nom de cette vieille famille de la noblesse française, d'origine poitevine, s'écrit de plusieurs manières différentes : La Trémoille, La Trémoïlle, La Trémouille ou La Trimouille. Et Antoine-Philippe a en effet connu une fin tragique. Après la bataille perdue, il a erré pendant pas mal de jours avant d'être arrêté, au nord de Fougères, le 31 décembre, par une patrouille de la Garde nationale. Il était seigneur de Laval et de Vitré, il faut le savoir. Livré à Fougères, il fut ensuite transféré à Rennes où il fut interrogé par François-Joachim Esnue-Lavallée, un magistrat. La Trémoille, atteint du typhus, devait être transféré à Paris mais le juge prit sur lui de le transférer à Vitré où il fut de nouveau interrogé, interrogatoire qu'il refusa de signer, il faut le noter. Et la sentence tomba. Condamné à mort. Il fut cette fois transféré à Laval. On dit que Jean Chouan aurait tenté de le sauver mais aurait échoué... La Trémoille, prince de Talmont, est guillotiné devant l'entrée principale du château du chef-lieu mayennais le 27 janvier 1794. Sa tête a subi des outrages terribles... Placée sur un chandelier, sur une pique, exposée au-dessus de la porte de la grille du château... Et, enfin, enterrée dans la cour de l'édifice médiéval. Ainsi s'achève la vie, assez incroyable, de cet homme qui s'était soulevé contre la fin de la monarchie et les excès de la République naissante.

— Et si le tueur vengeait ce La Trémoille, ce prince de Talmont ?

— Possible commissaire, même si je me rends compte que je suis en train d'émettre l'hypothèse qu'un homme du XXIe siècle en venge un autre condamné à mort au XVIIIe !

— Vous me disiez que notre victime, Ophélie Marceau, pouvait être une descendante du général Marceau. Au passage, je rencontre le directeur des archives samedi.

— Ah, ce cher Philippe ! Un homme charmant, vous verrez !

— Je n'en doute pas. Imaginez M. Martin... Et si notre tueur était un descendant de ce La Trémoille ? Un descendant qui en tue d'autres en gros ? Ce serait complètement dingue mais au point où on en est...

— Ça me paraît difficile commissaire...

— Pourquoi donc êtes-vous si catégorique ?

— Depuis votre passage lundi, j'ai un peu fouillé l'histoire de La Trémoille, et sa généalogie. Il a eu un fils unique issu de son mariage avec Henriette d'Argouges. Charles-Henri-Léopold. Mais ce dernier n'a eu aucune descendance. Il était pourtant marié lui aussi.

— Vous êtes sûr ?

— Absolument. Il a également eu un neveu par contre, Louis-Charles, mort en 1911. Ça va vous paraître dingue mais son père l'a eu à... 74 ans !

— On était vigoureux au XIXe !

— Il faut croire commissaire, répondit-il, amusé.

— Ce neveu a lui-même eu un fils, prénommé Louis-Charles-Marie, mort en 1921. En plus d'être vigoureux, on avait de l'imagination pour les prénoms dans la famille...

— En effet...

— Enfin, ce Louis-Charles-Marie a eu deux enfants. Une petite Charlotte, décédée en 1971, et un petit Louis-Jean-Marie, mort en 1933 dans un incendie. La lignée directe de la famille La Trémoille s'est éteinte après eux.

— Très bien. Je vous remercie M. Martin.

— Oh, appelez-moi Laurent.

— D'accord. Merci Laurent. Je vous tiens au courant de nos recherches dans les archives.

Revenu au silence de son bureau, le commissaire ressentit le besoin de faire le point face à toutes ces infos. Il reprit ses notes, saisit une feuille et y traça un tableau :

« Victime » en 1794	Possibles « bourreaux » en 1793-1794	
La Trémoille, prince de Talmont, guillotiné à Laval =› Enfant unique qui meurt sans héritier, lignée éteinte au XXe siècle	Marceau Westermann Carpantier Kléber Muller De Tilly Delaage	Généraux de la Révolution
	Esnue-Lavallée ? Magistrat	

Une sonnerie émise par son téléphone le sortit de ses réflexions. Il venait de recevoir un mail de Baron-Mercier, le légiste. « Pas trop tôt mon cher... », se dit le commissaire. Le contenu était concis et allait à l'essentiel, qualité appréciée du policier :

> « Salut commissaire. Jamais deux sans trois hein ? Je vous joins mon rapport. Mais pour résumer : RAS de nouveau, à une grosse exception près.
>
> Cause du décès : absorption massive de Thiopental ; traces de liens aux poignets, d'un bâillon, sans compter

les plaies plus importantes au niveau de la cheville droite; décapitation réalisée à l'aide d'une arme similaire.

Différence majeure : l'état de l'épiderme, des chairs et des organes internes, compte tenu de l'ancienneté du décès (début décembre), et les analyses complémentaires effectuées sur des échantillons de peau, confirment que le corps a été conservé à une température très faible, sans doute inférieure à -10 degrés, pendant un moment. En gros, conservé dans un congélateur ou une chambre froide !

Des bises et à bientôt, à la maison hein ? T'oublie pas ?

Jean B-M »

« Rien de bien nouveau sous le soleil », se dit le commissaire, après avoir parcouru le mail. Si ce n'est cette histoire de corps congelé. La distance qui le séparait de sa victime l'avait certainement poussé à l'enlever en premier. Et, curieusement, il avait décidé de faire apparaître son corps en troisième, ce qui l'avait donc obligé à le conserver pendant plusieurs semaines. Pourquoi ne pas l'avoir exposé en premier ? Cette question intriguait le commissaire et ne trouvait, pour l'instant, pas de réponse tangible.

Au milieu de l'après-midi, alors que Delbarre faisait le tour des bureaux du premier étage, passant d'une île à une autre sans décalage horaire aucun, Jonathan Pasquet l'interpella.

— Commissaire ! J'ai quelque chose concernant le voyage aller en train !

— Des images de vidéosurveillance d'une gare ?

— Non, mais j'ai contacté le service client de la gare SNCF du Mans et ils ont identifié le billet de train acheté par l'assassin !

— Il l'a acheté sur internet ?

— Non, au guichet et il a réglé en cash. Toujours aussi sensé... Il a acheté le billet le mardi 1er décembre. Un double trajet en fait. Le Mans-Strasbourg en TGV puis Strasbourg-Fribourg en train régional. Il devait arriver à Fribourg à 16h42.

— T'as essayé de visionner les images des gares ?

— J'ai demandé à celle du Mans et ils m'envoient les images correspondant au quai de départ au matin du 2. Je vois avec celle de Strasbourg-Ville juste après. Pour celle de Fribourg, ils ont déjà planché dessus je crois ?

— Oui, et notre homme porte une capuche et semble tout faire pour entrer le moins possible dans le champ de vision de la vidéosurveillance. Il y a fort à parier que ce soit la même chose dans nos gares françaises. Mais bon, on se rencarde quand même.

— Fab' !

Vannier venait de débouler, aussi excité qu'un môme à son lever le 25 décembre, à l'entrée du bureau.

— Toi, t'as quelque chose !

— Ouais, tu me rejoins dans mon bureau ?

— J'arrive.

Le commissaire remonta les marches vers leur étage et s'installa dans le fauteuil qui faisait face à celui de son lieutenant. Ce dernier lui expliqua alors qu'il avait transmis le numéro de plaque du taxi volé au Centre National de Traitement des infractions routières, basé à Rennes. Et ça avait matché ! Le véhicule a été flashé le 2 décembre à 20h34 sur l'autoroute A4, dans le sens Strasbourg-Paris, par un radar fixe basé sur la commune au nom imprononçable de Souffle... non, Sou-ffel-we-yer-sheim, au nord de Strasbourg. Éric avait prononcé le nom du bled syllabe par syllabe, la prononciation des noms alsaciens ne semblant pas être une de ses spécialités.

— Pris à 112 km/h au lieu de 90. Flashé par l'arrière, on n'a donc que la plaque. Et l'avis de contravention n'a pas été envoyé puisque le véhicule est immatriculé à l'étranger.

Des éclats de rire leur parvenaient de l'étage inférieur. Sans doute Lecomte et Saïdi, qui étaient encore fourrés ensemble dans le bureau de la jeune brigadière.

— Belle trouvaille Éric, mais qui malheureusement ne nous avance pas plus. La journée de samedi s'avérera, je le pense, décisive...

La soirée avec sa fille était la dernière qu'ils passaient en tête-à-tête avant qu'Aurore ne reparte. Elle avait insisté pour qu'ils se mettent un film, Delbarre n'avait pu refuser. Surtout qu'elle avait imposé un de leurs films préférés à tous les deux, qu'ils avaient découvert au ciné presque trois ans plus tôt : *Django Unchained*, le septième petit chef-d'œuvre de Tarantino, si on considérait que les deux volumes de *Kill Bill* n'en formait qu'un.

Jamie Foxx, Christoph Waltz et Leonardo DiCaprio faisaient voltiger des litres et des litres d'hémoglobine, dans ce que seraient les États confédérés d'Amérique lors de la guerre de Sécession, sudistes et esclavagistes.

Fabien et Aurore, affalés dans le canapé d'angle du commissaire, s'en étaient donné à cœur joie pour anticiper leurs répliques favorites. « J'ai compté six coups négro ». « J'ai compté deux flingues négro ». Avant d'émettre des rires sonores et de se jurer qu'ils se feraient *Inglourious Basterds* dès qu'ils pourraient. Et encore plus avant que chacun ne rejoigne sa chambre et un sommeil des plus profonds.

Jeudi 24 décembre

9h58

Avenue Pierre-Mendès-France

Le commissaire approchait de la place des Jacobins, où Maurice Ledoux, archéologue de l'Inrap, lui avait donné rendez-vous pour 10 heures. « Drôle d'idée pour un jour de réveillon de Noël », pensait-il. Des liens commençaient à se faire à l'intérieur de la centaine de milliers de milliards de neurones que comptait son cerveau d'adulte.

La Trémoille avait combattu contre le général Marceau à la bataille du Mans et des corps de Vendéens massacrés avaient été enterrés sous l'actuelle place des Jacobins. Et, 222 ans plus tard, jour pour jour, on retrouvait le corps d'Ophélie Marceau, assassinée, sur cette même place. La Trémoille avait été jugé et condamné à mort par Esnue-Lavallée, magistrat, et on dissimulait le corps de la deuxième victime retrouvée dans un tribunal... Ce ne pouvait être un hasard. Stéphane Bourdeau était-il un descendant de cet Esnue-Lavallée ? Ils allaient vite devoir le savoir...

Maurice Ledoux patientait, assis sur les marches qui bordaient la voie de tram. Il portait de vieilles baskets sales, un jean qui paraissait vieilli, et un pull marron légèrement passé de mode. Des lunettes rondes surplombaient une moustache grisonnante assez broussailleuse et encadraient un sourire chaleureux.

Le commissaire ne put s'empêcher de l'imaginer ici, creusant la terre, armé d'une truelle et d'un pinceau, les genoux pleins de terre, en écoutant du Brassens ou du Ferrat.

— Commissaire Delbarre je présume ?

L'archéologue l'avait vu s'approcher et se levait. Les deux hommes se serrèrent chaleureusement la main.

— Merci d'avoir accepté de me rencontrer une veille de Noël M. Ledoux.

— Oh ce n'est rien. Si je peux aider dans une enquête criminelle. Et puis j'adore faire partager les découvertes de mon équipe.

Lui aussi avait l'habitude de diriger ses troupes. Ce rendez-vous avait l'allure d'une entrevue entre chefs alors...

— Et puis, pour être tout à fait honnête, cela fiche un peu la paix à ma femme qui va pouvoir préparer le réveillon de ce soir sans m'avoir dans les pattes.

Delbarre sourit de bon cœur. L'homme lui inspirait sympathie et confiance.

— Alors dites-moi commissaire, vous souhaitez en savoir plus sur les corps datant de l'époque révolutionnaire retrouvés dans la ville, c'est ça ?

— Exactement. Laurent Martin m'a donné votre nom.

— Ah, sacré Laurent. Un homme d'une érudition incroyable !

— J'ai cru voir cela. Cela fait longtemps que vous êtes archéologue ?

— Oh là commissaire ! Je creuse, fouille, retourne, fouine et furète dans le sol et le passé depuis trente-cinq ans ! Et j'ai intégré l'Inrap à sa création, en 2001. Auparavant, je faisais partie de son ancêtre, l'Association pour les fouilles archéologiques nationales, ou Afan.

— Quelle est votre mission exactement ?

— Fouiller le sol à la recherche de traces du passé, quelles qu'elles soient. Ossements, résidus divers, objets, fondations ou vestiges de bâtiments ou structures... Soit dans le cadre de fouilles programmées ou de sauvetage. Le principe d'une opération d'archéologie préventive est assez simple. Nous établissons d'abord un diagnostic, c'est-à-dire que nous creusons

10 % de la surface d'un projet d'aménagement, un parking souterrain ou un espace culturel tout neuf comme ici par exemple, afin d'évaluer le potentiel archéologique. C'est une fouille grossière, souvent réalisée à la pelle mécanique, afin de voir si nous avons quelque chose à espérer trouver là-dessous. Un rapport est alors réalisé et envoyé au service régional de l'Archéologie. S'il est estimé que des fouilles sont légitimes et nécessaires, nous commençons les fouilles à proprement parler, souvent concentrées sur la partie qui recèle le plus de vestiges. Enfin, arrive le moment de ce que l'on appelle la postfouille. Elle vise à exploiter et interpréter les données. C'est là que nous pouvons le plus être amenés à collaborer avec les chercheurs et historiens. Un rapport final d'opération est alors rédigé, qui peut ensuite servir de base à une publication scientifique ou des recherches historiques. Notre mission ne se résume donc pas au seul fait de creuser et chercher. Nous avons aussi pour travail l'exploitation scientifique des données et la diffusion des résultats. Nous concourrons ainsi à l'enseignement, à la diffusion culturelle et la valorisation de l'archéologie !

— Quel métier passionnant, vraiment. Mais nous faisons presque le même en fait. Moi je cherche des indices dans le temps présent, pour coincer les méchants, et vous vous cherchez des indices du temps passé, pour coincer... Eh bien... disons la vérité historique ?

— On peut dire ça commissaire. Nous sommes deux enquêteurs !

— Tout à fait. Les Holmes et Poirot locaux.

— Si seulement... Bon, venons-en aux faits. Dites-moi ce que vous voulez précisément savoir ?

— Parlez-moi des charniers où l'on a retrouvé des corps de Vendéens, massacrés lors de la bataille du Mans.

— Ah... Les corps de 1793... C'est moi qui ai supervisé les fouilles débutées en 2009-2010. Nos investigations viennent juste de se terminer. Elles étaient d'abord menées en amont de la construction de l'espace culturel, abritant aujourd'hui le cinéma Pathé et le théâtre. Nous avons découvert en tout dix charniers, contenant les ossements de 159 squelettes. Ce sont les Manceaux eux-mêmes qui les ont enterrés, notamment à cause du risque d'épidémie. Les armées et la municipalité de l'époque avaient fichu le camp, leur laissant le sale boulot. Tous ces ossements ont bien sûr été analysés, et officiellement datés, par l'Inrap, notamment rue Hippolyte-Foucault, ici au Mans, où se trouve notre antenne.

— Tous les corps ont été enterrés ici ?

— Oh non. D'autres fosses existent ailleurs, près de l'hôtel-Dieu ou à Pontlieue. Nous n'avons retrouvé ici qu'à peine un dixième des sans doute 2000 victimes inhumées dans la ville même. Les ossements sont ceux d'hommes pour la plupart, mais aussi d'enfants. Ils attestent de coups portés par armes blanches, lors des combats et des tueries. Des crânes présentaient aussi des orifices réalisés certainement par des projectiles d'armes à feu. Une des fosses contenait des corps habillés et enterrés avec soin. Dans une deuxième, les cadavres, dépouillés, gisaient pêle-mêle et recouverts de chaux vive. Si les restes sont bien ceux de Vendéens, il est impossible de les identifier officiellement comme tels, les rares témoignages contemporains rapportant que tous les morts, dont des républicains, ont été ensevelis dans l'urgence.

— Vous m'étonnez, la ville venait d'être le décor d'une bataille terrible ayant fait des milliers de victimes... Les survivants devaient être exsangues et l'ambiance quasi apocalyptique...

— Sans doute oui. Le nombre total de victimes lors de la bataille est très discuté. Certains parlent de 3000 morts, d'autres vont jusqu'à 10000 ou 15000... Vous savez que le rassemblement et la possible ré-inhumation de ces ossements est un sujet de vif débat aujourd'hui ?

— Ah oui ?

— Des associations, comme le Souvenir vendéen, ont proposé des lieux de sépulture comme l'abbaye de Saint-Florent-le-Vieil, ou près de l'église du Sacré-Cœur, symbole révolutionnaire, à Cholet. Mais aussi le mémorial des Lucs-sur-Boulogne, en Vendée, ou même le Carré Plantagenêt, ici même au Mans. Ils sont pour l'instant conservés dans nos locaux de l'Inrap à Carquefou. Et c'est l'État qui tranchera. Il semblerait quand même qu'un consensus soit en train d'être trouvé et les restes pourraient être déposés dans un mémorial au Mans. L'idée est de promouvoir la vérité historique et de rappeler un esprit de réconciliation. Comme le dit si bien Jean-Clément Martin, un homonyme de Laurent et qui est sans doute le plus important des historiens spécialistes de la Révolution, « Est-ce un tournant majeur dans la guerre de mémoire qui perdure en France à propos de l'épisode révolutionnaire et de la guerre de Vendée ? On ne peut que le souhaiter... ».

Leurs pas les avaient fait traverser la place puis l'esplanade qui séparait le cinéma du théâtre, où ils s'étaient assis sur un banc de pierre. Des ados surexcités, tout juste sortis du cinéma, les entouraient.

— Quelle est votre hypothèse en ce qui concerne ces meurtres commissaire ?

— Les indices, nombreux, nous amènent de plus en plus à penser qu'un homme venge une des victimes vendéennes, La Trémoille, en assassinant de possibles descendants de ses bourreaux, qui étaient des magistrats ou des militaires.

— Incroyable... Ces filiations sont certaines ?

— Non, pas pour l'instant. J'en saurai plus dès lundi.

— Je ne vais dans ce cas pas vous retenir plus longtemps commissaire, Noël nous attend tous je crois.

— Merci infiniment. Vos explications, en plus d'avoir été passionnantes, ne pourront qu'éclairer notre enquête, et, je l'espère, la psychologie tourmentée de notre assassin. À bientôt, M. Ledoux.

— Au revoir commissaire.

Le commissaire abandonna l'archéologue, assis sur son banc, à l'emplacement de ses fouilles, dorénavant terminées. Il consulta sa montre. 12h07. Ils seraient chez Sandro avant la fin d'après-midi.

Sandro était le meilleur ami du commissaire. Ils s'étaient connus alors qu'ils mouillaient encore leurs slips sur les bancs de la maternelle. Et ne s'étaient plus jamais quittés. Ils avaient fréquenté les mêmes établissements scolaires de La Rochelle jusqu'au lycée Jean-Dautet. Puis chacun avait bifurqué en suivant son propre chemin. Delbarre avait embrassé la carrière policière à Tours puis au Mans. Sandro, lui, était devenu instit' et enseignait l'écriture, la lecture ou le calcul à de petits Angevins. En 2008, deux ans avant que Fabien et Anna ne divorcent, Sandro avait épousé Sandra, ça ne s'inventait pas ! Les parents de Sandro étaient d'origine sicilienne, ceux de Sandra berrichons ! Pouvait-on rêver d'une union plus cosmopolite ? Trois ans après, Raphaël et Gabriel, leurs jumeaux, étaient venus au monde. Et ce soir, Aurore et Delbarre retrouveraient cette jolie famille pleine d'enthousiasme, chez eux, en plein cœur de la « douceur angevine ».

L'Auris du commissaire avait roulé pendant une heure quinze et réussi à trouver *in extremis* une place rue de la Chalouère. Une fois son véhicule garé à vingt centimètres de deux pare-chocs qui la maintiendraient prisonnière jusqu'au lendemain, le père et sa fille frappèrent à la porte de la maison de ville que le couple avait complètement retapée.

Sandro, semble-t-il en pleine expérimentation de pilosité faciale, leur ouvrit et, comme à son habitude, les noya de nombreuses effusions de tendresse.

— C'est quoi cette barbe mon pote ?

— Eh, eh, nouvelle année qui approche, nouveau style ! Bon, en vrai, c'est Sandra qui a insisté pour que j'essaie... Elle veut que je ressemble à Hugh Jackman, ce qu'il ne faut pas entendre... Ça pique un peu au début mais on s'y fait ! Tu devrais essayer !

— Euh... non merci. Après une semaine sans me raser j'en peux déjà plus, alors là...

La belle Sandra, et ses longs cheveux châtains bouclés, apparut derrière son homme et vint, à son tour, les prendre dans ses bras.

— Alors comme ça, il paraît que tu tortures mon meilleur ami ? Ça va pas ça...

— Il faut bien que je lui rappelle de temps en temps qui commande ici, dit-elle, alors qu'elle tentait de maîtriser le large sourire moqueur qui irradiait sur son visage.

— Déjà dix ans que tu le domptes ! Et les deux petites tornades, elles sont où ?

Il les entendit alors dévaler l'escalier. Les deux jeunes garçons alliaient l'élégance de leur mère et le charme de leur père. Ils feraient des ravages dans quelques années... Delbarre les embrassa chaleureusement et leur offrit deux paquets de chocolats qu'il cachait dans son dos. Gabriel était le filleul du commissaire.

Le réveillon fut une totale réussite. Delbarre ne s'était pas senti aussi heureux et léger depuis un moment. L'affaire du « tueur aux symboles » semblait artificiellement bien loin. Le champagne et le vin coulèrent abondamment. Le foie gras, les fruits de mer et le traditionnel chapon aux marrons nappèrent avec délicatesse leurs estomacs. Quant à la bûche chocolat-caramel au beurre salé, elle ne fit que couronner un dîner des plus royaux.

Peu après minuit, tous ouvrirent les paquets qui les attendaient miraculeusement au pied du sapin artificiel. Les jumeaux étaient aux anges. Raphaël soulevait triomphalement un camion de pompier *Playmobil*, tandis que Gabriel semblait déjà inventer une histoire de monde à sauver pour ses figurines des *Avengers*. Sandro lui avait offert un coffret de grands crus, tandis qu'Aurore était ravie de recevoir des mains de Sandra un flacon de *La Vie est Belle* de chez Lancôme, son parfum préféré.

Fabien avait déniché, pour sa fille, une magnifique tunique de chez H&M et deux places pour le spectacle de Jeff Panacloc au Zénith de Nantes en avril prochain, présents qu'elle sembla adorer, à en juger par les grosses bises dont elle gratifia ses deux joues échauffées par les nombreux verres engloutis.

Les petits allèrent se coucher et la soirée se termina aux alentours de 3 heures du matin autour d'un Baileys maison. L'alcool avait envahi le flot sanguin du commissaire qui alla se coucher dans la chambre d'ami alors que le sol était plus meuble et mouvant que d'habitude...

Vendredi 25 décembre

3h30

Quelque part en Sarthe

Ils devaient certainement tous fêter le réveillon ce soir. En famille, entre amis... Entourés d'une quantité de nourriture indécente et de présents qu'ils s'offraient hypocritement parce que les conventions les y obligeaient... Lui l'avait passé seul, comme il passait sa vie d'ailleurs. Ainsi, on n'était pas trahi.

Ils avaient trouvé le troisième corps et sa petite mise en scène, digne des polars les plus tordus. Ils n'étaient pas prêts de retrouver la Mercedes, qui gisait au fond de l'eau de la Sarthe à une dizaine de kilomètres au sud de l'agglomération mancelle. Certainement déjà à moitié recouverte de vase et servant de logis de métal aux truites de passage.

Ils finiraient bien par remonter jusqu'à lui, tôt ou tard. Il était prêt, il les attendait. Qu'ils débarquent, son plan était rôdé et tout était réglé au millimètre. Le final serait grandiose.

Vendredi 25 décembre

9h27

Gare SNCF d'Angers-Saint-Laud

« *Le TGV INOUI numéro 8864, au départ d'Angers-Saint-Laud, et à destination de Poitiers, va partir. Attention à la fermeture automatique des portes, attention au départ.* » La célèbre voix féminine que tous les Français connaissaient annonçait le départ imminent du train qui allait éloigner sa fille de lui pour encore quelques mois. Elle quittait l'Anjou pour le Poitou, où elle allait retrouver sa mère et passer le jour de Noël en sa compagnie. Le poids de son absence se faisait déjà ressentir et se mêlait à un mal de crâne dû aux légers excès éthyliques de la veille, qu'un cachet d'aspirine pris avec son café n'avait pas encore su dissiper.

Aurore partie vers de nouvelles aventures, le commissaire prit la route de sa ville natale où ses parents, ses sœurs et son frère l'attendaient pour déjeuner. Pas loin de cent quatre-vingt-dix kilomètres séparaient Angers de La Rochelle, aussi le commissaire arriva sur place peu avant midi et demi.

Ses parents, retraités, du bâtiment pour son père et du monde hospitalier pour sa mère, avaient la chance de couler des jours paisibles dans un appartement qui donnait sur le Vieux-Port de l'ancienne cité protestante. La tour Saint-Nicolas et la tour de la Chaîne dressaient toujours à l'entrée du port leurs imposantes hauteurs de pierre, tels des témoins silencieux des sièges qu'avait subis la ville lors des conflits religieux aux XVIe et XVIIe siècles. Le commissaire pouvait les observer depuis sa chaise autour de la table de la salle à manger, où toute la famille avait pris place.

Jean-Louis et Marie, ses parents, occupaient chacun une des extrémités de la tablée, Morgan, son jeune frère, était assis à sa droite, tandis que Manon et Pauline, ses sœurs, elles aussi plus jeunes que lui, lui faisaient face. Marlon, son beau-frère, occupait la place à sa gauche, alors que Maël, son neveu et deuxième filleul, âgé de 2 ans, était assis à côté de Manon, sa maman.

Les discussions permirent de faire un *check-up* complet de la situation de chacun, comme lors de chaque réunion de famille. Maël, toujours aussi adorable aux yeux de son parrain, grandissait et épuisait ses parents de ses petites bêtises répétées. Manon enseignait dans une petite école élémentaire de Vendée, tandis que Marlon pâtissait à La Roche-sur-Yon, là où la petite famille s'était installée. Les CM de sa sœur « n'avaient pas changé » d'après les dires de cette dernière, et le patron de son beau-frère était « toujours aussi con ». Morgan mettait à profit son BTS « Systèmes constructifs bois et habitat », acquis dix ans auparavant, dans une entreprise de charpente réputée à Nantes, alors que Pauline entrait dans sa septième année d'études vétérinaires.

Une fois le gargantuesque repas partagé, toute la famille alla se balader le long des fortifications. Ils passèrent sous la tour de la Grosse-Horloge, franchirent celle des Deux-Moulins, avant de longer l'enceinte Ferry qui datait du XVIIIe siècle.

Le commissaire était sincèrement attaché à ses proches, qu'il ne voyait pourtant qu'épisodiquement. Sa mère ne put s'empêcher de venir à sa hauteur lors de la promenade familiale pour s'enquérir de son état de forme. « Cette enquête ne te perturbe pas trop ? », « Tu dors bien ? », « Tu manges suffisamment ? », « Tu reviens nous voir en février avec Aurore hein ? », « Elle doit passer avec sa mère peu avant la Saint-Sylvestre. »

Une fois l'interrogatoire maternel, ô combien légitime puisqu'il faisait subir le même à sa propre fille quand elle rentrait, terminé, ils rentrèrent au domicile familial, y partagèrent une partie de rami puis une collation légère.

Fabien prit congé de son premier cercle familial peu après 20 heures, il devait rentrer et se reposer. Il posa deux bises chaleureuses sur chacune des joues qui se présentaient à lui et serra fort Maël dans ses bras, ce dernier ne lâchant pas le petit xylophone de bois et de métal qu'il lui avait offert quelques heures plus tôt. Les parents seraient ravis des douces mélodies dont il allait leur rebattre les tympans dans les jours à venir...

Il avala de nouveau de nombreux kilomètres, tentant de maîtriser la fatigue qui commençait à le submerger. Une plongée dans des temps anciens l'attendait le lendemain, qui confirmerait ou infirmerait ce qu'il redoutait.

Samedi 26 décembre

8h56

Archives départementales de la Sarthe,
rue Christian-Pineau

Delbarre n'avait pas suffisamment dormi pour pouvoir réellement récupérer. Mais la fatigue était secondaire. Il était impressionné par la taille du bâtiment des archives qui s'étendait devant lui. Il ne savait pas pourquoi mais il s'était attendu à découvrir un bâtiment vieux d'au moins un siècle, tendance figé dans le temps et fort poussiéreux. Il ne s'attendait pas à ce que l'on conserve de précieux parchemins, manuscrits, feuillets ou même journaux dans un bâtiment aussi moderne.

Deux mastodontes de pierre et de bois, de couleur exotique, encadraient un hall vitré auquel une sorte de « pont-levis » moderne de béton donnait accès. Il s'avança vers cette forteresse du XXe siècle, regorgeant d'histoires nombreuses et de secrets enfouis, et passa les portes vitrées automatiques qui marquaient l'entrée dans cette antre à nulle autre pareille.

Il s'annonça auprès de l'hôtesse d'accueil qui appela le directeur. Philippe Aubrieux descendit les escaliers débouchant dans le hall. Il était vêtu d'un costume gris anthracite, ainsi que d'une chemise et d'une cravate dans des tons plus clairs.

— Bienvenu commissaire, je suis ravi de vous recevoir ici.

— Plaisir partagé. Je ne vous cache pas que c'est bien la première fois que je mets les pieds dans des archives.

— Raison de plus pour que, avant que vous ne m'expliquiez précisément ce que vous cherchez, vous acceptiez que je vous fasse la visite ?

— Bien volontiers.

— Savez-vous précisément à quoi servent des archives, commissaire Delbarre ?

— À conserver des documents anciens ? De l'état civil, des titres de presse, des documents administratifs divers... Ce genre de papiers je suppose ?

— Entre autres oui. Vous savez ce que dit la loi ? Que les archives sont « l'ensemble des documents, quels que soient leur date, leur forme ou leur support matériel, produits ou reçus par toute personne physique ou morale, et par tout service ou organisme public ou privé, dans l'exercice de leur activité ».

— Dans le genre obscur...

— Je vous l'accorde. Pour le dire de manière moins pompeuse, nous conservons ici les archives des organismes départementaux et de l'État sur le territoire de la Sarthe, celles des institutions laïques et religieuses du département, les registres d'état civil, des notaires, les archives de plus de cent ans des villages, celles des hôpitaux, et même des archives privées comme celles d'entreprises ou de familles.

— Ah oui, rien que ça...

— Et laissez-vous donner quelques chiffres pour que vous vous rendiez compte de la masse gigantesque de trésors que renferment ces murs, entre lesquels nous sommes depuis 2002. Je vous laisse deviner. D'après vous, combien de kilomètres linéaires de documents dans ces locaux ?

— De kilomètres ??

— Eeeeh oui commissaire.

L'homme semblait fier des documents sur lesquels il veillait comme un père l'est d'un fils brillant. Et il souhaitait vouloir jouer au « Juste prix ».

— Je ne sais pas... Trois ou quatre ?

— Cinquante-trois commissaire ! Qui contiennent environ 23 000 pièces iconographiques, 12 000 ouvrages et 1 420 titres de périodiques. Sans compter les 108 161 microfilms, et toutes les archives numérisées au XXIe siècle !

— Ces chiffres sont littéralement impressionnants !

Le directeur Aubrieux lui fit traverser de nombreuses salles peuplées d'ordinateurs, de tables, de lampes, de loupes grossissantes, de rangées d'étagères et de pupitres. Les salles de consultation, quasi désertes, où régnait encore un silence monacal, digne d'un *scriptorium* médiéval.

Puis ils pénétrèrent dans le Saint des Saints. Les salles où étaient entreposées les archives, qui patientaient ici dans l'attente de revenir à la lumière et de pouvoir livrer leurs histoires tombées dans l'oubli. Ici, la température et le taux d'humidité étaient contrôlés de près, lui expliquait le directeur. Il fallait protéger des documents souvent vieux de plusieurs siècles, voire remontant à l'époque médiévale.

Les premières salles étaient dédiées aux documents administratifs, la dernière aux archives de l'Église. Il lui raconta alors que celles des services hospitaliers, l'état civil et les archives de presse et privées étaient dans l'autre aile. Les rangées d'étagères et de casiers s'étendaient à perte de vue, selon un système de classement qui semblait extrêmement rigoureux et complexe.

— Comment faites-vous pour retrouver un document précis dans un tel amas de papier ?

— Chaque document est référencé dans une base de données informatique qui nous fournit en général l'emplacement exact du document. Et puis, vous savez, cela fait plus de vingt ans que je dirige cette institution, alors, avec le temps, on finit par savoir où se trouve chaque type de document. Ou presque, je vous l'avoue.

— Je crois que c'est à l'état civil que nous allons avoir à travailler.

— Ah ! Dans ce cas, suivez-moi, nous changeons de côté.

Ils franchirent une passerelle de verre qui surplombait le hall d'entrée et arrivèrent dans la salle qui les intéressait.

— Vous savez, les archives d'état civil sont parmi les plus consultées, notamment par les généalogistes en herbe. La plupart sont donc numérisées. Même si nous conservons les exemplaires originaux. Naissances, baptêmes, mariages, adoptions, décès... Que cherchez-vous commissaire ?

Delbarre résuma de nouveau la progression de leur enquête et expliqua que les recherches qu'ils allaient effectuer ce jour pourraient confirmer que la piste qu'ils suivent dorénavant est indubitablement la bonne. Le commissaire le sentait, le savait presque. La certitude inconsciente, qui s'était fait jour en lui, devait devenir pleinement consciente.

— Vous voulez donc savoir si Ophélie Marceau est une descendante directe de François Séverin Marceau, général de la Révolution ?

— Tout à fait.

— Bien... Voilà un défi des plus passionnants commissaire... Vous avez la journée ? Car je crois que nous en aurons besoin !

Le directeur lui expliqua qu'ils auraient besoin de consulter les archives d'autres départements, mais que, par chance, les archives numérisées étaient consultables dans toute la France grâce au système *FranceArchives*, qui, grâce à la magie d'internet, vous redirigeait vers les différents sites de toutes les archives départementales du pays et leurs fonds numérisés.

Les deux hommes s'installèrent confortablement derrière l'écran d'un des ordinateurs de la salle de consultation.

— Il va nous falloir partir du général et recréer son arbre généalogique en isolant ses descendants, en priorité ceux qui portent le nom de Marceau car il s'agissait toujours du nom actuel de votre victime. Effectuer ce genre de recherche n'est pas simple. Il n'existe pas de base de données nominale au sein de laquelle chercher. Je ne peux pas taper « Marceau » puis « Sarthe » et attendre que les résultats s'affichent par exemple. L'état civil est répertorié par commune. Par chance, depuis 1792, il existe ce que l'on appelle des tables décennales, c'est-à-dire des listes quasi alphabétiques, établies tous les dix ans, et qui recensent les individus nés, mariés et décédés sur la période, ce qui simplifie les choses. Pour identifier la descendance d'un personnage célèbre, pas besoin de se compliquer la tâche, une simple recherche sur internet suffit.

Ils découvrirent alors que François Séverin Marceau, né en 1769 et décédé en 1796, n'avait pas eu d'enfant.

— Pas étonnant pour un militaire haut gradé... Ils délaissaient souvent toute vie familiale pour se consacrer entièrement à l'appel des armes.

— Ça commence mal alors...

— Ne soyez pas défaitiste ! Il doit bien avoir des neveux et nièces !

En effet, il en avait un. Son frère, Nicolas Séverin Marceau, avait eu un fils prénommé Auguste, né en 1806 et mort en 1851.

Et puis, à partir de là, les heures avaient défilé à une vitesse stupéfiante. Le commissaire s'était pris au jeu et prenait un malin plaisir à reconstituer ce puzzle, résolvant énigme sur énigme, à la recherche de la sortie d'un labyrinthe généalogique rempli de fausses pistes et de cul-de-sac.

Par-ci, un enfant illégitime, par-là, un descendant qui change de nom sans prévenir. Ou bien une branche qui s'éteint sans héritier. Il fallait alors faire demi-tour, remonter le temps et chercher une autre branche sur laquelle auraient pu bourgeonner de potentiels descendants.

Ils atteignirent le début du XXe siècle peu après 14 heures. On leur avait livré des sandwiches achetés à la supérette du coin pour le déjeuner, qu'ils avaient mangé sans rechigner, trop absorbés qu'ils étaient par leur chasse au trésor numérique.

Les documents d'état civil avaient défilé sans fin. Vieux papiers parfois jaunis, rédigés à la plume d'une écriture penchée et exiguë que le commissaire avait souvent du mal à déchiffrer.

« *L'an mil huit cent quatre vingt six et le vingt huit octobre à deux heures du soir, devant nous, Albert Faussart, Adjoint au maire et délégué pour remplir les fonctions d'Officier de l'État civil de la commune de La Ferté-Bernard, département de la Sarthe, a comparu M. Jean Marceau, âgé de trente deux ans, domicilié à La Ferté-Bernard, lequel nous a déclaré qu'aujourd'hui vingt huit octobre à quatre heures du matin Mme Thérèse Marceau, née Beaupied, âgée de vingt neuf ans, est accouchée dans son domicile de la ville de la Ferté Bernard d'un enfant du sexe masculin, qui nous est présenté et auquel il a été donné le prénom de Gaston.*

Ces déclarations et présentations ont été faites... »

Ce genre d'acte fascinait Delbarre qui avait l'impression de partager l'intimité de familles qui avaient pourtant vécu plus de cent ans avant lui. De partager leurs émotions, d'imaginer la voix du papa dictant ces informations à l'adjoint au maire dans le petit bureau d'une mairie rurale. Sans doute avant de retourner aux champs. Et il ne pouvait s'empêcher de vouloir savoir ce que chacun devenait, ce qui était difficile, et, de toute façon, ils n'avaient pas le temps pour cela.

Mais ce Gaston, qui devait avoir 28 ans en 1914, avait-il survécu à la Grande Guerre ? Avait-il pu aimer, fonder une famille ? Ou s'était-il effondré dans le *no man's land*, balayé par une mitrailleuse allemande ?

Le directeur le ramena subitement au temps présent et l'arracha à ses pensées spéculatives.

— On approche commissaire, enfin je l'espère...

Cinq heures plus tard, la récompense tombait. Il pouvait presque toucher du doigt le Graal. Le nom d'Ophélie Marceau, née le 12 juin 1988 à la maternité du Mans, venait d'apparaître à l'écran. Ils tenaient leur lien. Et leur confirmation. Ce taré vengeait un type mort deux siècles plus tôt, et pour cela, assassinait les descendants de ses bourreaux.

Delbarre, pensif, tiraillé entre sidération et soulagement, observait d'un regard éteint l'arbre généalogique simplifié qu'il avait progressivement tracé devant lui :

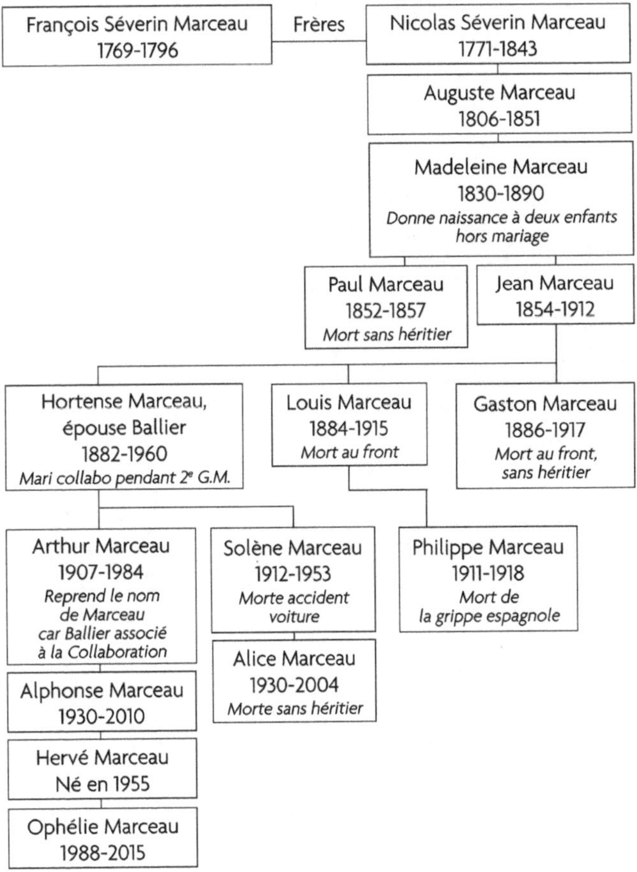

Il savait dorénavant ce qui était arrivé au pauvre Gaston. Il était, hélas, comme son frère, mort au front. Hervé était le père d'Ophélie, qu'il avait rencontré deux semaines auparavant. Et il était aujourd'hui, avec ses enfants, le seul descendant encore vivant du général Marceau et de son frère, dont il portait toujours le nom. Le savait-il ?

Dimanche 27 décembre

10 h 34

Domicile de Mathilde Lecomte

Karim était blotti contre le corps encore chaud de Mathilde, allongée à ses côtés. Il ne pouvait s'empêcher de passer et repasser la paume de sa main contre la peau blanche et douce de sa cuisse.

Il l'avait à nouveau raccompagnée jusque chez elle hier soir, sauf que cette fois, au lieu de l'abandonner sous la lumière blafarde de son palier, il l'avait embrassée. Un baiser d'abord du bout des lèvres, presque timide. Elle ne l'avait pas repoussé. Mieux, elle l'avait enlacé et serré contre elle pendant de longues minutes. Puis tout était allé très vite, ils étaient rentrés à l'intérieur, il l'avait lentement déshabillée, tout en l'embrassant avec davantage de fougue cette fois. Et puis, inévitablement, le grand lit de Mathilde les avait enfin accueillis. Et, sur des draps froissés, dans la pénombre de la nuit, ils s'étaient aimés avec tendresse.

Alors que le jour pointait à travers les rainures en pointillés des stores, que les draps étaient toujours en désordre, et que leurs corps avaient tant de mal à se séparer l'un de l'autre, ils finirent par se lever pour profiter d'un petit déjeuner dominical tout particulier. Mathilde finit par lui poser la question qui la taraudait depuis le réveil. Question qui le dérouta quelque peu.

— Ka', je suis désolé de devoir te demander ça, mais tu crois vraiment qu'on aurait dû... C'était chouette, vraiment, mais enfin tu vois...

— Parce qu'on est collègues, c'est ça ?

— Non même pas, mais ça a été si soudain, et puis ma séparation avec Arnaud est récente et... Disons que je ne sais pas si je suis déjà prête à vivre quelque chose d'autre, tu comprends ?

Karim ne sut quoi répondre. Il essayait de ne pas le montrer mais ce qu'elle venait de dire lui avait fait mal... Et pourtant, elle se devait d'être sincère avec lui, Karim comptait pour elle et elle ne pouvait pas jouer avec ses sentiments, ni lui mentir.

— Je comprends, finit-il par répondre dans un souffle.

Il répondait ça pour lui faire plaisir, c'était clair. Elle s'approcha de lui et lui prit la main. Il avait l'air d'un enfant timide et déçu, que l'on devait réconforter. Cela lui semblait un peu puéril, mais le touchait également.

— Écoute Ka'... Je ne suis pas en train de te dire que rien ne sera possible entre nous. Je ressens une tendresse énorme pour toi, qui pourrait devenir, avec du temps, les prémices d'un sentiment amoureux, je le sens au fond de moi... Mais j'ai besoin de temps, tu comprends ? Du temps pour moi, du temps pour me reconstruire, et pour repartir sur des bases saines. On ne peut pas bâtir une histoire d'amour sérieuse et sincère sur des fondations encore dévastées... Si on se lançait maintenant, tous les deux, on irait droit dans le mur... Et je crois que je te briserais le cœur... Et je ne le veux pas...

Elle s'attendait à ce qu'il fonde en larmes, ou qu'il ne claque la porte. Sa réaction la surprit. Il se leva, la serra fort dans ses bras, et lui dit, presque dans un murmure :

— Je tiens trop à toi, depuis des années, pour ne pas te laisser le temps qu'il te faudra.

Il l'embrassa alors tendrement sur la joue, la remercia pour le petit déjeuner et partit. Elle resta là, au pied de la petite table de sa cuisine, immobile, comme figée par un étrange sortilège. Puis, sans prévenir et sans rien pouvoir maîtriser, elle éclata en sanglots.

La famille Vannier avait décidé de profiter de ce dimanche ensoleillé pour aller se balader le long de la rivière. Éric ouvrait la marche, Marine la fermait. Et entre eux, Gabin et Olympe en profitaient pour se courir après, crier, se chamailler... Bref, vivre sans s'en faire, quand on n'est pas encore un adulte.

Ils longeaient dorénavant la sublime muraille gallo-romaine, édifiée à la fin du IIIe siècle, et incroyablement conservée sur près de 500 mètres. Elle était ornée de décors géométriques réalisés avec les matériaux polychromes de sa construction. Elle atteignait 4 mètres d'épaisseur à sa base et entourait autrefois la cité sur 1 300 mètres de longueur, proposant à intervalles réguliers vingt-six tours fortifiées. Il n'en subsistait aujourd'hui que onze, accompagnées de trois poternes. Mais ce qui charmait le plus le lieutenant dans cette fortification, c'était ses couleurs dans les tons ocres, dus à l'emploi de grès rouge, alternant avec un calcaire crayeux plus clair, des briques rouges et un mortier rose pâle. Un dégradé de couleurs chaudes qui ravissait les yeux de tous les Manceaux, mais qui ne l'empêchait pas complètement, en ce jour, de se torturer les méninges avec l'enquête qui les obsédait.

Pasquet les avait appelés, lui et le commissaire, la veille au soir. Ils avaient dorénavant un début de visage. Les images des caméras de surveillance des péages par lesquels l'assassin avait sans doute dû passer avaient été passées au crible pour les journées des 2 et 3 décembre. Et ils avaient quelque chose. La Mercedes avait été filmée à deux reprises. Peu avant 21 heures à la barrière de péage de Schwindratzheim, et, peu après 5 heures du matin, au bout du périple, au péage du Mans-Ouest, donnant sur le rond-point de l'Océane.

Jo' leur avait envoyé les images. On y voyait deux choses essentielles : le tatouage un peu plus dévoilé au bout d'un bras tendu sur le volant, et la partie basse d'un visage, dont le reste était dissimulé par le toit du véhicule. Le tatouage représentait bien une lame : on voyait le début d'une garde dessinée un peu plus haut. C'était bien une épée, une dague ou quelque chose d'approchant. Quant au visage, on y distinguait une barbe brune de quelques jours, une bouche sans sourire et un nez quelque peu épaté. Ce n'était pas grand-chose mais c'était un début. Cela semblait aussi confirmer que l'homme n'avait pas encore la quarantaine.

Le lieutenant s'était précipité pour demander à Jonathan si le type avait réglé le péage par carte. Mais l'espoir avait été de courte durée. Oui, il avait bien réglé en CB. L'ascenseur émotionnel était monté d'un cran. Mais avec celle de sa victime sans doute affalée à l'arrière... L'ascenseur émotionnel était brutalement redescendu. Et en même temps, cela paraissait tellement évident. L'homme n'avait pas pensé à couvrir son visage ou son avant-bras aux péages. Il avait pu commettre une erreur ou deux. Pas trois. Utiliser sa propre carte aurait été tellement grossier.

Mais ils avançaient irrémédiablement. Le commissaire l'avait appelé pour lui faire part des résultats de sa journée de recherches aux archives. C'était tout bonnement incroyable.

L'étau se resserrait forcément. Encore quelques tours de vis et la pièce manquante se retrouverait bloquée entre les deux mâchoires.

Delbarre comptait profiter d'un dimanche de pause bien méritée pour terminer la lecture du dernier Vargas, laissé en *stand-by* depuis un petit moment déjà. Alors qu'il parcourait les lignes, toujours aussi enivrantes, du chapitre treize, il reçut un appel d'un numéro qu'il ne semblait pas connaître.

— Allô ?

— Commissaire Delbarre ?

— Oui. Qui est à l'appareil ?

— Philippe Aubrieux, le directeur des archives !

— Ah, M. Aubrieux, pardonnez-moi, je n'avais pas reconnu votre voix.

— Ce n'est rien. Vous êtes assis ?

— Euh... Oui. Pourquoi ? Tout va bien ?

— Oh oui ! Mais j'ai une nouvelle qui va certainement vous surprendre, alors je prends les précautions d'usage, voyez-vous.

— Allez-y...

— Voilà, j'ai passé la journée à travailler. Bon, ça n'a pas vraiment plu à mon épouse qui avait prévu de nous emmener en balade sur le domaine de l'Épau, mais elle s'en remettra.

— Vous auriez dû penser à elle et à vous M. Aubrieux...

— Ta ta ta ! L'enquête n'attend pas ! Et appelez-moi Philippe !

Le commissaire se dit qu'il avait recruté, contraint et forcé, un nouveau membre dans son équipe...

— Et alors Philippe ?

— Votre Stéphane Bourdeau là... Devinez de qui il descend ?

Un frisson parcourut la colonne vertébrale du commissaire. Il avait passé la journée, comme hier, à reconstituer une généalogie, et il avait trouvé... Ce type était doué, il n'y avait pas à dire. Il n'avait pas eu le temps d'émettre une proposition de réponse que le directeur généalogiste avait déjà enchaîné.

— Je vous la fais en remontant commissaire ! Stéphane Bourdeau descend d'une lointaine Sarah, épouse d'un certain Émile Bourdeau. Elle a vécu de 1907 à 1942, surtout à Cholet. Celle-ci était la fille d'un dénommé Luc Godret, qui a vécu à la fin du XIXe siècle et au tout début du XXe, assez longtemps à Bain-de-Bretagne. Ce Luc descend lui-même d'Elsa, épouse Godret, qui a mené sa petite vie entre 1782 et 1851. Et quel était le nom de jeune fille d'Elsa ?

— Je ne sais pas... Westermann ? Kléber ? Muller ?

— Esnue-Lavallée commissaire ! François-Joachim Esnue-Lavallée ! Elsa est une des trois filles qu'il a eues avec Louise Jarry de Lorminière !

— Merde alors...

— Comme vous dites ! J'y ai passé la journée mais ça valait le coup !

— Très beau travail, je vous félicite. Je reviens vous voir demain, il nous reste le dossier Hans Dost.

— C'est un Allemand ?

— Oui, de Fribourg.

— La recherche se corse commissaire, j'aime ça !

— Ah, une dernière chose Philippe. Notre assassin a forcément dû effectuer ces mêmes recherches pour identifier ses victimes. Et cela a dû lui prendre un temps dingue. Vous pensez qu'il a forcément dû fréquenter les archives lui aussi ? Son visage pourrait ne pas vous être inconnu ?

— C'est possible, mais pas obligatoire. Il n'est pas impossible de mener ces recherches de chez soi. Le site FranceArchives.fr est accessible en ligne et propose toutes les ressources numérisées. De plus, de nombreux sites de généalogie pour amateurs et confirmés pullulent sur le net, et nous concurrencent. Filae.com, myheritage.fr, geneanet.org... Et j'en passe. On peut y trouver des généalogies déjà établies, pas toujours très rigoureuses mais passons, des ressources et des forums où de nombreux généalogistes plus ou moins confirmés peuvent vous guider.

— D'accord, ça ne nous aide donc pas forcément. Je vous montrerai quand même demain un bout de visage et vous me direz si ça vous parle.

— Ça marche commissaire ! À demain, je vous attends dès 9 heures !

Il était déjà presque 20 heures. Ce n'était pas encore aujourd'hui qu'il découvrirait le fin mot de l'enquête du commissaire Adamsberg ! Mais, au moins, il se rapprochait de celui de son enquête à lui.

Lundi 28 décembre

7h58

Appartement du commissaire

Mireille n'avait même pas eu le temps de terminer sa première part de brioche que Delbarre quittait déjà son appartement, la laissant seule en compagnie de *France Inter* pour terminer. Le commissaire les sentait trop proches de l'issue, qui libérerait vérité et justice, pour pouvoir se permettre de « prendre le temps ».

Le véhicule du commissaire bondit hors du parking, tel un lion fondant sur sa proie, et dévala la rue Nationale et l'avenue Jean-Jaurès à une vitesse bien supérieure à celle qu'il autorisait à ses concitoyens. Le lion était devenu guépard.

Cette fois, Philippe Aubrieux l'attendait dans le hall, certainement tout aussi excité que lui, même si leurs motivations différaient. Le goût de la recherche et du défi relevé pour l'un, le besoin irrépressible de coincer un assassin pour l'autre.

Ils s'installèrent derrière le même poste que la fois précédente. On ne change pas une équipe qui gagne, surtout pas de place.

L'archiviste avait légèrement anticipé le travail. L'Allemagne, comme la plupart des pays modernes, menait elle aussi une politique de numérisation et d'accès grand public aux archives. Tout était réuni sur un unique site de recherche. Il tapa l'adresse « archivportal-d.de » dans la barre consacrée à cela et appuya sur « Entrée ». Sur la page d'accueil s'affichait d'abord une carte des länder allemands. Il fallait alors cliquer sur celui qui vous intéressait. Le directeur sélectionna « *Baden Württemberg* ». La suite se compliquait puisque aucun des deux n'était un germanophone réellement confirmé. Google traduction allait certainement être leur plus fidèle allié de toute la journée.

Ils devaient sélectionner le type d'archive souhaité et comprirent que les *Kommunale Archive* étaient la bonne option. Enfin, ils sélectionnèrent la lettre « F » et validèrent leur recherche. « *Stadtarchiv Freiburg im Breisgau* » apparut alors.

— Nous sommes sur la bonne voie commissaire.

Le lien proposé les amena directement sur le site des archives de la ville où le plus difficile commençait. Ils espéraient tous deux que leurs recherches les ramèneraient rapidement en terre francophone.

Après des recherches et des traductions nombreuses, ils réussirent à trouver une catégorie de recherche consacrée aux actes de mariage. Le nom de Hans Dost fit mouche et ils dénichèrent le document espéré. Hans Dost et Agnes Krause s'étaient unis à la mairie de Fribourg le 6 juillet 1985, dans une Allemagne toujours coupée en deux.

— Ils venaient de fêter leurs trente ans de mariage...

Le constat mathématique attrista le commissaire. Cette famille venait de connaître, durant une seule et même année, des moments de bonheur sans doute intenses et, aujourd'hui, un drame qui les plongeait dans les limbes du deuil.

Le document d'état civil indiquait que le marié était né à Baiersbronn, station de sports d'hiver de 16 000 habitants en pleine Forêt-Noire. Les deux hommes étaient alors lancés. Les heures défilaient et les deux acolytes ne semblaient même pas le percevoir. Ils remontèrent de fils Dost en père Dost jusqu'à rencontrer Helmut, qui avait épousé une Alsacienne alors que la région avait été annexée par le IIIe Reich. Ils s'étaient mariés en 1943. La mariée s'appelait alors... Salomé Westermann.

— On y est commissaire. On y est...

Ils y étaient en effet, puisque Salomé était l'arrière-arrière-arrière-arrière-petite-fille de la sœur de celui que l'on avait surnommé le « boucher de la Vendée ». Comme Marceau, ce dernier n'avait pas eu d'enfant.

Le soleil commençait à décliner et ils avaient confirmé ce qu'ils savaient depuis samedi. L'assassin avait éliminé ceux qu'ils considéraient aujourd'hui comme responsables des actes de leurs ancêtres, deux militaires responsables du massacre de milliers de gens dont La Trémoille était un des leaders, et un magistrat qui avait condamné à la guillotine ce dernier.

Mais les questions essentielles demeuraient. Qui vengeait cet homme ? Et pourquoi s'était-il donné cette mission insensée ?

Une heure plus tard, le commissaire joignait Laurent Martin et lui faisait part de ce qu'ils avaient pu confirmer.

— Incroyable commissaire. Je vous avais dit que Philippe n'était pas n'importe qui !

— Mais, au fond, nous ne faisons que confirmer ce que nous pressentions. Ça ne nous rapproche pas vraiment de l'assassin.

C'était d'autant plus vrai que Philippe Aubrieux affirmait que le morceau de visage qu'il lui avait montré plus tôt ne lui disait rien de précis.

— Vous savez, depuis notre dernière entrevue, j'ai pensé à quelque chose commissaire.

— Quoi donc ?

— L'hypothèse que vous aviez formulée au départ était que le tueur pouvait être un descendant de La Trémoille ?

— C'est ce qui paraîtrait « logique », compte tenu du mobile qui semble le pousser à tuer.

— Or, cette théorie s'oppose au fait que le fils unique d'Antoine-Philippe n'a jamais eu d'enfant, c'est bien l'idée ?

— Oui, disons que j'imagine mal un criminel descendant d'un cousin germain au quatrième degré de ce leader vendéen.

Le policier s'en voulut immédiatement du ton ironique qu'il venait d'utiliser. L'historien cherchait juste à l'aider. Ce dernier ne sembla pas s'en émouvoir et poursuivit, imperturbable :

— C'est là que j'ai pensé à quelque chose. Et si l'assassin descendait d'un fils illégitime de La Trémoille ? Un enfant passé au travers des mailles du filet et qui n'apparaît donc pas clairement dans l'état civil ?

— Vous pensez que ce serait possible ?

— Et pourquoi pas ? Si l'on se fie aux portraits du bonhomme, Antoine-Philippe était plutôt beau garçon avec ses bouclettes blondes. Et puis les militaires ne se privaient pas des services de prostituées, sans compter d'éventuels viols. Mais rien n'exclut non plus qu'un enfant ait pu naître hors mariage d'une relation tendre et sincère.

— Si aucune trace d'un tel enfant ne peut apparaître de manière visible dans l'état civil, comment faire pour vérifier cette supposition ?

— C'est une hypothèse plus qu'une supposition vous savez. Commissaire, laissez-moi mener mes recherches et embêter quelques-uns de mes confrères. Je vous rappelle demain, en fin de matinée au plus tard.

En début de soirée, Fabien avait reçu des nouvelles d'Aurore qui lui indiquait, dans un SMS où les smileys prenaient une place non négligeable, qu'elle était bien installée chez sa maman, que Bruno, le nouveau compagnon de cette dernière, plus jeune que son ex-femme de huit ans, restait très sympa, et qu'ils avaient prévu d'aller passer la journée du lendemain au Futuroscope. Elle lui faisait plein de « poutous » et espérait qu'il viendrait bientôt à bout de son enquête.

Il lui envoya une réponse tout aussi pleine de tendresse et appela ensuite le proc' pour lui faire part de leurs découvertes décisives. Ce dernier, toujours aussi faux cul, lui répondit qu'il lui avait toujours fait confiance, que ce coup de pression était finalement en train de porter ses fruits, bla bla bla...

« Coup de pression mon cul ouais ! » pensa le commissaire. Belcourt n'aurait pas hésité à le virer de l'enquête, sans aucun ménagement, s'ils n'avaient pu identifier la bonne piste. Toujours aussi laconique, le procureur avait conclu l'entretien par une métaphore douteuse qui n'appelait aucune réponse. « Maintenant que vous avez flairé le gibier, il vous faut l'attraper commissaire. »

Dix minutes plus tard, alors qu'il n'était même pas 22 heures, Delbarre s'endormait, encore tout habillé, par-dessus la couette étendue sur son lit.

Mardi 29 décembre

11h07

Parc du Gué-de-Maulny

Il s'était réveillé peu après 9 heures, constatant qu'il s'était endormi sans même avoir pris la peine de se brosser les dents ou de se déshabiller. Il avait besoin de s'éclaircir les idées et de se remettre en selle. Les recherches de ces derniers jours avaient vidé ses batteries et quelque peu anesthésié sa tête pensante. Il avait enfilé sa tenue réglementaire pour une séance de jogging qui était devenue quelque peu vitale.

Il avait choisi le parc du Gué-de-Maulny pour son heure à petit trot. Ce parc, coincé entre la gare sud et la rocade, bordait l'Huisne, qui s'apprêtait alors à affluer dans la Sarthe. Il aimait ce parc pour deux raisons. D'abord, pour ses paysages qui restaient sauvages, comme un îlot préservé qui se serait égaré en pleine ville. Des saules pleureurs, près desquels stationnait une petite barque en bois peinte en rose, semblaient puiser leur sève vitale dans le flot lent de la rivière qui, elle, paraissait prendre tout son temps. Et ensuite, parce que ce parc regorgeait d'histoire, sans que personne ou presque ne le sache. Mathilde lui avait un jour raconté que le roi Jean II le Bon, qui avait régné durant la guerre de Cent Ans, était né dans l'ancien château de plaisance du Gué-de-Maulny, aujourd'hui disparu. De nombreux moulins avaient également émaillé les bords de la rivière pendant longtemps, donnant à l'immense résidence voisine son nom de « Moulins de l'Huisne ». Un seul avait survécu et avait été rénové en 2007.

L'enquête le poursuivait jusqu'ici puisque le gué avait permis de continuer à passer la rivière après que le pont des Vendéens ait été détruit.

Alors qu'il venait de mettre fin à son footing matinal et qu'il consultait ses stats sur l'appli *Runtastic* – 8,3 km/h de moyenne, c'était pas si mal – son smartphone indiquait l'appel entrant de Laurent Martin. Le commissaire espérait un semblant d'idée crédible pour remonter jusqu'à ce cinglé.

— Oui, M. Martin ?

— Bonjour commissaire, vous paraissez essoufflé ?

— Bonjour, je viens de finir une petite séance de course.

— J'ai promis à ma fille de m'y mettre pour l'année qui approche... Je crois avoir quelque chose commissaire.

Il lui expliqua alors qu'il avait contacté deux collègues avec lesquels il avait participé à un colloque, à Cholet, un an auparavant, et dont le thème était la « Mémoire des guerres civiles – Construction des mémoires, du XVIe siècle à aujourd'hui ». L'un enseignait à l'université de Grenoble, et collaborait avec le musée de la Révolution française de Vizille, en Isère, et l'autre travaillait à la Sorbonne et venait de collaborer à l'écriture du neuvième tome de la nouvelle collection « Histoire de France » chez Belin, intitulé *1789-1815, Révolution, Consulat, Empire*. Deux pointures donc.

— Et ? Que vous ont-ils raconté ?

— Je leur ai parlé de vos recherches et de ce que vous aviez découvert avec Philippe. Et il se trouve que Vincent, l'historien grenoblois, a publié il y a quelques années une série d'articles consacrés aux grandes figures contre-révolutionnaires. Dont La Trémoille fait partie. Je lui ai soumis notre interrogation quant à un potentiel enfant illégitime dont il aurait été le père. Il m'a alors demandé la soirée afin qu'il puisse se replonger dans ses notes de l'époque.

— Vous avez décidément du mal à faire court Laurent ?

Impatient, Delbarre n'avait pu s'empêcher d'appeler le chercheur par son prénom.

— Pardon, déformation professionnelle. J'y arrive commissaire. Il m'a rappelé ce matin et m'a expliqué que pour rédiger son article, il avait fouillé dans les *Mémoires du colonel de Pontbriand sur les guerres de la chouannerie* rédigées par Toussaint du Breil de Pontbriand, leader chouan qui a bien connu La Trémoille et qui a échappé à la guillotine puisqu'il n'est mort qu'en 1844. Une phrase citée par Toussaint dans cet ouvrage l'a alerté. Il raconte l'anecdote suivante, qui se déroule deux semaines après la déroute du Mans : « *Alors que Jean* – il parle ici de Jean Chouan – *tentait d'entrer en contact avec le général* – La Trémoille – *qui, d'après les dires dont nous avions connaissance, errait dans les campagnes proches de Laval et Fougères, accompagné de trois hommes et une femme. Il se racontait que le général était déguisé en paysan et qu'il avait séjourné chez cette pauvre femme surnommée dans le pays "la Marie de Larchamp", et même qu'ils étaient alors devenus bons amis.* » Vous comprenez ce que cela peut signifier commissaire ?

— Je crois oui. Mais je vous laisse éclaircir.

— La Trémoille a été caché par cette femme qu'il a pu mettre enceinte. L'expression « bons amis » est une manière courtoise d'époque pour expliquer que les rumeurs racontaient qu'ils avaient couché ensemble.

— J'avais compris, répondit Delbarre en riant.

— On sait que cette femme s'appelait Marie et qu'elle vivait dans le village de Larchamp. C'est aujourd'hui en Mayenne, à environ quinze bornes du lieu où La Trémoille a été arrêté. Le prénom était un des plus courants à l'époque mais il faut que vous cherchiez avec Philippe si une Marie, de Larchamp, n'a pas donné naissance à un enfant vers fin septembre 1794 !

— Laurent ?

— Oui ?

— Vous êtes formidable ! Félicitez de ma part votre collègue isérois !

— Merci commissaire. Je n'y manquerai...

Mais le policier avait déjà raccroché et sprintait vers son véhicule garé non loin.

Les pneus crissèrent sur le parking des archives. Une violente odeur de chaud et de gomme brûlée envahirent ses narines alors qu'il claquait la portière. Les plaquettes et disques de frein de son Auris avaient méchamment souffert durant les cinq minutes qui venaient de s'écouler.

Il courut à l'intérieur du gigantesque bâtiment, demanda en hâte à l'hôtesse d'accueil, dont le badge indiquait qu'elle répondait au doux prénom de Sophie, où se trouvait le directeur. Elle lui indiqua qu'il était en salle de consultation, côté archives administratives, pour aider...

Elle ne put finir sa phrase, Delbarre grimpait déjà à petites foulées les escaliers. Il poussa les deux battants de la porte en bois sans guère de ménagement. Lorsque Aubrieux entendit le bruit sourd d'un battant claquant contre le mur et vit le commissaire approcher, il abandonna le doctorant avec lequel il travaillait et rejoignit le policier.

— Commissaire ? Du nouveau ?

— Venez, prenons le premier ordi.

Il lui expliqua rapidement ce qui avait été découvert.

— Ça alors... Plus une seconde à perdre alors.

Le site des archives départementales voisines de la Mayenne apparut dans l'onglet.

Ils sélectionnèrent « Larchamp » dans la commune souhaitée, choisirent « Tables » pour le type de documents, et enfin indiquèrent l'année 1794. Le document apparut à l'écran, accompagné de toute une liste d'infos subsidiaires : « Larchamp (Mayenne), France / Année 1792-1832 / E dépôt 207/E44 »

— La table décennale ne l'est pas vraiment ici puisque le cahier couvre une période de quarante ans. Mais bon, la logique descendante dans l'arbre sera plus aisée que celle montante.

Ils firent défiler les pages du cahier manuscrit où s'affichaient trois colonnes : une pour les prénoms de l'enfant, une pour les noms et prénoms des parents, et une pour la date de naissance. Très vite, les dates alignaient des combinaisons de chiffres étranges.

— C'est normal, on utilise alors le calendrier républicain et non plus grégorien. Toute référence à la religion est à bannir à cette époque. L'an I de la République correspondait à la période allant du 22 septembre 1792 au 21 septembre 1793, l'an II à une période s'étendant de septembre 1793 à octobre 1794... etc.

— L'année ne commençait pas le 1er janvier alors ?

— Plus à ce moment-là. L'antique réforme de Jules César ayant été momentanément suspendue. Donc, si je calcule bien, le mois de septembre 1794 devait correspondre à la période allant du 15 Fructidor an II au 9 Vendémiaire an III, avec cinq jours dits « complémentaires » entre les deux. Il faisait la jonction entre deux années différentes du calendrier républicain. Ah, voilà la page des naissances pour ce mois de Fructidor, celui où les fruits dorent et mûrissent, d'août à septembre.

Ils suivirent la liste des yeux, le commissaire ayant parfois du mal à déchiffrer la calligraphie vieille de deux siècles :

Prénoms et nom de l'enfant	Prénoms et nom des parents	Jour de naissance
Victor, Jean, Alfred Ravin, e.n.l.	Paul et Rosalie Ravin	16 Fructidor an II
Sophie, Marie, Anne Sailly, e.n.l	Jean et Thérèse Sailly	21 Fructidor an II
Olivier, Antoine, Marcel Ducoroy, e.n.l	Louis et Elisabeth Ducoroy	4e jour complémentaire an II
Désiré Gautier, e.n.i.	Marie Gautier	1er Vendémiaire an III

— On a déniché la pièce manquante commissaire...

— Le voilà... J'y crois pas que ça ait marché... Désiré Gautier, né de Marie Gautier, pas de nom de père indiqué... Le fils que La Trémoille n'a jamais connu...

— Né le 1er Vendémiaire, c'est-à-dire le 22 septembre 1794.

— C'est quoi ce « e.n.i. » à côté de son nom ?

— « Enfant naturel illégitime ». Et « e.n.l » pour « légitime ». « Enfant naturel » signifie qu'il ne s'agit pas d'un enfant abandonné puis trouvé par exemple. Et à l'époque, même si l'Église réprouvait toute naissance hors mariage, même les enfants illégitimes étaient baptisés et inscrits au registre. Cette mention pouvait préciser que c'était un « bâtard », comme on le disait il y a deux siècles.

— Il ne reste plus qu'à remonter la piste en identifiant toute la descendance de ce Désiré et voir si un des rejetons de la famille ne s'amuse pas à disperser des cadavres dans le coin en ce moment. Là, maintenant, celui qui est vraiment « désiré » par mon équipe et moi, c'est notre assassin en liberté.

Mercredi 30 décembre

11h12

Archives départementales de la Sarthe

Delbarre avait la nette impression que les quatre derniers jours n'en avaient été qu'un seul. Ils avaient travaillé jusque tard hier soir et s'y étaient remis dès 9 heures ce matin. Seuls une douche, un repas composé de pâtes et d'une bolognaise en bocal sans grande saveur, et une nuit d'à peine sept heures de sommeil avaient entrecoupé la lente progression qui devait, Delbarre l'espérait, les mener jusqu'à une possible identité de l'assassin. S'ils échouaient, si tout ça n'avait servi à rien, sa carrière ne s'en relèverait sans doute pas.

Midi approchait et ils avaient identifié les descendants de Désiré Gautier jusqu'à un certain Bernard, né en 1863 et mort en 1919. Trop âgé pour partir au front celui-là. D'après les notes prises, pas à pas, par le commissaire, ça donnait quelque chose de cet ordre :

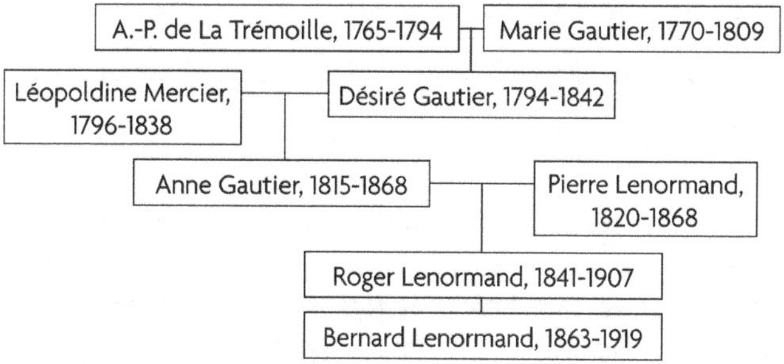

Ils passèrent de nouveau une journée pendus aux résultats qui pouvaient s'afficher à l'écran. Ils tenaient le coup en ingurgitant de grandes quantités de caféine, et en sécrétant des quantités non moins importantes d'adrénaline.

Vers 16 heures, ils approchaient du bout du tunnel. De quel côté allait pencher la balance, allait tomber la pièce ? Pile et la lumière apparaissait. Face et un mur d'une épaisseur infranchissable les empêchait d'en sortir.

Ils pouvaient ne pas avoir suivi la bonne branche et atterrir dans un cul-de-sac. Cela les obligerait à repartir de plus haut, ce qui leur prendrait des heures, voire des jours, pour suivre une nouvelle voie. Ils s'étaient contentés de suivre les descendants qui étaient restés géographiquement les plus proches de la préfecture sarthoise. Il ne leur restait plus qu'une génération à identifier au sein de cette branche, venue au monde ici même, au Mans, ce qui les remplissait d'espoir.

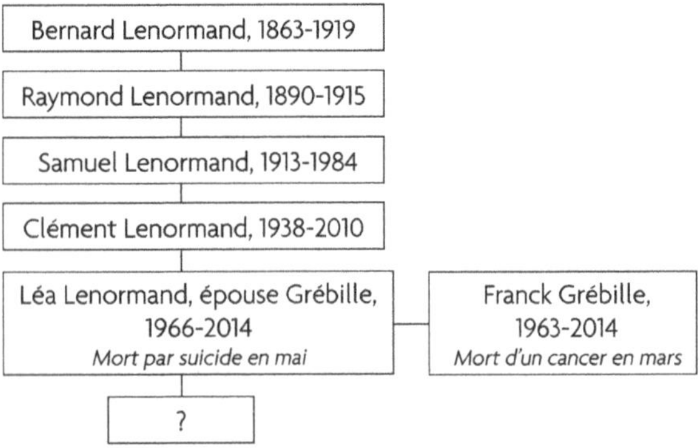

Il ne leur manquait plus qu'un ou plusieurs noms qui correspondraient aux enfants de ce couple disparu tragiquement l'année passée. L'homme était décédé des suites d'une longue maladie en début d'année. Son épouse ne l'avait pas supporté et s'était donné la mort deux mois plus tard. S'ils avaient isolé la bonne famille, est-ce cette perte tragique à quelques semaines d'intervalle qui avait fait basculer un esprit fragile dans la folie criminelle ?

Philippe continuait de faire danser ses doigts au-dessus du clavier, faisant défiler les pages manuscrites à une vitesse stupéfiante, les yeux du commissaire, fatigués, ayant du mal à suivre le mouvement.

Il se sentait tel un pilote de Formule 1 en tête de la course et qui abordait l'entrée du dernier tour. Qui n'avait plus le droit à l'erreur et devait tout faire pour passer la ligne d'arrivée en premier. La moindre erreur pouvait l'envoyer dans le décor et ruiner les efforts entrepris durant les cinquante-neuf tours précédents. Leur ligne à franchir à eux était celle d'un nom qui apparaîtrait sur un ensemble de pixels.

— Je l'ai commissaire ! J'ai un nom !

Delbarre en sursauta presque. Il fit la mise au point au niveau de son iris et de sa pupille, et observa la ligne sur l'écran que le doigt de l'archiviste lui indiquait.

— Mathieu Grébille... susurra le commissaire. Né en 1983 à la maternité du Tertre Rouge au Mans... L'âge correspond à notre hypothèse... Vous pouvez vérifier s'il a des frères ?

Vingt minutes plus tard, Philippe Aubrieux lui confirmait que ce n'était pas le cas, que ce Mathieu était fils unique, et dorénavant, bien que trentenaire, orphelin.

Au même moment, Vannier était en train de fortement malmener un homme accusé, à raison, le lieutenant en était certain, de violence conjugale. Cette enflure avait tabassé sa femme au point de la laisser inconsciente. Il ferait tout pour qu'il prenne le plus cher possible.

Il sentit alors son portable vibrer dans le fond de sa poche. Il demanda à Karim de surveiller leur homme et sortit de la salle pour découvrir qu'il s'agissait du commissaire.

— Fabien ? T'as du nouveau ?

— Trouve-moi tout ce que tu peux sur un certain Mathieu Grébille, 32 ans, né au Mans et qui doit forcément résider dans un rayon max de 30-40 bornes.

— Mathieu Grébille ? T'es sûr du nom ?

— Pourquoi ?

— Ça me parle Fab'... Je l'ai déjà croisé lors de recherches, c'est sûr... Ça te parle pas toi ?

— Avant il y a vingt-cinq minutes non, ça ne me disait rien. Oh merde attends... T'as la dernière liste de noms que tu m'as envoyée ?

— Celle sur les membres identifiés du milieu intégriste ?

— Ouais...

Delbarre craignait ce que son adjoint allait lui annoncer. Si c'était bien le cas, il avait merdé grave, la plus grosse erreur de sa carrière...

— Je l'ai, ça y est, tu veux les noms ?

— Oui.

Le commissaire serrait le poing sans même s'en rendre compte.

— Alors... Fernand Verdier, Jean de Villon, Mathieu Grébille et Géraldi...

— Stop !

Delbarre marqua une pause, emplie d'une tension impalpable.

— J'ai merdé Éric, j'ai merdé...

— Hein ? De quoi tu...

Mais son supérieur avait déjà mis fin à l'appel.

Dix minutes plus tard, Delbarre déboulait comme une furie dans la salle de réunion où toute l'équipe s'était réunie à la demande de Vannier. Tous l'observaient comme si une queue de merlan et des ailes de moineau lui avait poussé sur le corps durant la nuit. Le silence était lourd. Le commissaire finit par le briser, aucun n'oserait l'interrompre avant qu'il en ait terminé.

— Il y a une bonne et une mauvaise nouvelle. La bonne c'est que je crois qu'on a le nom du taré qui sème des victimes comme le Petit Poucet semait des cailloux. Mathieu Grébille, 32 ans. La mauvaise, c'est que Éric avait déjà identifié ce nom, parmi d'autres, en fouillant au sein du milieu intégriste dont il fait partie. On l'a déjà fiché pour violence en réunion et outrage à agent il y a trois ans. Sauf que je n'ai pas pris la peine de la lire...

Éric le regardait avec des yeux au travers desquels il ne sut ce qu'il devait voir. De la déception, de la surprise, de la colère, de l'abattement, un sentiment de trahison parce qu'il avait négligé sans scrupule son travail ? Tout ça à la fois ? Les autres regards tournés vers lui hésitaient entre incompréhension et stupéfaction.

— J'ai été con et je m'en excuse. J'étais persuadé que cette piste était morte. Alors quand Éric m'a envoyé la liste par mail, je lui ai répondu qu'on laissait tomber et je n'ai même pas pris la peine d'ouvrir la pièce jointe. Si je l'avais fait, si j'avais considéré cette piste avec tout le sérieux qu'elle méritait, on l'aurait au moins interrogé et, à l'heure qu'il est, il serait peut-être déjà en détention provisoire...

— Arrête Fabien... l'interrompit Vannier. Tu pouvais pas te douter, j'aurais fait la même à ta place... On est tous crevés et on peut tous se planter.

Tous, sauf Marc, hochèrent la tête en signe d'approbation.

— C'est gentil Éric mais j'ai merdé, point barre... Et si, depuis, il en a buté un ou une quatrième qu'il garde dans son congélateur ? Et si, sans ma négligence, une vie avait été sauvée ?

— On n'en sait rien... On n'est pas des surhommes Fab'...

C'était la première fois qu'il l'appelait ainsi devant le reste de l'équipe... Mathilde s'était levée et, hésitante, lui posait une main réconfortante sur l'épaule. C'est alors que Belfond se leva et fit quelque chose dont jamais Delbarre ne l'aurait cru capable. Il dit à tous, d'une voix forte et assurée :

— On doit être solidaires. Le commissaire a merdé, c'est clair, mais ça pourrait nous arriver à tous dans notre carrière. Il en faut pour accepter la responsabilité de diriger toute une équipe, et on doit assumer tous ensemble. Si l'un d'entre nous merde, on merde tous avec lui. On n'a pas de temps à perdre. On rassemble tout ce qu'on peut trouver sur ce type et on fait le point dans deux heures ici même.

Il n'y avait pas à dire. Marc avait beau parfois se comporter comme un con obtus, rétrograde et empli de préjugés, on ne pouvait lui enlever qu'en son for intérieur, ce n'était pas un si mauvais gars et, surtout, qu'il était un bon flic. Un flic dur à vivre mais loyal.

Alors que tous commençaient à courir en tous sens pour se diriger vers leurs bureaux respectifs, Delbarre croisa le regard du commandant. Il adressa à ce dernier un mot qu'il ne put, sans doute par gêne, que murmurer :

— Merci...

Deux heures plus tard, tous avaient repris la place qu'ils occupaient habituellement. Delbarre avait en partie repris contenance. C'est Karim qui prit la parole le premier.

— On a trouvé pas mal d'infos sur notre suspect. Né le 12 mai 1983 au Mans, élève au collège Jean-de-l'Épine puis au lycée Bellevue. A commencé comme agent de sécurité en 2005.

Mathilde prit alors la relève.

— Il a bossé très peu de temps dans la boîte de sécurité de Laborde.

— Attends, celle qui assure la sécurité au tribunal ?

— Oui...

— Comment se fait-il qu'on n'ait pas vu son nom alors ?

— Parce qu'il y a bossé il y a environ un an. Et que nous n'avons exigé les noms des employés que sur les six derniers mois...

— Putain, mais j'ai été con sur toute la ligne !

— Non Fabien, le coupa Vannier, on n'aurait pas pu éplucher tous les noms sur un an. On aurait dû faire des choix et on aurait pu passer à côté.

— Ou pas...

Delbarre avait l'impression de s'enfoncer toujours plus sous terre. C'est Pasquet qui reprit alors le flambeau.

— Le plus inquiétant n'est pas là commissaire...

— Au point où j'en suis Jo'...

— Ce Mathieu Grébille a fait un séjour de deux semaines en hôpital psy.

— T'es sérieux là ?

— Hélas oui. Pour délires paranoïaques. J'ai eu le psychiatre qui l'a suivi à l'époque. C'était en 2012. Il a estimé que ces délires étaient dus à des excès réguliers de drogues dures, plutôt qu'à une pathologie spécifique type schizophrénie. C'est pour ça qu'il a pu reprendre une vie plus ou moins normale. Il a dû le cacher à ses employeurs futurs.

— Ce type est malade et a dû devenir complètement cinglé et incontrôlable après la perte de ses parents. Ses troubles paranoïaques ont dû, je sais pas, le pousser à imaginer que tout ce qui lui arrivait était dû à une malédiction, ou un traumatisme originel dans sa famille, je sais pas comment peut raisonner ce type de gars... Il a dû découvrir ce qui était arrivé à un de ses ancêtres et a dû se convaincre que ses bourreaux avaient aussi ruiné sa vie à lui, non ?

— T'as sans doute raison Fabien, ça doit être de cet ordre-là, le conforta son adjoint.

— On a une adresse ?

— Oui, conclut Marc, le type vit vraiment pas loin d'ici. Au 102 rue Nationale...

— Putain... Ce type était à même pas un kilomètre de nous pendant tout ce temps ? Je le crois pas...

— On fait comment commissaire ? demanda Mathilde.

— On n'a pas le choix. On a affaire à un type qui a déjà assassiné au moins trois personnes et qui souffre de troubles psychiatriques qui le rendent dangereux. Rien ne nous dit qu'il ne nous attend pas et qu'il ne s'est pas préparé à nous recevoir. Il peut avoir piégé son logement ou s'être armé. On fait appel à des gars du RAID de Rennes pour nous appuyer et à une équipe préventive de déminage, on peut pas prendre le moindre risque.

Delbarre s'absenta vingt longues minutes puis revint faire face à son équipe qui attendait les instructions.

— J'ai eu le proc' qui nous donne le feu vert. J'ai contacté l'antenne du RAID rennais qui se prépare mais ne peut pas être prête en nombre suffisant et chez nous avant après-demain. Ce n'est pas une prise d'otage avérée, il n'y a pas de risque d'attentat imminent et aucun lien avec une motivation djihadiste, et compte tenu du contexte actuel, ils ont pour obligation de maintenir au moins 75 % de leur effectif disponible en continu, au cas où. Ils doivent donc attendre des renforts venus de l'unité centrale, notamment un démineur, située dans l'Essonne, qui ne peut pas leur fournir le contingent nécessaire dès demain.

— Ils sont sérieux là ?

— Malheureusement oui. De toute façon, une telle opération se prépare. On n'y va pas à l'aveuglette, il peut détenir un otage. On doit d'abord repérer les lieux et mettre au point un plan d'action concerté et qui limite les risques pour tous. Marc et Éric, je vous veux en planque dès demain matin devant chez lui. Vous dressez un plan des lieux, tentez de repérer toutes les entrées et sorties possibles, essayez de détecter des traces de vie, interrogez discrètement le voisinage, bref, je vous apprends pas votre boulot. Mathilde, tu retournes voir Laborde et tente d'avoir des infos sur ce taré. Karim, tu fais la même chose auprès du psychiatre qui l'a suivi, qu'il dresse un bilan le plus précis possible à partir des données récoltées lors de son séjour et qu'il tente d'estimer son degré de dangerosité. On ne fera rien ce soir. Rentrez chez vous, reposez-vous, il y a des chances pour que vous n'oubliiez pas de sitôt les deux jours qui se dressent devant nous. Ça fera, je l'espère, des aventures trépidantes à raconter à vos petits-enfants... Ah, et avant que vous ne partiez, j'allais oublier... Merci à tous pour votre soutien.

Tous sourirent, sans exception.

Jeudi 31 décembre

6h10

Appartement du commissaire

Delbarre n'avait presque pas fermé l'œil de la nuit et avait vu son réveil égrener le premier chiffre du cadran sans qu'il n'y puisse rien faire. 4... 5... et maintenant 6... Le sommeil ne viendrait plus. Était-ce un sentiment de culpabilité qui l'empêchait de sombrer dans les bras d'Hypnos, et non de Morphée comme beaucoup le croyaient à tort? Ou la simple excitation, mêlée de crainte, qui précède une telle opération?

Et s'ils essuyaient des coups de feu? L'un d'entre eux pouvait rester sur le carreau. Le commissaire aurait un mal fou à se le pardonner. Et en même temps, cela faisait partie de leur boulot, ils en connaissaient tous les risques et devaient les accepter.

Il décida de se lever, il ne dormirait plus.

Il s'habilla d'un jean beige et d'un pull de laine épaisse puis sortit de son appartement pour s'immerger dans la fraîcheur de l'aube de ce qui était le dernier jour de l'année. Il prit plein est vers la préfecture puis déboucha sur l'une des ouvertures de la rue Nationale. Celle-ci mesurait plus de cinq cents mètres de long et reliait la place Roosevelt à l'avenue Jaurès.

Le commissaire avait l'air d'un badaud insomniaque qui profitait de la quiétude de la ville encore endormie. Les gens n'allaient que peu dormir la nuit prochaine, ils faisaient des réserves au chaud sous la couette.

Il scrutait les plaques sur le côté droit de la rue, dont les nombres pairs défilaient en croissant. Delbarre ne savait pas vraiment ce qu'il s'attendait à voir au 102 mais ce qu'il y trouva le dérouta malgré tout.

Le 102 rue Nationale accueillait un centre de méditation ! Mais pas seulement. Au-dessus de la vitrine, qui présentait une silhouette en position du lotus devant une étendue d'eau calme, se trouvaient trois fenêtres aux stores baissés qui devaient toutes appartenir au même appartement.

Le commissaire ne put s'empêcher d'essayer d'imaginer la silhouette de ce cinglé déambulant derrière les rideaux. Et puis, des cadavres avaient sans doute été entreposés ici, sans qu'aucun des adeptes yogi du dessous ne s'en doute une seule seconde. Cela aurait fortement bouleversé leurs chakras...

De l'autre côté de la rue, entre le 101 et une résidence qui devait correspondre au 103, s'étendait un vaste parking. Où est-ce que Vannier et Belfond pouvaient se planquer discrètement, tout en ayant une vue digne de ce nom sur les fenêtres de l'appartement ? À un des étages du 101 ou du 103, ils n'auraient guère le choix, mais ils devraient obtenir une autorisation du proc' pour investir des locaux privés.

Un petit porche s'ouvrait à droite du 102, à partir duquel débutait un discret passage nommé Contreau, qui débouchait de l'autre côté, dans la rue du Bourg-Belé.

Le commissaire y entra discrètement et jeta un coup d'œil. La porte d'entrée se trouvait là. Aucun nom sur la sonnette, pas de boîte aux lettres. Le fin passage desservait de nombreuses habitations aux alentours. Et un véhicule, comme une camionnette, pouvait y passer, certes de justesse, mais cela suffisait à la dissimuler des regards le temps d'y charger ou d'y décharger quelque chose, comme un corps dissimulé par exemple...

Delbarre en avait assez vu et reprit la direction du commissariat. Il s'arrêta en chemin dans une boulangerie où il fit le plein de viennoiseries. Ses troupes allaient avoir besoin de forces pour penser juste et agir avec précision.

Il poussa les portes de l'hôtel de police alors qu'il n'était même pas encore 8 heures. L'agent de garde fut surpris en le voyant entrer avant que le soleil ne soit vraiment levé.

Delbarre contacta alors le chef de l'antenne rennaise de l'unité d'élite dont le nom parlait dorénavant à tous les Français : Recherche Assistance Intervention Dissuasion.

L'homme s'appelait Gérard Fiamenghi et le ton de sa voix illustrait à merveille la devise de l'unité « Servir sans faillir ».

— Commissaire Delbarre ?

— Oui, vous avez eu le procureur Belcourt au téléphone hier.

— Oui. Que pouvez-vous me dire sur le forcené à interpeller ?

— Disons qu'on ne sait pas vraiment si l'homme opposera une quelconque résistance, ni s'il est armé, ni s'il peut se retrancher. Mais tout laisse à penser qu'il est dangereux. Il a été capable de tuer trois personnes, d'en décapiter deux, déjà mortes, avec une lame, certainement de scie, et a un passé psychiatrique.

— Je vois... Un joli spécimen bon pour finir ses jours dans une petite pièce capitonnée à bouloter des cachets roses et bleus... Qu'en est-il de la localisation ?

— Vivant dans un appartement au premier étage qui ne semble pas bien grand. Je dirais 50-60 mètres carrés au maximum. Trois fenêtres donnent sur la façade, deux autres semblent donner sur une courette arrière mais un haut mur m'empêchait de mieux voir. La porte d'entrée se situe sous un porche assez étroit qui débouche sur deux rues aux deux extrémités du passage.

— Et au rez-de-chaussée ?

— Un salon de méditation. Mais, par chance, il sera fermé le Jour de l'an, et on peut imaginer que, si on lance l'opération de bonne heure, les rues seront désertes.

— Oui, le contexte sera favorable. Mais ça fait quand même pas mal de zones d'ombre. Pas mal de points de sortie à sécuriser. Nous n'avons pas de plan de l'appartement ?

— J'essaie de voir si l'appartement est loué et si je peux récupérer quelque chose auprès d'une agence ou d'un propriétaire.

— Ce serait très important commissaire. Combien de vos hommes sont disponibles pour sécuriser les alentours lors de l'intervention de mes gars ?

— J'aurais trois hommes et une femme. Un lieutenant, un commandant et deux brigadiers.

— C'est noté. Je peux venir avec quatre hommes et deux démineurs pour sécuriser notre entrée. Envoyez-moi tout ce que vous avez sur les lieux. Plan de situation, plan cadastral, éventuel plan de l'appart. Quelle est l'adresse précise ?

Le commissaire la lui donna.

— Très bien. Je vous rappelle en fin d'après-midi pour préciser le déroulement de l'intervention. Nous pouvons être là dès 6 heures demain matin. À ce soir commissaire.

L'équipe s'était ensuite réunie autour des croissants et pains aux raisins et avait bossé son plan d'action.

Au milieu de la table s'étendait un plan du 102 et de ses environs. Delbarre émit des propositions qui furent âprement débattues.

Mais après deux heures de discussion, chacun savait ce qu'il aurait à faire. Le RAID entrait dans l'appartement à l'aube et chopait le gars. Eux, sécurisaient les lieux aux alentours et lui barraient toutes les sorties possibles, se maintenant prêts à intervenir en cas de besoin. Les rues Nationale et du Bourg-Belé seraient bouclées et deux véhicules seraient postés dans chacune d'elles. Cela ferait sans doute un réveil en fanfare pour les riverains encore assommés de fatigue et certainement d'alcool.

Le plan posé devant eux ressemblait dorénavant à cela :

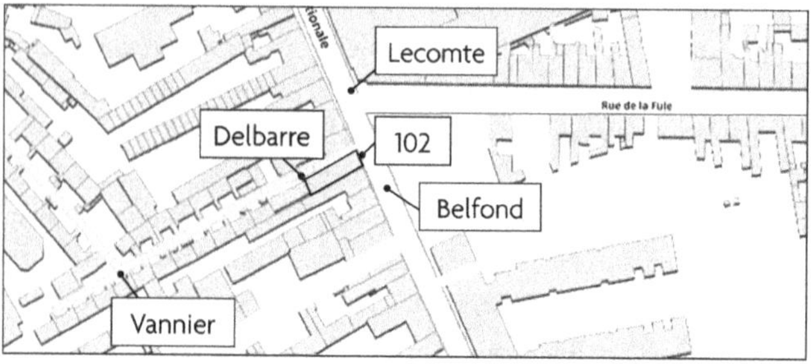

Delbarre et Vannier sécuriseraient l'étroit passage, lieu de possible fuite le plus crédible, tandis que Belfond et Lecomte surveilleraient la rue Nationale.

Le commissaire avait réussi à dénicher un plan de l'appartement auprès de l'agence qui gérait sa location. Celui-ci provenait de la copie du bail. Grébille louait le 52 mètres carrés depuis trois ans. La porte d'entrée donnait sur un vestibule qui desservait toutes les autres pièces disséminées autour. À droite se trouvait d'abord la cuisine, puis une première chambre. En face de l'entrée trônaient la salle d'eau et les toilettes. À gauche, une grande pièce de vie type salon-salle à manger puis une deuxième chambre. Pas de couloir, pas de pièces en enfilade.

Chacun prépara son équipement. Gilets pare-balle, Beretta 92 chargés jusqu'à la gueule de 15 cartouches 9 mm Para renforcées, protections pour bras et jambes.

Vannier et Belfond avaient passé l'après-midi en planque, collés aux fenêtres de particuliers qui devaient bien se demander ce qui se passait dans leur salon. Ils avaient confirmé que la fenêtre de façade la plus à gauche donnait sur une cuisine et les deux de droite sur ce qui semblait être un bureau puisqu'un écran d'ordi était visible. Ils en avaient déduit que l'homme devait dormir dans la chambre sur la gauche du logement, entre la pièce de vie principale et les WC. Une silhouette et des mouvements synonymes de vie avaient été entraperçus au travers de rideaux assez opaques.

En fin d'après-midi, Fiamenghi rappelait comme convenu et détaillait un plan d'action finalement assez simpliste. Les policiers d'élite allaient défoncer la porte à 6 h 30 tapantes. Deux de ses hommes sécuriseraient, fusil mitrailleur pointé en avant, la chambre de gauche et neutraliseraient l'individu s'il s'y trouvait bien. Un autre s'occuperait de vérifier que la pièce de vie était *clean* et un dernier ferait de même dans la cuisine. Leur patron se chargerait du bureau et des pièces d'hygiène. Les démineurs se tiendraient derrière la porte d'entrée pour couper court à toute tentative de fuite et se tiendraient prêts à intervenir si un quelconque objet ou dispositif suspect était décelé.

— Mise en place à 6h15. Nous serons tous reliés *via* oreillettes. C'est moi qui donne le top départ de l'intervention. Compris commissaire ?

À son tour, Delbarre était affirmatif. Il briefa ses équipes, s'excusant par avance du réveillon fort écourté qu'ils allaient vivre. Il leur imposait un minimum de six heures de sommeil et leur interdisait de consommer plus de deux verres d'alcool durant la soirée.

— On doit être à 120 % demain matin, pour autant je me vois mal vous interdire un petit réveillon. Je vous fais confiance, je sais que vous êtes pros.

— Rendez-vous à 5h45 ici même pour un dernier brief et pour que l'on s'équipe. Dormez bien. Enfin, essayez...

Ce fut le plus curieux des réveillons de la Saint-Sylvestre qu'ait connu Fabien. Il le passa avec Mireille, dans un tête-à-tête qui n'avait rien de romantique. Elle lui avait mijoté de bons petits plats dont le commissaire se contenta avec parcimonie. Il devait dîner léger et ne s'autorisa qu'une coupe de champagne pour un Nouvel An avorté puisqu'ils trinquèrent à la nouvelle année à 23 heures.

— Qu'elle vous apporte santé, amour et réussite Fabien !

Pour la réussite, il en saurait plus dès le lendemain matin.

Jeudi 31 décembre

23 h 30

Appartement situé au 102 rue Nationale

Il les avait repérés, ces deux petits flics qui se croyaient invisibles de l'autre côté de la rue. Ils avaient fait preuve de la discrétion d'un éléphant dans un magasin de porcelaine. Les incompétents.

Il les imaginait, tous, se répandant à cette heure dans la démesure d'une nourriture abondante, de l'alcool, des rires, des corps qui se frotteraient et se déhancheraient jusqu'au bout de la nuit.

Et lui ? Il n'avait plus personne avec qui fêter quoi que ce soit. Une injustice terrible lui avait arraché ceux qui lui avaient offert la vie, l'avait laissé seul.

Mais c'était tout sauf un hasard, il l'avait compris depuis un moment déjà. On le mettait à l'épreuve parce qu'il devait rétablir la justice, celle qui avait échappé aux hommes pendant de nombreuses générations.

Si son lointain ancêtre n'avait pas été cruellement et lâchement assassiné, son fils et Marie auraient pu grandir en portant le nom d'une des plus prestigieuses familles nobles du pays. Nom, fortune et prestige qui se seraient transmis de décennie en décennie jusqu'à ses pauvres parents et lui.

Ces barbares qui ne respectaient aucune règle ni aucune valeur lui avaient arraché son destin, celui qui aurait pu le rendre heureux.

Qu'était devenue la France à cause d'eux ? Une République gouvernée par de petits technocrates sans charisme ni talent et qui bafouaient toujours plus les vraies valeurs qui étaient celles d'une France monarchique. La laïcité et l'athéisme, couplés à une démocratie qui permettait surtout à des millions d'imbéciles de donner leur avis, ne cessaient de gagner du terrain. Et ceux qui, comme lui, portaient le projet salvateur, étaient ridiculisés et marginalisés.

Le général Westermann avait payé en 1794 puisqu'il avait fini sur l'échafaud et n'avait reçu que ce qu'il méritait. Il avait connu le sort qu'ils avaient infligé à son ancêtre. Quant à Marceau-Desgraviers, il n'avait reçu d'un chasseur tyrolien que ce qu'il méritait deux années plus tard. Seul Esnue-Lavallée s'en était sorti et avait pu pavaner pendant toutes ces années, se reconvertissant même en notaire.

Mais tout cela n'était pas suffisant. Il avait été nécessaire que d'autres payent à leur place.

Cela lui avait demandé des efforts terribles. Il avait passé des mois pour retrouver les descendants les plus proches de ces trois criminels pour qui l'anarchie et la vox populi *devaient être au centre de toute vie politique. Ils n'avaient rien compris à son histoire lorsqu'il la leur avait racontée, avant qu'il n'abrège leurs misérables vies.*

Ophélie avait pleuré toutes les larmes de son corps et Stéphane avait hurlé comme un goret qu'on égorge. Les faibles. Hans l'avait surpris par la rigueur et le stoïcisme dont il avait fait preuve jusqu'au bout, héritée des farouches Germains sans doute. Il était resté calme et digne, le défiant du regard dès qu'il le pouvait. Il en était presque venu à le respecter. Séparer sa tête du reste lui avait presque fait mal au cœur. Mais il s'était vite repris. Aucune place pour le sentimentalisme et la faiblesse. Sa mission avant tout.

Ses parents seraient si fiers de lui. Il avait vengé sa famille et tous leurs ascendants qui auraient mérité un sort différent. Le malheur s'était abattu sur Antoine-Philippe en 1794. Le cycle de la malédiction qui pesait sur eux avait frappé deux cent vingt ans plus tard en touchant cette fois Léa et Franck.

Mais ils avaient payé, justice et ordre étaient rétablis, et il pouvait dorénavant ouvrir une nouvelle page en cette année 2016 qui n'allait pas tarder à pointer le bout de son nez. Il était 23 h 45 et il alla se coucher. Une nouvelle ère s'offrait à lui. Enfin.

Vendredi 1er janvier 2016

6h30

Rue Nationale

L'intervention fut lancée à l'heure précise. Le « top intervention » avait été donné par le chef d'unité dans leurs oreillettes.

Ils s'étaient réunis quarante-cinq minutes auparavant au commissariat central. Tous luttaient contre une fatigue écrasante mais l'adrénaline qui pulsait dans leurs organismes les tenait à bout de bras.

Une fois équipés, ils étaient montés dans les véhicules qui, dans une ville déserte et endormie, les avaient menés en toute discrétion en haut des rues Nationale et du Bourg-Belé. Ils y avaient retrouvé l'équipe du RAID qui les y attendait dans un fourgon noir blindé. Sur la carrosserie, une panthère noire les mettait en garde.

Cinq hommes suréquipés en descendirent, tels des fantômes dans la nuit. Ils portaient l'uniforme réglementaire noir, trois chargeurs de fusil mitrailleur, deux chargeurs d'arme de poing et cette dernière sur la poitrine. Un casque à visière renforcée équipé d'un micro dissimulait un visage recouvert d'une cagoule. Une de leurs mains gantées tenait fermement le fusil d'assaut HK G36, qui pouvait envoyer sept cent cinquante coups par minute.

Le chef d'unité et le commissaire briefèrent à nouveau toute l'équipe, rappelant les règles élémentaires pour leur propre sécurité, et chacun prit place à son poste.

À 6h28, les rues étaient bouclées, tout le monde était en place et un homme du RAID forçait en toute discrétion la porte d'entrée du bâtiment à l'aide d'un engin qui ressemblait étrangement à une perceuse. Le commissaire l'observait depuis son poste sous le porche. Éric était placé un peu plus loin dans l'étroit passage, tandis que Marc et Mathilde étaient en faction dans la rue sur laquelle donnait la façade.

Trois minutes plus tard, la porte de l'appartement explosait sous les coups d'un bélier qui ne laissait aucune chance à la vieille serrure. Le commissaire entendit le déferlement des pas précipités dans le vestibule, les injonctions criées dans les micros. « Police ! », « RAS dans le salon », « cuisine *clean* ». Puis ces mots qui indiquaient qu'ils l'avaient localisé. « Bouge pas ! Bouge pas j'te dis ! » suivis d'un inquiétant « Cible sur rebord de fenêtre ouverte ! »

Tout s'était enchaîné en l'espace de même pas cinq secondes. Puis deux bruits claquèrent dans la nuit sans bruit. D'abord le tintement sourd de quelque chose qui s'écrase contre des tôles de métal, puis le claquement terrible d'un coup de feu qui partait, tout proche. « Cible en fuite, s'est jetée par une fenêtre qui donne sur l'arrière malgré tir de sommation ».

Delbarre dégaina son Beretta et courut vers l'arrière du bâtiment, dont il était séparé par un haut mur difficilement franchissable. « Il les attendait ! Comment avait-il su putain ! »

— Repli immédiat ! Je répète, repli immédiat ! rugissait le chef du RAID à ses hommes, et dans les oreilles du commissaire.

C'est alors qu'il le vit. Mathieu Grébille. Haute silhouette, crâne rasé de près, barbe naissante, vêtu d'un haut de survêtement foncé, d'un jogging et de baskets, qui descendait du toit du petit cabanon accolé au bâtiment sur lequel il s'était jeté. Une fois qu'il fut descendu, Delbarre le perdit de vue derrière le mur.

Il cria à toute son équipe de rappliquer car le suspect était en fuite à l'arrière du bâtiment. Il se mit à courir le long du mur, hurlant « Mathieu, arrête-toi ! Rends-toi » à un homme dont il ignorait la progression et les projets immédiats.

C'est alors qu'il le vit franchir comme un dingue un petit portillon qui donnait sur le passage, au moins dix mètres devant lui. Leur cible était sportive et rapide. Par chance, Vannier se trouvait légèrement au-delà et lui barrerait le passage. Grébille prit un léger tournant et sortit du champ de vision du commissaire qui haletait de plus en plus.

Derrière le commissaire, Mathilde et Marc couraient aussi, tandis que les hommes du RAID quittaient le bâtiment, tels des ombres sorties d'un monument hanté.

La détonation éclata sans prévenir, suivie d'un cri de douleur qui les terrorisa tous.

— Merde ! cria le commissaire.

Qui avait tiré ? Qui était touché ? Delbarre obliqua vers la droite à son tour, alors que le passage s'élargissait, et découvrit ce qu'il redoutait tant. Éric, son ami, étendu au sol, du sang commençant à se répandre autour de lui. Et la silhouette, arme à la main, qui tournait à gauche et le distançait encore.

— Putain Éric, fait chier ! hurla Delbarre en s'agenouillant à ses côtés. Son adjoint avait reçu une balle dans le bas-droit du ventre, juste sous le gilet pare-balle.

— Tiens le coup Éric, ça va aller, ça va aller !

Delbarre retira son blouson, qu'il comprima contre la blessure. Le sang jaillissait tel un torrent pourpre.

— Suis... suis-le... articula Vannier.

— Je peux pas Éric... Je peux pas te laisser...

— Arrêt... Arrête-le bord... bordel ! Promets que... que tu vas... le choper !

Les larmes commençaient à brouiller la vue du commissaire. Le rictus de douleur de son lieutenant semblait encore plus déformer son visage.

— Je te le promets, mon pote...

Puis il hurla, au loin :

— Mathilde, Marc, vous restez avec Éric et vous appelez de suite une ambulance !

Il ne fallut qu'une seconde au commissaire pour être de nouveau hissé sur ses deux jambes qui atteignirent rapidement une vitesse dont elles n'avaient sans doute jamais été capables jusque-là. Elles sprintèrent jusqu'à la sortie du passage Contreau, tentant de maintenir un équilibre précaire dans les courbes.

Alors qu'il atteignait la rue, il vit une DS4 bleu azur démarrer, pneus crissant. Ce salopard avait tout prévu ! Le commissaire ouvrit avec fracas la portière du véhicule de police garé à la sortie du passage et démarra en trombe.

Il était 6 h 47 au tableau de bord.

La DS remontait la rue du Bourg-Belé. L'aiguille au compteur du commissaire dépassait les 75 kilomètres à l'heure et les véhicules garés sur le côté droit de la rue défilaient à une vitesse affolante.

6 h 48

Heureusement que la ville était quasi déserte. La DS obliqua dans un crissement de freins assourdissant vers la gauche et quitta la rue Victor-Hugo pour aborder la rue de Chanzy. Sur la gauche s'étendait la Cité administrative, sous laquelle persistait un blockhaus allemand, unique en son genre et datant de la Seconde Guerre mondiale. La DS maintenait une avance d'une centaine de mètres et roulait toujours aussi dangereusement.

6 h 49

En arrivant au rond-point qui séparait les avenues De-Gaulle et Bollée, le véhicule bleu fit une embardée pour éviter un noctambule qui s'apprêtait à traverser. La sirène hurlante sur le toit de son bolide permit au commissaire de passer sans l'écraser. Delbarre eut juste le temps de l'apercevoir en train de lever les bras dans le rétroviseur.

— Il va où ce con... ragea le commissaire entre ses dents.

6 h 50

Il avala les rues Gougeard et du 33e-Mobiles pour déboucher sur la place des Jacobins. L'emmenait-il là où il avait déposé son premier cadavre ? Tout se terminerait-il là où tout avait commencé ? La berline du fuyard monta sur le trottoir à l'angle du théâtre, évita ainsi les plots qui bloquaient le passage et traversa la place des Jacobins, normalement réservée aux piétons et flâneurs.

6h51

Il en sortit quasiment au niveau de l'arrêt de tram des Quinconces, traversa les voies, et s'engagea sur le parking qui bordait la cathédrale Saint-Julien. Le commissaire immobilisa le véhicule dans un dérapage peu contrôlé, fit voler la ceinture de sécurité et bondit hors de l'habitacle d'acier.

6h52

Grébille grimpait déjà les marches menant à l'édifice religieux médiéval, qui entouraient la verte fontaine du Jet-d'Eau.

— Mathieu, arrête-toi ! Je vais devoir te tirer dessus sinon !

— Je t'en prive pas, connard de flic !

Était-il prêt à mourir ? Sa cause perdue en valait-elle à ce point la peine ?

6h53

L'agent de sécurité franchissait déjà les lourdes portes qui menaient à la nef gothique. « Mais qu'est-ce qu'il fout putain ! » Les rangers du policier battaient les pavés et ses cuisses, pourtant entraînées, le brûlaient. Delbarre passa devant le menhir en grès de quatre mètres cinquante, d'époque préhistorique, qui était accolé au flanc de la cathédrale et franchit à son tour les portes. L'intérieur était terriblement sombre et le commissaire dut faire un effort pour entrapercevoir sa cible filer vers la partie droite du transept.

6h54

Quand Delbarre y parvint à son tour, une petite porte entrouverte l'invitait à poursuivre. Et à grimper. Le commissaire posa le pied sur la première des innombrables marches de l'escalier de pierre qui menait au sommet de la tour sud, qui culminait à plus de soixante mètres. Il eut alors un mauvais pressentiment. L'escalier en colimaçon semblait interminable et Delbarre devait redoubler de vigilance pour conserver l'équilibre. De la lumière, enfin. Une nouvelle petite porte permettait d'accéder au sommet de la tour.

6h55

Le commissaire la poussa prudemment et l'aperçut. Mathieu Grébille se tenait face à lui, debout et en équilibre précaire sur la rambarde de pierre qui entourait, telle un diadème, la tête de la tour. D'une voix calme, paume gauche tendue vers l'avant et son arme dans l'autre main, le commissaire tenta d'apaiser le fuyard qui semblait dans un état second.

6h56

— Du calme Mathieu, du calme... On ne veut pas te faire du mal, juste comprendre...

— Allez-vous faire foutre ! Ma mission est accomplie. Ils ont payé ces enfoirés ! hurlait-il, alors que ses paroles se perdaient dans le vent qui soufflait davantage à cette altitude.

— Mathieu, tu as tué des gens innocents. Ils ne sont pas responsables de ce que leurs ancêtres ont fait aux tiens...

— Ils ont fait souffrir ma famille ! Ce sont eux qui ont tué un innocent ! Il n'y a pas de prescription pour rendre justice ! Mes parents ne s'en sont jamais remis !

6h57

— Mathieu, ton père est mort d'une longue maladie et ta mère ne l'a pas supporté... Cela n'a rien à voir avec ton ancêtre.

— Bien sûr que si ! Mais vous êtes incapables de le comprendre ! Ma famille est vengée, le reste n'a aucune importance !

— Mathieu, ne fais pas l'imbécile, descend s'il te plaît, on va discuter tranquillement...

— J'ai fait ce que j'avais à faire ici. Papa et Maman m'attendent, ils vont être fiers de moi.

— Mathieu, ne...

Delbarre ne put rien faire. Il vit le corps du jeune homme basculer lentement vers l'arrière, son regard paumé fixant le sien qui l'implorait d'arrêter, et disparaître. Le commissaire ne put que crier.

— Nooooooonnnnnn !

Le commissaire n'avait rien compris à ce que devait être son destin. Il croisa une dernière fois son regard, tandis que son corps commençait à basculer.

Il l'entendit alors crier de toutes ses forces. Il aperçut le ciel, encore sombre à cette heure. Ce ciel qui s'éloignait de lui à une vitesse folle. C'était pourtant là qu'il allait rejoindre Papa et Maman.

Un tourbillon d'air surpuissant semblait l'aspirer vers le bas, ses vêtements et ses joues ballottant au gré de l'air qu'il déplaçait. Il entrevit une dernière fois le sommet de la tour, le commissaire penché au-dessus de la rambarde.

6h58

Puis plus rien.

Delbarre était abattu. Penché au-dessus du parapet de pierre, il observait le corps qui gisait soixante-quatre mètres plus bas, les os fracassés et les organes explosés contre les pavés. Il n'avait pas réussi à sauver cette âme égarée. Un pauvre type qui avait tout perdu et avait basculé définitivement dans la folie.

Le commissaire entendait au loin les sirènes des véhicules qui approchaient. Et dire que dans quelques heures, des gens se souhaiteraient une « bonne année ». La sienne commençait de façon dramatique.

Éric s'en sortirait-il ? Si ce n'était pas le cas, il ne se le pardonnerait jamais.

Samedi 2 janvier

10 h 34

Commissariat central, salle « Tahiti »

La chaise qu'occupait habituellement Éric était restée tristement vide ce matin. Pour l'équipe du commissaire, la nouvelle année commençait sous de sombres auspices.

Le chirurgien qui avait opéré son ami et collègue la veille restait prudent et « attendait encore avant de se prononcer ». Pour la faire courte, on ne savait pas si Éric allait s'en tirer. La balle avait perforé le gros intestin et abîmé le foie, sans compter que son adjoint avait perdu beaucoup de sang. Les heures qui allaient suivre allaient être déterminantes.

Le commissaire avait fait le récit de sa course-poursuite avec l'assassin jusqu'en haut de la tour. Comment il avait essayé de le dissuader, en vain. Les agents du RAID étaient rentrés en Bretagne et le procureur semblait davantage se soucier de l'image qu'allait renvoyer le suicide d'un assassin sous les yeux d'un commissaire que de l'état de santé critique d'un de ses hommes. « Quel connard ! » avait rugi Delbarre devant toute son équipe. Enfin, presque toute.

Ce taré ne nuirait plus à personne, c'était déjà ça...

Ce qui avait frappé le commissaire était les mots qu'il avait employés avant de se jeter pour parler de ses parents. Il les avait appelés « Papa et Maman », comme un enfant apeuré et perdu. Ce qu'il semblait être resté au fond de lui. Cet homme avait beau avoir tué de sang-froid trois innocents, il ne pouvait s'empêcher d'éprouver pour lui, à la lisière de sa conscience, un peu de compassion et de pitié. Il était malade mental, pas suivi et avait perdu ses parents dans des circonstances tragiques.

Combien d'esprits fragiles auraient basculé du mauvais côté dans ces conditions ? Lui s'était réfugié dans une quête de vengeance dénuée de sens. Il s'y était accroché comme à une bouée de sauvetage, avec une précision et un sens de l'organisation démoniaques.

Hélas, aujourd'hui, trois familles pleuraient leur proche disparu.

Ils avaient retrouvé dans son appartement les traces numériques de ses recherches généalogiques et quelques fioles d'anesthésiant encore non utilisées. Sa camionnette, garée dans un box qu'il louait non loin de chez lui, avait été retrouvée et passée au peigne fin. Nul doute que, dans les heures à venir, ils y identifieraient les ADN des deux premières victimes retrouvées.

Le film d'horreur avait eu lieu dans la cave qui s'étendait sous le rez-de-chaussée du bâtiment. Ils y avaient trouvé une véritable caverne des horreurs. Un congélateur tournait toujours et avait dû contenir le corps de la victime allemande. Du sang séché maculait un vieil établi en bois et une grande partie du sol de la cave. La scie qui avait servi à décapiter les victimes attendait toujours son propriétaire sur le meuble de torture. Dans un coin, un pinceau maculé de rouge finissait de sécher dans un seau.

Le seul élément qui leur manquait toujours était la Mercedes volée à Fribourg. Qu'était-elle devenue ? Nul ne le savait.

Le commissaire observa un à un les membres de son équipe, les félicitant personnellement pour le travail accompli. Ils formaient sa deuxième famille, essentielle à son équilibre.

Ils se souviendraient tous de l'affaire du « tueur aux symboles ». Une seule affaire de ce genre marquait une carrière. Dès demain, ils retourneraient à leur routine de la petite délinquance urbaine. D'ailleurs, en y réfléchissant, la presse ou un romancier auraient aussi pu l'appeler le « tueur des Jacobins », non ?

En parlant de romance, il allait enfin pouvoir finir son Vargas.

Épilogue

Dimanche 17 janvier

15 h 12

Zoo de La Flèche, sud de la Sarthe

Ils venaient de passer devant l'immense bassin où nageaient les puissants et majestueux ours polaires. L'enclos des girafes les attendait un peu plus loin. Ils déambulaient lentement. Fabien aidait Éric qui marchait encore difficilement. La cicatrisation n'était pas terminée, loin de là.

Le lieutenant l'avait échappé belle. L'opération avait su préserver les organes abîmés et la transfusion massive que l'on avait réalisée avait porté ses fruits.

Lorsque le chirurgien lui avait annoncé, le 4, qu'Éric était hors de danger et qu'il pourrait certainement sortir d'ici une semaine, le commissaire n'avait pu s'empêcher de pleurer. Ses nerfs l'avaient lâché. Il était allé le chercher au centre hospitalier pour le ramener auprès de sa femme et de ses enfants qui lui avaient concocté une petite « fête de retour à la maison ». Et ils s'étaient promis de commencer ensemble, très vite, la « rééducation » du lieutenant.

Elle commençait aujourd'hui avec cette petite balade au milieu des animaux de la jungle, de la savane et de la banquise. Marine et les enfants les suivaient à deux pas et admiraient les orangs-outans.

Quant à Mathilde et Karim, qui avaient accepté l'invitation de leurs supérieurs à une balade animalière et dominicale, ils marchaient quelques mètres devant eux, ouvrant la marche, et... tiens tiens... se tenaient par la main ?

Delbarre sourit. Il n'était pas vraiment surpris. Depuis le temps que ces deux-là se cherchaient sans le savoir... Si des semaines d'efforts, de doutes, de sueur et de larmes avaient au moins permis cela, ce n'était pas si mal... Non ?

Précisions sur les généalogies

Nous rappelons que les personnages historiques que sont Antoine-Philippe de La Trémoille et François Séverin Marceau-Desgraviers ont bien existé et que les protagonistes directement rattachés à ces derniers dans cette fiction sont de pures créations de l'auteur.

Page 235 - Au sein de cette généalogie, seuls trois personnages ont réellement existé : François Séverin Marceau, son frère Nicolas Séverin, et son neveu Auguste. Leurs années de naissance et de décès sont également réelles.

L'ensemble des autres personnages, tous descendants d'Auguste, sont fictifs. Leurs années de naissance et de décès le sont également.

Pages 254 et 255 - Au sein de cette généalogie, seul Antoine-Philippe de La Trémoille a réellement existé. Ses années de naissance et de décès sont également véridiques. Antoine-Philippe de La Trémoille a réellement eu un fils unique, prénommé Charles-Henri-Léopold de La Trémoille, prince de Talmont (1787-1815). Ce dernier étant décédé sans enfant, la branche directe issue d'Antoine-Philippe s'arrête avec son fils. Ce dernier n'est pas mentionné dans la généalogie présente dans le roman car celle-ci se concentre sur une branche fictive issue du personnage.

L'idée d'une relation secrète entre La Trémoille et une jeune femme, qui aurait donné naissance à un enfant illégitime, est également issue de l'imagination de l'auteur.

Image de couverture :
L'homme descend la rue des 3 Sonnettes dans le Vieux Mans.

Éditeur Hervé Chirault
Coordination éditoriale Isabelle Rousseau
Conception graphique et mise en page
Studio graphique des Éditions Ouest-France
Photogravure Graph&Ti, Rennes (35)
Impression Sepec Numérique, Péronnas (01)

Édilarge SA, Rennes
ISBN : 978-2-7373-8512-4
Dépôt légal : mai 2021
N° d'éditeur : 10607.01.2,5.05.21

Imprimé en France
editions.ouest-france.fr